Works of Nobel Laureates in Literature

诺奖大师作品一本读

[美]欧内斯特·海明威 等 著　波点童趣 编译

江苏凤凰文艺出版社
JIANGSU PHOENIX LITERATURE AND ART PUBLISHING

目录

老人与海 [美]欧内斯特·海明威

一、圣地亚哥和马诺林/3
二、军舰鸟和鱼群/12
三、一条特立独行的大鱼/16
四、角力大马林鱼/23
五、惨烈的胜利/31
六、返航危机/40

青鸟 [比利时]莫里斯·梅特林克

一、平安夜幻想曲/54
二、仙女的红帽子/62
三、月光下的仙女宫/72
四、被思念者永生/78
五、夜夫人和夜之宫/88
六、森林中的居民们/99
七、金钱家园的胖子们/108
八、未来之国的奇遇/119
九、悲伤的告别/130
十、青鸟的幸福启示/134

尼尔斯骑鹅旅行记 [瑞典]塞尔玛·拉格洛夫

一、小精灵的惩罚/141
二、大白鹅起飞/146
三、雪山来的阿卡/150
四、鹤之舞表演大会/161

五、狐狸的计划/166
六、国王与上等兵/172
七、拯救小灰雁/178
八、乌鸦绑架案/182
九、小灰雁邓芬/188
十、南曼兰花园和卡尔先生/198
十一、渡鸦巴塔基/205
十二、制服狐狸/213
十三、风雪送归程/220
十四、我回来了/226

丛林之书 [英]鲁德亚德·吉卜林

一、莫格里的兄弟们/236
二、寻找乐土的白海豹/282
三、里奇与眼镜蛇/297
四、女王的奴仆们/309

名人传 [法]罗曼·罗兰

一、贝多芬传/320
二、米开朗琪罗传/342
三、托尔斯泰传/368

THE OLD MAN AND THE SEA

欧内斯特·海明威

1954 年诺贝尔文学奖得主。他是美国著名作家，也是一个旅行家，《老人与海》就是他根据自己在古巴渔村的生活经历写成的。

老人与海

人可以被毁灭，但不能被击败

一、圣地亚哥和马诺林

圣地亚哥是一名渔夫，生活在古巴哈瓦那附近的一个小渔村里。

他已经很老了，脖子后面有深深的皱纹。因为长年在海上被阳光暴晒，他的脸颊、脖颈上有不少褐色斑点，一双粗糙的大手上满是茧子，和被渔线割出的陈旧伤痕。他身上几乎每个地方都显得很苍老，只有那一双海水般的眼睛除外。他的眼神总是充满斗志。

马诺林是圣地亚哥的小帮手，他从五岁起就跟着圣地亚哥上船捕鱼了。现在，马诺林已经长成一个小男子汉，跟着圣地亚哥学到了很多本领。

最近，他们的运气实在欠佳，已经连续四十天没有捕到鱼了。

清晨，马诺林来到了圣地亚哥的家里。老人正在等他一起出海。

“圣地亚哥，”男孩说，“我不能再和你一起出海了。”

“怎么了，发生什么事了吗？”老人惊奇地问道。

“我很想继续跟你出海捕鱼，”男孩说，“但我父亲……”

老人很理解马诺林父母的想法，如果一直捕不到鱼，马诺林就不能拿钱补贴家里。虽然老人是整个村子经验最丰富的渔夫，可是他最近运气实在太差了。

“那从今天开始，你就要跟其他的船了。”老人说。

“是的，可是你怎么办？”马诺林说道，“你一个人没办法对付大鱼。”

“你知道的，我可不是好对付的。”圣地亚哥脸上露出了笑容。

“嘿嘿，你是坚强的圣地亚哥。”马诺林坚信老人可以捕到更大的鱼。

圣地亚哥拿上自己的船帆，摸了摸马诺林的头，便一个人出海捕鱼了。

一天、两天、三天……又过了整整四十四天，倒霉的圣地亚哥还是没能在这片海上收获到一条鱼。就这样，老人总共有八十四天没捕到鱼了。

第八十四天的傍晚，老人驾船回到岸上。男孩依旧像往常一样，在岸边等着他回来。每次看到老人空着船回来，男孩心里就很难受，他总会下去帮他拿卷好的渔线、鱼钩、鱼叉，或者收卷在桅杆上的帆。

老人的船帆已经很破旧了，用面粉袋打了好几个补丁。日晒雨淋久了，船帆和补丁显得陈旧、丑陋。

“我们只是运气太差了。有段时间，连续三个星期，我们每天都能打到大鱼。”男孩安慰圣地亚哥。

“是的，”老人说，“我们是一对很好的搭档。”

小男孩扛着船帆，和老人一起从小船停泊的地方走上岸。

“圣地亚哥，”男孩说，“我想继续和你出海。我最近赚了一些钱。”

“不行，你现在那条船运气不错，你还是跟着他们吧。”老人说。

“但你应该记得，我们以前也有过八十七天没打到鱼，然后连续三个星期，我们每天都能打到大鱼。”男孩激动地说。

“我记得，”老人说，“我知道，你离开我不是因为没有信心。但你不能惹你父亲生气。”

“我请你去露台喝点啤酒，然后再把东西搬回家，好吧？”男孩放弃了请求，对圣地亚哥说。

“很好，天气很晴朗，在露台饭馆里坐着很舒服。”老人说。

他们去了露台的饭馆，找了个可以吹风的位置坐下，马诺林很喜欢傍晚的海风。饭馆里人不少，几个年轻人看到老人，出声嘲笑。年纪大的渔夫们，则在为圣地亚哥担忧。

“圣地亚哥，”男孩说，“我的船明天不用出海，我可以跟着你一起出海吗？”

“不用，你明天去打棒球吧，我自己能划船。”

“就让我去吧。我不能帮你打鱼，总能够帮你做点事情。”

马诺林想帮老人做点事情，圣地亚哥现在的状况令人担心。

“你请我喝啤酒了，”老人说，“你长大了。”

“圣地亚哥，你还记得第一次带我出海的时候吗？那时候我才五岁。”

“是的，那天你差点就丢了小命。那条鱼太厉害了，它差点儿就把船震成碎片。你还记得吗？”

“我记得，那条鱼活蹦乱跳，把船上的横座板都震断了，我听到你用棍子拼命打它，那声音就像在砍树。”

老人看着马诺林，男孩的眼睛四周被太阳晒得黝黑，但目光坚定，温情脉脉。

“我一会儿去弄几条沙丁鱼来给你做鱼饵好吗？”男孩问道。

“我今天还剩下不少。我放在盒子里腌着。”

“我去搞四份新鲜的。”

“一份就行。”老人说。他的希望和信心从未消失过。这时，他的精神头又回来了，像被微风吹醒了一样。

“两份。”男孩说。

“行，两份。”老人同意了。“你明天打算到哪儿？”男孩问。

“远一点，风向变的时候回得来就行。我想天亮前就出发。”

“要是碰到真正的大鱼，你力气够吗？”男孩继续问。

“够。我还有很多窍门没用呢。”

“我们把东西搬回家去吧，”男孩说，“然后我去拿网捕沙丁鱼。”

圣地亚哥放下手中的啤酒杯，和小男孩一起去船上拿了渔具。就算在船上放一夜，也没有人会偷老人的渔具，但是淋了露水会使渔具变得不好用。

老人扛着桅杆，男孩一只手抱着装渔线的木箱，另一只手拿着鱼钩和鱼叉。装鱼饵的盒子放在船尾，旁边有一根木棍。钓到大鱼的时候，老人会把鱼放在海里拖一会儿，再用这根棍子把鱼打老实了。

他们一起拿着渔具向老人的住所走去。那是一个用棕榈皮搭的棚屋，里面很简陋，一张床、一张桌子、一把椅子，泥土的地板。屋子中间地板上有一个可以用木炭烧饭的地方。

棚屋褐色的墙壁上有两张画，是老人妻子的遗物。以前墙上还有一张他妻子的照

片，但被他拿下来了，因为看到它，老人就会感到孤单。

“圣地亚哥，你休息一会儿吧，这样你才有力气战斗。我去弄几条沙丁鱼回来做饵料。”马诺林说完便出了门。

男孩回来时，太阳已经下山，圣地亚哥躺在门口的椅子上睡着了。他睡得很香，闭上眼睛的脸庞毫无生气。

男孩拿了张毯子给老人盖上，随后去了露台饭馆。

男孩再回来的时候，天已经黑了。老人还没醒，男孩伸手搭在老人的膝盖上，说：“醒醒吧，圣地亚哥。”

老人睁开眼睛，笑着问道：“你手上拿了什么？”

“晚饭，”男孩说，“我们吃晚饭吧，吃了晚饭才有更多力气捕鱼。”

“好吧，”老人说，“我们吃什么？”

“黑豆米饭，油炸香蕉，一点汤。”饭菜是饭店的老板马丁送的，好心的马丁平时很关照他们。

饭菜装在一个双层金属盒子里。男孩的口袋里还有两副刀叉和勺子，每一副包着一张餐巾纸。

“我要送马丁一大块鱼肉。”老人边吃边说。

吃完晚饭，男孩起身收拾餐具，对老人说：“你应该去睡觉，早上才有力气。我把东西带回露台。”

“晚安马诺林。我早上去叫你。”圣地亚哥说。

男孩出去了。老人摸着黑上了床。他把裤子卷起来做枕头，把报纸塞在里面。

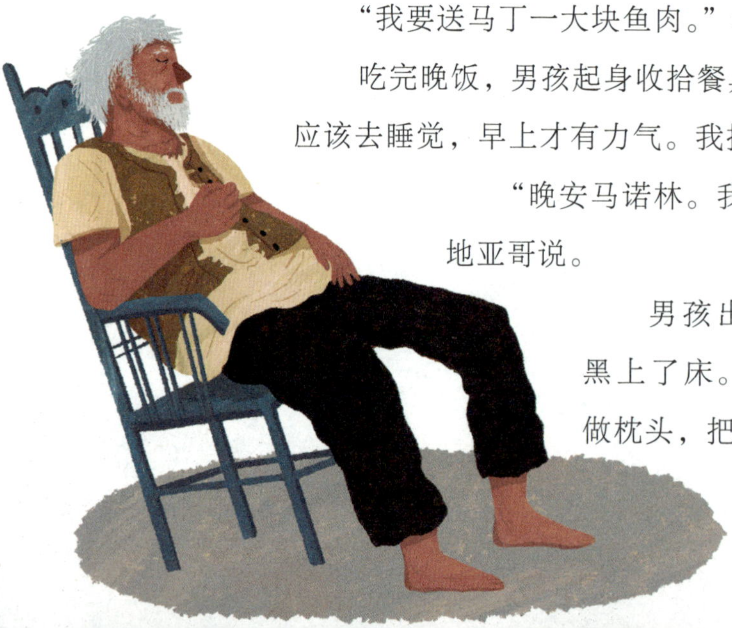

他钻进毯子里，把自己裹起来，很快就睡着了。在梦里，他回到了小时候去过的非洲。

他梦见了海滩上的狮子。在暮色中，狮子看起来跟小猫一样，玩得很开心，他很爱这些狮子，跟他爱马诺林一样。但是他从来没有梦到过马诺林。

他醒时，透过敞开的门，看到天上还挂着月亮。他起身出门，走上坡去男孩家。

男孩家不锁门，他推开门，走到男孩的床边，轻轻摇晃男孩的肩膀："对不起，孩子，打扰了你的好梦。"

男孩立刻醒了，拿起放在床边的裤子，坐在床上穿好。

他们出门朝着棚屋走去。虽然天色昏暗，已经有人扛着桅杆走在路上了。

他们走到老人的棚屋，男孩一只手提起放着线卷的篮子，另一只手拿了鱼叉和鱼钩，老人扛起卷着帆的桅杆。他们先把东西放上了船。

"我现在就去拿点沙丁鱼，再拿一些鱼饵。"男孩说。

"好的，我去喝一杯咖啡。"老人径直向一家咖啡厅走去，这个地方专门在凌晨为渔民服务。

老人慢悠悠地喝着咖啡。这是一整天里唯一的咖啡，他要好好喝。他已经很久都懒得吃东西了，也一直不带午饭，只靠当天捕获的鱼充饥。他在船头放着一瓶水，一天喝这些水就够了。

男孩拿着沙丁鱼回来了，还有用报纸裹着的两份鱼饵。他们沿着小路走向泊船的地方，抬起小帆船，把船滑入水中。

“祝你好运，老头儿！”男孩为老人加油。

“祝你好运。”老人说。他把桨绳套在桨栓上，整个身体向前倾，推动船桨，在黑暗中慢慢将船划向大海。

就这样，老人开始了他第八十五天的捕鱼。此时，太阳还没有出来，大海黑漆漆的一片，但老人感觉今天会是晴朗的一天。

二、军舰鸟和鱼群

从港湾出发的还有其他的渔船。大多数船都是安静的，只发出船桨划水的声音。

出了海港，大家就分散开，各自朝大海的不同方向驶去，都希望能找到鱼。

天色亮了些，圣地亚哥坐在船头，控制着船前进的方向，向大海更深的地方驶去。海水由浅蓝变成了深蓝，像是加入了更浓的蓝色调料。圣地亚哥逐渐闻不到土地的气息了，周围都是大海在清晨干净的气味。

航行了一段时间后，圣地亚哥看到湾流里的水草发出磷光。下面的这片海域比其他的都更深，被渔民称为“大井”。这里有一个大坑，至少深一千多米，是湾流常年撞击坑壁形成的。

有飞鱼跳出水面的哗啦声，欢快地传入圣地亚哥的耳中。他非常喜欢飞鱼，它们是他在海上主要的朋友。

黎明即将到来，远处海岸线渐渐清晰，大海和天空显出本来的颜色，融成了一幅美丽的画卷。海鸥在海面上盘旋，发出悦耳的叫声，像在给圣地亚哥加油。

老人的桨滑得很平稳，一点也不费劲。海面也很平静，船一直跟着海流在走。

天蒙蒙亮的时候，老人发现自己已经到了比计划更远的海域。他想："今天一定要找到鲣鱼和金枪鱼群，也许鱼群里面就有大家伙。"

老人抛下了四个鱼饵，下沉的深度各自不同。一个饵下沉到了七十多米深，一个饵下沉到了一百二十多米深，另外两个鱼饵分别下沉到了一百八十多米和二百多米深。这些鱼饵都是马诺林早上准备的新鲜沙丁鱼，男孩希望老人今天能有所收获。

老人精心地用鱼钩穿过沙丁鱼，这对海底任何一条大鱼都是美味。每条渔线都像铅笔那样粗，这么粗的渔线足以对付任何一条大鱼。每条渔线都套有一根绿枝作为浮标，只要鱼一上钩，浮标就会下沉。每一条渔线都余出七十多米，如果线还不够长的话，还可以套上备用的线圈。

圣地亚哥轻轻划着小船，让自己的渔线拉直。慢慢地，太阳浮上了海面。此时，老人看到远处的海面上有一只小船，这只小船离他很远。再接着，太阳已经升到了半空中，平滑的海面将阳光反射过来，刺痛了他的眼睛。老人没办法再直视前方。他低着头，看着水中的线，鱼饵的位置都在他的掌握之中。

就在这时，圣地亚哥看见一只军舰鸟，在他前方的空中盘旋。

军舰鸟虽然能够自己捕食，但它们却更喜欢当强盗，在空中劫掠其他鸟类捕获的鱼类。

这只鸟迅速下降，斜着身体从水面掠过，然后飞回空中，继续盘旋。

"它肯定看见大鱼了，"老人兴奋地想，"它不只是随便下来看看。"

圣地亚哥向鸟儿盘旋的那片海域划去，他不敢划得太快，努力让船下的渔线拉直。这时，军舰鸟又飞高了一些，在空中盘旋了一会儿，突然俯冲，向着水下的鱼群冲了过去。不远处的海面，一群受惊的飞鱼跃了出来。

“鲯鳅，”老人喊，“这里面有一条鲯鳅。”

老人更加兴奋起来，他想捕获这条鲯鳅。在没有抓到大鱼之前，鲯鳅也是一个不错的选择。老人把桨从桨架上取下，从船舷下拿出一根线绑上了一个中型鱼钩。他将一条沙丁鱼穿在鱼钩上做鱼饵，从船头的另一侧溜下去。

他接着划船，继续盯着那只翅膀长长的黑鸟。

这时，鸟儿斜着身体掠过水面，拼命挥舞着翅膀，紧追着鱼群。水面涌起波浪，那是成群的鲯鳅掀起来的。

可是这场比赛刚上演了一会儿，鱼群就开始散开。那只鸟丧失了机会。

鱼群慢慢离老人远去了。他并不气馁，有鱼群的地方，肯定会有更大的鱼跟在后面。

不久，那只鸟又在前方的海面上盘旋。

“它肯定又发现了鱼。”圣地亚哥自言自语。

这只鸟是冲着前方一群小鱼去的。过了一会儿，老人看到一条小金枪鱼飞起来，在空中转了身，一头栽进水里。这条刚入水，又有一群金枪鱼飞起来，在阳光下闪过道道银光，纷乱地跳入水中，搅得海水不断翻滚。

老人心里想：“希望它们不要跑得太快，我要跟上它们，在那下面，肯定有更大的鱼。”这时，军舰鸟从空中俯冲下来，一头扎进水里，叼出一条鱼来。它得意地跃出水面，双脚踏出浪花，一边飞翔一边把鱼吃进肚里。

“这只鸟儿真是帮大忙了。”老人说。

这时，船尾的那根渔线绷紧了。老人心里默念：“是有大鱼上钩了吗？”

圣地亚哥放下手中的桨，走到船尾，拉起线往回拽。他能感受到上钩的鱼在扯线，力量很大。线在颤抖，他越用力拉，颤抖越明显。他可以看到那条鱼的样子了，蓝色的背部和金色的两肋。

“好家伙，这是一条金枪鱼。”老人说。

此时，鱼儿已经快要出水，老人用力一甩，把鱼甩到了船上。鱼的体形不大，子弹形，漂亮的尾巴拍打着船板。老人把鱼儿打晕，把它放在船尾的背阴处。

“长鳍金枪鱼，”他自言自语，“可以用来做鱼饵。”

三、一条特立独行的大鱼

老人不记得从什么时候开始，养成了自言自语的习惯。或许是马诺林不跟他一起出海之后，他记不太清楚了。

有钱人船上有收音机，可以解闷、可以听棒球消息。但是老人的船上只有他一个人，他只能和自己说说话。

老人突然回过神来，现在他不该去想这些，他要专心致志地干好活。“刚才那群小鱼的周围，可能就有更大的鱼。”他想。

这时，阳光越来越烈，晒得脖子后面有些刺疼。老人划着船，感觉到汗水顺着背部往下淌。一阵疲惫袭来，他正想休息片刻，却发现浮标突然沉了下去。

“来了，”他说，“大鱼要上钩了。”

老人用右手轻轻握住线。不一会儿，线开始紧起来了。这是试探性的动作，鱼还没有完全上钩。老人心里很清楚，在这根最深的渔线那头，肯定有一条大鱼在吃他的鱼饵。老人等待这个时刻很久了。他已经八十四天没有捕到鱼了。

老人用右手轻握渔线，用左手把线从浮标上解了下来。这样，他就可以用手指掌控线了，线可以在指尖滑动，这条鱼也不会感受到牵引力。

老人心里想：“吃吧，鱼儿，把鱼饵吃得更深一点。”

此时，在深水下面，大鱼并不知道这是一个鱼饵，它以为只是一条落单的沙丁鱼。大鱼小心地靠近沙丁鱼，吃掉了一部分之后，开始沿着这条鱼盘旋。

这是一条谨慎的大鱼，它并没有马上把鱼饵吃光。

“来吧，”老人说，“再来一次。你闻闻看，这条沙丁鱼新鲜吧？别不好意思，鱼儿。吃吧。”

大鱼游了一圈之后，又回来了，它想把剩下的沙丁鱼吃光。这时，老人感受到渔线有轻微的扯动，随后更用力拉了一下，然后安静了下来。

“想把沙丁鱼从我的渔线上扯走，”圣地亚哥说，“那可不是一件容易的事。它肯定还会回来的。”

过了好一会儿，大鱼似乎走远了，老人什么都感觉不到。

“它不可能就这样走了，”他说，“它会拐回来的。也许它以前也咬过钩，还有点记忆。”

渔线再次轻轻动了一下。“它回来了。”他高兴地说，“它

肯定会上钩。”

圣地亚哥感受到渔线的微微颤动，随后，下面突然发力，渔线变得十分沉重。

为了不惊动这条大鱼，圣地亚哥让手中的线下滑、下滑、再下滑，第一盘渔线全下去了。线滑过老人的右手，他能感受到这条鱼惊人的分量，尽管老人的拇指和食指没有用力。

“这条鱼真大，”他说，“它已经把鱼饵咬在嘴里了，正想走。”

圣地亚哥知道这条鱼很大，他想象着这条鱼在水下叼着鱼钩游走的样子。这时，线的分量持续增加。圣地亚哥继续放着渔线，他的手指收紧了一下，感觉到了线在垂直下沉。

他一边让线从右手滑下去，一边用左手将下一盘线的线头连接到另两盘线上。他早准备好了。除了正在用的一盘，他的船上还有三盘线。

“接着吃，”他说，“都吃掉。把鱼钩深深地吞进去，让鱼钩进入你的肚子。等你再浮上水面的时候，我要把你带上岸。”

老人感觉是时候了，他双手用力拽回一码线，然后一次又一次地拽。无论老人多么用力，还是无法把大鱼拉回来。

就在这时，大鱼开始启动，它朝着西北方向游去，老人和船被大鱼拖行着。

老人想起了马诺林，要是他在身边就好了。小男孩可以帮他不少忙，他们以前一起捕到过不少大鱼。

现在船上只有老人一个人，他只能将渔线拽到背上，看着线斜插入水中，小船稳稳地朝西北方向行进。

老人想：“它不能继续游了，鱼钩已经进入它的肚子里了，这样会害死它的。”

但四个小时过后，鱼仍然稳稳地游着，拖着小船。

“它是中午上钩的，”圣地亚哥说，“我还没见过它的样子。”

一个下午的阳光暴晒，老人感觉到额头被晒得有点疼。他感到口渴，便跪在船板上，尽量不让渔线晃动，小心翼翼地伸出一只手去拿水瓶。缓慢地打开瓶盖子，喝了一小口。为了保持体力，老人坐在船帆下，就这样熬着。

再过两个小时，太阳就要下山了，他希望大鱼在太阳下山之前就出来。他想在太阳下山之前回到岸上，不然小男孩会很担心他。

“这条大鱼居然能拖着我游四个小时，”老人说，“这是一条多大的鱼啊，真希望能看到你，看一眼就够了。”

慢慢地，太阳已经下山了。

通过观察天上的星斗，老人得知，那条鱼游走的路线从未改变过，方向始终如一。海上变得很冷，老人身上的汗都干了，遍体生寒。他找了个袋子系在脖子上，披在背上，这样他就可以靠着船头，稍稍舒服些。

其他的船都已经回岸，老人的船还被这条大鱼拖着走。老人也不知道还要走多远，小男孩会不会还在岸上等自己。

老人对这条大鱼没一点儿办法，他想：“我只能等大鱼游累了才有机会。”

过了一会儿，圣地亚哥站了起来，从船舷往海里小便。看着天上的星星，确认了一下船的航向。他心想：“如果大鱼不改变路线的话，我还得再过几个小时才能看见它。”

经过一天的暴晒，老人感觉累极了，他已经很久没有在夜晚出过海了。“要是马诺林在就好了。他能帮我看着。”

月亮升起。老人已经很久没有吃东西，他缓慢地移到船尾，这里还有一些新鲜的金枪鱼，他必须要吃一点来补充体力。

月光照在海面上，有两条鲯鳅来到船边，他可以听到它们翻滚和喷水的声音，像是在打闹。

“它们和我们一样喜欢玩，很有爱。”老人说，“它们是我们的好朋友，和飞鱼一样。”

老人开始心疼起水下上钩的大鱼，不知道这条鱼多大了。他想：“我从没有碰到过这么强壮的鱼，也没有遇到过这么特立独行的鱼。也许下面这条鱼太聪明了，也有可能是曾经上过钩。这条鱼知道怎么和捕鱼的人斗，但是它不知道对手只有一个人，而且还是一个老家伙。”

从咬饵、拖船前进，直到不慌不忙地跟老人对峙的情况看，这条鱼肯定是雄性的。不知道大鱼是胸有成竹，还是跟老人一样别无选择？

圣地亚哥曾经遇到两条马林鱼，一雄一雌。那条雄鱼总让雌鱼先吃，上钩的雌鱼拼命挣扎，不过很快就精疲力竭了，那条雄鱼一直陪着，围着上钩的雌鱼和渔线游来游去。

后来，男孩帮助他把雌鱼拖上了船，在这期间，那条雄鱼始终待在船边。当老人清理渔线，准备收鱼叉的时候，那条雄鱼从海面高高地跃起，展开宽阔的胸鳍，露出身上紫色的条纹。那条鱼很漂亮，老人记得。

这是圣地亚哥在捕鱼时见过的最伤感的情景了。那个时候，马诺林也很难过，老人和小男孩一起乞求雌鱼的原谅。

“真希望男孩也在。”老人说。

此时已经深夜了，满天都是星星。老人靠在船头，眯着眼睛。他不能睡着，大鱼还在拖着船走呢。

渐渐地，天上的星星消失了，老人明白天快亮了。在天亮前不久，有鱼咬了他身后的另一个鱼饵，那条渔线开始压着船舷迅速溜了下去。黑暗中，老人二话没说，拔刀出鞘，割断压在船舷上的线。

然后，他又割断了离他最近的另一条线，在黑暗中将两盘线的线头系在一起，作为备用线。老人必须这么做，只有这样，他才能专心捕获已经上钩的那条大鱼。

老人不知道刚才咬到鱼饵的是条什么鱼，可能是一条大马林鱼，也可能是剑鱼，或者鲨鱼。“要是男孩在就好了。”

可惜男孩不在，老人只能靠自己。这时，老人只剩两个鱼饵在水下了，一个被大鱼吞了，一个是还没上钩的鱼饵。

老人心想：“我得赶紧把没上钩的鱼饵拉回来，就算现在天还很黑。”

就在老人准备把两盘备用线接起来的时候，船身猛地一晃，掀起一阵大浪，将老人脸朝下狠狠地摔在船板上。他的一只眼睛下面划破了，血从脸颊上流了下来。老人小心翼翼地回到了船头，靠在船板上，把渔线在肩膀上挪了个位置。老人固定住自己的身体，感受着鱼的拉力，然后伸手探进海水，感觉小船前进的速度。

这条鱼可真够厉害！但是不管它多厉害，都不能永远拖着这条小船前进，它终究会累的。

“鱼儿，好好折腾吧，”他温柔地说，“我会陪着你，一直到你累了为止。”

老人在等着天亮。这时正在黎明前，很冷，老人紧贴着木板取暖。伤口的血不算多，很快就凝结了。

趁着天刚微亮，老人看到线被拉得很长才沉入水中。小船平缓地前行。这时太阳初升，阳光照射在老人的右肩上。

“船转向北走了。”老人说，“按目前的海流，我们应该向东走。”他希望大鱼掉头，顺着海流走。那就表明它累了。

太阳渐渐升高，老人发现这鱼并不累，渔线的倾斜度表明它游得更浅了。“这条鱼随时可能跳起来。”老人期待着。

“让它跳吧，我要看看这条鱼的样子。”老人说，“我的线够长，对付得了。”

这时，老人心想，只要自己稍微把线拉紧一点，这条鱼就会感觉到疼，就会跳起来，现在已经天亮了，只要这条鱼跳出海面就行。

但是老人并没有这样做，他的线已经绷得很紧了。如果老人再用力，鱼钩造成的口子就会扩大，到那时，如果鱼真的跳起来的话，鱼钩可能会被甩掉。

四、角力大马林鱼

太阳升了起来，老人感觉很暖和。

“鱼儿，”老人说，“虽然非常尊重你，但是，今天我一定要带你上岸。”

这时，一只小鸟从北边朝小船飞来。小鸟飞得很低，几乎贴着水面。老人看得出来，它很累。

鸟儿落在了老人的船尾上，在那儿歇脚。然后，它飞了起来，绕过老人，停留在了老人的渔线上。

“你多大了？”老人问那只鸟，“这是你第一次出远门吗？”

他说话的时候，鸟儿一直瞅着他。

老人心想，老鹰会飞到海上来追它们的。不过他没有跟那只鸟说这些话，反正它听不懂，而且，它很快就知道老鹰的厉害了。

“好好歇着吧，小鸟，”他说，“等会儿你就得去碰运气了，跟人一样，也跟鱼一样。”他借着和小鸟说话给自己鼓劲。

海上起了风，老人正准备把船帆升起来，鱼突然跳了一下，将老人拉倒在船头上。老人赶紧用右手放了一些线，不然他会被拉到海里去。

渔线跳动的时候，停在上面的鸟儿迅速飞走了。老人感觉右手有点火辣，低头看去，发现右手正在流血。

老人用左手往回拉了一把渔线，他希望鱼能回头。但是线很紧，像要绷断了。老人不敢再多用力，身子往后靠在船头，继续用肩膀顶着渔线。

他朝四下张望，想找到那只鸟儿，希望鸟儿能回来继续和他做伴。但是那只鸟儿不见了。这只鸟儿让他分了神，这才受了伤。

老人看着自己的手，掌心被渔线割出了一道细细的口子。“男孩在就好了，他可以帮我包扎一下伤口。”

他靠在船头，小心翼翼地跪下去，伸手探进海水中。

“它慢了很多。”老人感受着船速。

海水有助于让伤口愈合，老人本想让手多泡一会儿，但他害怕鱼儿会再次跳起来。捕鱼的差事才刚刚开始，他却不小心把手给弄伤了，老人心情开始糟糕了起来。

“不管怎样，我必须吃点东西了。”

把右手晒干，老人慢慢蹲了下去，用鱼叉在船尾叉了条金枪鱼，用膝盖压着鱼，切下六条鱼肉，将它们晒在船板上。

此时，渔线紧紧地拽着老人的左手，他左手已经抽筋了。

可能是太久没有进食的缘故。

“这算是什么手啊，”他气呼呼地说，“要抽筋就抽吧。抽成鸟爪子也无所谓。”

老人不想那么多了，用右手拿起一条鱼肉，放进嘴里，慢慢地嚼着。接下来，他需要准备足够的体力。

老人挺直身子，将那只抽筋的手在裤子上擦了擦，想让手指活动活动。但手仍然张不开。也许晒一会儿太阳就好了，他想。

此时，海上看不到另外的船，海面很平静。老人望向空中，天空的云被信风吹成一堆一堆的。

老人观察着云朵飘动的方向，他说：“东北微风，天气对我有利啊。”

左手的抽筋还没有痊愈，但至少能够慢慢张开一点点了。老人感觉很开心，他想起了马诺林，要是他在就好了。小男孩可以帮他揉揉，让他的小臂更快一些松开。

老人用右手去摸渔线，感到分量在变化。就在这时，老人看见线在水里的倾斜度也变了。老人快速转过身去，用身体顶住线，左手在大腿上用力地快速拍打。

“大鱼上来了，”老人喊道，“赶紧的吧，我的鱼儿。赶紧。”

渔线缓慢地浮了上来，海面在小船的前方鼓起来一块，鱼儿出来了。它不断向上隆起，海水从它身体的两侧倾泻而下。

在阳光的照射下，这条大马林鱼的身体闪闪发光，它的长嘴和棒球棍一样长，嘴尖很细，像一把轻剑。它从水里冒了出来，随即又沉了下去，动作很娴熟，像一位老练的潜水员。渔线又开始飞快地溜走了。

“天哪！它比我的小船还长两英尺。”老人说。

圣地亚哥来不及思考这么多了，他要抓住这条大鱼，这是他有生以来见过的最大的马林鱼。老人双手拉着渔线，努力保持渔线既不被扯断，也不会被全部拉走。

老人见过很多大鱼，他也和别人一起捕获过两条很大的鱼，但都没有刚才这条鱼大。如今，他只有独自一人，左手还抽着筋，像收紧的鹰爪。

圣地亚哥稳稳地靠在船板上，忍受着痛苦，船在海水里缓缓前行。慢慢地，东风逐渐加强，海上起了点小浪。

到了中午，老人的左手终于有了好转。他将左手握成拳头，又张开，说：“我的手好了，这可是你的坏消息，鱼儿。”

虽然海面有微风，但是中午的太阳火热。淡水和食物都所剩无几，老人必须想办法再捕获点什么。他把船尾的短渔线放入水里，希望能捕获到一条鲯鳅。

此时，老人已经连续一整天都没睡觉，困极了。他希望水下的大鱼睡着，这样，他也可以睡一会儿。

慢慢地，太阳已经过了半空，下午将至。船还是慢慢地、稳稳地行进。这时，东风吹起了小浪，这让船前进有些困难。

过了一会儿，渔线又开始升了起来，但是，鱼儿没有露出水面。它还是在水里游着，只是这一次它改变了方向，朝北偏东的方向游去。

慢慢地，老人左手的手指能完全松开了。他抬了抬自己背上的肌肉，再次将渔线挪动了一下位置。

“你要是还不累，鱼儿，”老人说，“那你就是一个怪物。”

此时，他已经整整三十多个小时没合眼了，疲惫如潮水般袭来。他知道马上就要天黑了，自己需要想点其他的事情，否则真会睡着。

他想到棒球联赛里面有一位球员，名叫迪马吉奥，他是一个真正的斗士，他的脚后跟虽然长了骨刺，跑起来会很痛，但是他在赛场上还是那么威风。这个人是个了不起的人。

老人心想：“如果迪马吉奥在海上遇到这种情况，我相信他也会坚持下去的，而且他年轻力壮，会坚持得更久。迪马吉奥的爸爸也是打鱼的。”

在岸上，有很多人也把老人叫作“冠军”圣地亚哥。年轻时的圣地亚哥力气很大，在很多场掰手腕的比赛中赢得了冠军。

突然，一架飞机在他的头上飞过，飞机的影子惊起了好几群飞鱼。

“有这么多飞鱼，就应该有鲯鳅。”圣地亚哥被惊醒，不再打盹儿。

老人用背部顶着渔线，想把鱼拉回来一点，但他尝试了一下，没有做到，渔线还是绷得很紧。船缓慢地向前进，老人抬头，看着飞机消失在视野里。

在天黑之前，一条鲯鳅咬上了他的短渔线。它跳出水面的那一下子，老人看得一清二楚。在最后一缕阳光的照射下，它在空中飞快地摇头甩尾，一次又一次地跳起来。

老人用右手和手臂稳住大鱼的线，用左手把鲯鳅拉过来。

每拉回来一段线，就用脚踩住。艰难地把鱼拉到船尾，拎起身边的棍子，把鱼敲晕后，才松了口气。

傍晚时分，海中所有的鱼都显得烦躁不安。老人用右手抓住渔线，身体尽可能放松。他靠在船舷上，让船承受更多的压力。

“你感觉怎样，鱼儿？”老人问，“我感觉很好，我左手好了，今天晚上和明天我都有吃的。”

其实老人感觉并没有那么好，渔线勒着他的背，几乎痛得快麻木了。不过，老人右手被割出的新伤口，已经愈合一部分，左手抽筋也好得差不多了。而且，在食物方面，他已经占了上风。

九月的海上，太阳下山之后，天黑得很快，第一批星星已经出来了。

老人决定休息一会儿。水下的大鱼那么久没吃东西，应该也想要休息一下吧。

就这样，老人半睡半醒地休息了两个小时。他无法准确判断时间，也做不到绝对的放松。再加上他的肩膀还扛着鱼

的拉力，没办法好好睡。

要是能把线固定住，那就简单了，他想。但是这样的话，只要大鱼跳一下，他的渔线就断了。他不能冒险。

“不睡的话，我一定要找点事情来转移注意力。”

老人看着船尾上的鲯鳅，慢慢爬到船尾，左手握住肩膀上的线，右手用刀切开了鲯鳅的肚子，然后用右手掏出了鱼的内脏。鲯鳅的肚子里还有两条小飞鱼，老人把它们也切开清洗了。然后，他把鲯鳅翻过来，顺着脊柱割下两边的肉。

随后，他慢慢地回到船头。把两片鱼肉放在船板上，飞鱼放在旁边。他把肩膀上的线又挪了一个地方，左手抓牢船舷，右手拿着飞鱼探出了船舷，到海水里面清洗。

此时，圣地亚哥感觉肩上渔线的压力逐渐变小了。“大鱼要么是累了，要么就是正在休息。”老人心想，“等我把鲯鳅肉吃掉之后，我也要休息一下，睡一会儿觉。”

在星光下，海上越来越冷。他吃了半片鲯鳅肉，然后拿出一条飞鱼，切掉头，也放进嘴里吃掉。

“鲯鳅烧了吃绝对是美味，”老人说，“生吃真是可惜了。下次出来，我一定要带好盐和柠檬。”

东边的天空逐渐被乌云笼罩，星星一个接一个消失，风已经停了。老人凭借着经验判断，再过几天，天气就会变坏。

圣地亚哥把双桨挂好，趁着鱼儿没什么动静，打算不管不顾地睡上一觉。

老人右手紧紧握着渔线，靠在船头。如果大鱼想溜走，他的手马上就会有感觉。虽然可能会再次受伤，但老人需要睡眠，即便只睡二十分钟或者半小时，都是好的。

就这样，老人睡着了。

老人连续做了好几个梦。

最后一个梦里，有一片长长的黄色海滩，夜幕刚刚降临，他看到一只狮子来到海滩上，接着又有些狮子也来了。他下巴搁在船头木板上，吹着夜晚离岸的微风。他很高兴，等着看还有没有狮子来。

五、惨烈的胜利

老人实在太累了，以至于月亮已经高高升起，他还睡着。船慢慢进入大雾里面。

突然，手上的渔线猛地拽了一下。老人惊醒过来，渔线从右手上快速地溜出去，火辣辣的。老人马上用左手抓住了渔线，身体倚靠在线上。此时，老人背部和两只手都感觉到强烈的灼痛，线的拉力全在他的左手上。

老人回头看了看线盘。几乎就在同时，鱼跳了起来，掀起一股大浪，然后又重重地落下去。接着，它一次又一次地跳起来。

他被拖倒在船头上，脸正好扑在鲯鳅肉上，动弹不得。

“我等的不就是这个时刻吗？”老人心想，“来吧，我要让你付出代价。”老人站不起身来，没办法看到大鱼的样子，只听得见海面被掀开的波涛声和大鱼沉重的落水声。线溜得很快，老人的手更痛了。

“要是男孩在这儿，他会用水浇线。”他想。是的，要是男孩在就好了，要是男孩在就好了。

过了一会儿，线还在不断溜出去，但速度慢下来了。这时，他终于能够抬起头来，他的脸颊把鱼肉都压烂了。

老人先跪在船板上，再慢慢站起来，继续放着渔线，但速度慢了不少。他艰难地回到盘线的地方。如今，这条鱼要更累了，它要在水里拖着更长的线，阻力会更大。

大鱼刚才跳了有十多下，它背脊上的液囊都充满了空气，不会再沉到深海去了。

很快，大鱼开始在距离水面不远的地方转圈。老人慢慢平静下来，他想不明白：大鱼为什么突然跳了起来，是不是它饿坏了，还是在夜里被什么东西吓到了？也许是它突然害怕了。

晨曦初现，老人用左手和肩膀扛住渔线，弯下腰，右手舀水洗掉脸上的鲯鳅肉泥。然后，一边把右手伸到船舷外的水里去洗，泡在咸水里，一边看着天边的曙光。

此时，圣地亚哥发现大鱼正在朝东游。“它已经累了，所以正在顺着海流游。过不了多久，大鱼就会开始转圈游了。到那时，真正的较量才开始。”

他觉得右手在水里泡够了，就把手收回来，看了看受伤的地方。

“还可以。”他说。对一个男人而言，这点痛算不了什么。他小心翼翼地抓住线，不让它又陷进刚割开的口子里面。然后挪了一下身体，把自己的左手从另一侧船舷伸入海水里去。

“你平时没这么差劲啊，”他对自己的左手说，“怎么刚才都不管用了。”

圣地亚哥意识到自己的头脑不怎么清醒了，或许是一整夜都没有吃东西的缘故。他吃掉最后一条飞鱼，在大鱼转圈之前，努力做好准备。

鱼开始转圈的时候，太阳刚好升起来，这是圣地亚哥出海以来第三次看到日出。

老人感觉线的拉力微微减弱了一些，他用右手轻轻往回拉。跟以前一样，线又绷紧了。不一样的是，在线像是要绷断的时候，却能拉回来一点点。老人稳稳地、轻轻地拉着线。

“这圈子真够大，”他说，“不管怎么说，它已经在转圈了。”

只要老人拉紧了，大鱼兜的圈子就会一次比一次小。老人心想：“也许再过一个小时，它就会靠近我的船。到那时，我一定要让它知道我有多厉害。”

太阳已经完全出来了，阳光照射在老人的脸上。汗水流过了老人的额头和眼角的皱纹，流进了眼睛。老人看东西开始有了黑点。他不害怕黑点，但是他害怕过度劳累带来的眩晕，那可不是个好兆头。

“我不能认输，不能死在这条鱼的手里，”他说，“我好不容易钓上它，我一定要带它上岸。”

就在这时，老人感到线突然跳起来，急忙双手紧紧拽住。那头用力非常猛，他的手很痛，线非常沉重。

该来的总会来的，不过在此之前，老人已经做好了足够的准备。大鱼这样跳起来是因为需要空气，但是，每跳起来一次，嘴上被钩子拉开的口子就会宽一些，这样它就有可能把钩子甩掉。

老人很担心会发生这样的事情。“别跳了，鱼儿，”他说，“别跳了。”

鱼又攻击了线好几次，它每甩一次头，老人就放出去一点线。

过了一会儿，鱼消停了些，又开始慢慢地转圈。

圣地亚哥开始稳稳地收线。但是，眩晕感再次袭来。为了让自己保持清醒，老人用左手舀了一些海水，浇到头上。接着，他又舀了一些，浇到脖子后面。

老人跪在船头，把线勒到背上。老人决定到船头休息片刻，等大鱼再回来的时候，一定要把它拿下。

老人停止了收线，他让鱼自己去兜圈子。过了一会儿，渔线可以很自然地往回收了，说明大鱼已经游了回来。

老人站起来，又像刚才那样，用双腿和背部做轴，左右摇摆着双手，慢慢把线收了回来。

老人从来没感到过这么累。这时，风吹起来了。来得正好，有利于他把鱼拉过来。

海浪比刚才大了不少。但今天天气晴朗，海面只有微风。这种程度的微风，不足以让他回家。

“我往西南划就行了，”他说，“男人绝对不会在海上迷失方向。”

鱼第三次转身的时候，老人终于看到了它的

一本读

真容。圣地亚哥难以置信，它竟有这么长。

它的尾巴露出水面，像一把淡紫色的大镰刀翘在深蓝色的海面上。

大鱼的尾巴又沉入水下。这一下，老人终于清晰地看到这条鱼的样子，庞大的身躯和浑身紫色的条纹。

大鱼在兜回来第二圈的时候，老人看见了它的眼睛。

这时，老人大汗淋漓，不是因为太阳毒辣，而是因为不断用力在拉紧渔线。大鱼每平静地转完一圈，老人就往回收一点渔线。他很肯定，再过两圈，鱼就能靠近船边了，这时候他就要用上鱼叉了。

老人心里想："我必须把它拉近，再拉近，我不能对着它的头，我要对准它的心脏。"

此时，老人心跳加快："要冷静、果断，老家伙。"老人为自己鼓着劲。

鱼又转一圈回来，它的整个背部露出来了。不过，它离小船还是远了一点。鱼再兜一圈回来，它还是离得太远，但它浮得更高了。老人知道，再收回一点线，他就可以让它挨着船了。

老人早就把鱼叉准备好了，还把鱼叉另一头的线紧紧地系在船头的缆柱上。

此时，他又感到头晕目眩，

但他拼命拉着那条大鱼。老人使出了最大的力气，一开始还拉得住，可是坚持了一会儿，鱼又游走了。

老人此时已经疲惫不堪，嘴干得说不出话来，两只手都拉扯着渔线。老人心想："再耗下去我就不行了……加油，圣地亚哥，你行的。你永远都行。"老人不断鼓舞着自己。

圣地亚哥的脑子有点迷糊了。他告诉自己，此时必须保持头脑清醒，男人一定要吃得起苦。

"醒醒吧，圣地亚哥，"他用自己也听不见的声音说，"醒醒吧。"

此时，大鱼又兜了两圈，情况跟刚才一模一样。

老人每次感觉自己快要不行的时候，他都会告诉自己，再试一次。

是什么样的力量让老人坚持到现在的，他自己也不清楚。此时，老人的双手已经遍布伤口，他已经无法再感受到疼痛。他只有一个目标，把这条大鱼带上岸。

他又试了一次，结果还是一样。

就在这时，大鱼从他船边过来了，它的长嘴几乎要戳穿老人的船壳。它贴着船边游了过去，身形修长，很高，有紫色的条纹，好像游了很久才游过去。

这是一个绝佳的机会，老人强忍下了所有的痛，使出了剩下的所有力量，拿出了他一贯的自尊心。

老人扔下手中的线，用脚踩住，然后高高地举起鱼叉，用尽全力插下去，插进鱼身体的侧面，在胸鳍后面一点的地方。他将身体靠在叉子上面，希望叉得更深一些，然后将全身的重量都压了上去。

大鱼受到致命一击，从水中跳起来，完全现身。它高高跃起，再坠入水中，溅起来的水花洒了老人全身，也洒满了小船。

老人被这迅疾的水花打得有些头晕，视线模糊。他心里知道，自己已经战胜了这条鱼。

他并没有马上休息，而是先把鱼叉线清理出来。等视线变得清晰一点，老人看到鱼在水里翻过身子，银白色的肚皮朝上。鱼叉的柄还在它的身上，大鱼身上的血染红了海水。大鱼一动不动，随着海浪漂浮着。

老人缓慢地蹲下，靠在船头上，他的头脑还是很混沌。他说："我是个疲惫的老头。但是我现在必须马上把它套回来。"战斗虽然已经结束，但还是有很多的杂活要干。

圣地亚哥之前捕获到大鱼的时候，就会把船体装满水，然后把大鱼拉上船，再把船内的水舀掉。但是眼前的这条大鱼太大了，老人的船容不下它，他只能把它系在船边。

老人准备好了套索和绳子，他接下来要做的是，将大鱼套住，再把它拉过来，紧紧地系在船边，然后竖起桅杆，启帆回家。

圣地亚哥把船向大鱼的身边划了过去，船和鱼平行。鱼头贴着船头的时候，老人再次惊讶于这条鱼的尺寸，他解下拴在缆柱上的鱼叉线，用鱼叉线的一头绑在大鱼的头部，另一头在船头的缆柱上拴牢。

然后，他再用一个绳套套住它的尾巴，用另一个套住它的腹部，把它跟小船绑在一起。大鱼的身体还在不断淌着血。

老人喝了一小口水，感觉好多了。他看着眼前的这条鱼，心想："看它这样子，肯定超过一千五百磅重，去头去尾还剩下三分之二，按每磅三十美分的价格，能卖多少钱！"

"我得用铅笔才算得过来，"他说，"我的头脑还不那么清醒。但今天，了不起的迪马吉奥也会为我感到骄傲。"

圣地亚哥把鱼紧紧绑在船上，再割下一段渔线，将鱼的上、下颚也绑紧，这样它的嘴就不会张开，船就会走得更利落一些。

然后，老人竖起桅杆，张开打着补丁的帆。船开始走起来，他半躺着靠在船尾，让船向西南方向行进。

六、返航危机

就算不用指南针，圣地亚哥也知道哪个方向是西南方向。

此时，老人有一点饿了。在经过一片黄色马尾藻的时候，老人用鱼钩钩住了一片马尾藻，摇了摇，里面的小虾落到了船板上。有十多条虾，像沙蚤一样蹦蹦跳跳。老人掐掉了虾头，把虾的身体放进嘴里，虽然有点小，但是很有营养。

老人的瓶子里面只剩下了两口水，吃完虾之后，他喝了小半口。老人难以置信，这条大鱼现在就在他的身边，他用双手抚摩着鱼背，知道这并非做梦。这简直是一个奇迹。

“我的手很快就会痊愈。”老人想。他把手浸在海水里，努力保持头脑清醒。天上积云堆得很高，还有不少卷云，信风要吹整整一夜。老人不时查看着船侧的大鱼，害怕这一切都是假的。

离圣地亚哥的小船不远，一条巨大的鲭鲨，正顺着大鱼的血腥味游来。

它和剑鱼长得几乎一模一样，快速游动的时候，嘴巴紧闭，沉在水下，高耸的背鳍刀子般切开水面。

这种鲨鱼天生就是海洋霸主，其他所有的鱼类都可以是

它们的食物。它们体形健壮，全副武装，基本没有对手。闻到了新鲜的血腥味，它开始加速，蓝色的背鳍从水面飞快掠过。

老人看见它游过来的时候，就知道它是一条强壮的鲨鱼。在海上，老人从来没有认输过。他拿起身边的鱼叉，一边注视着正在游动的鲨鱼，一边把绳索系紧。

老人现在头脑清醒极了，他充满了决心，准备主动出击。

“该死的，”老人说，“遇上我，算是你倒大霉了。”

鲨鱼飞快逼近船尾。它朝大鱼冲过去的时候，老人看到它的嘴巴张开，睁着大眼睛，牙齿咔嗒作响。

鲨鱼一口咬在大鱼尾巴上方。此时，鲨鱼的头浮出了水面，背部也出来了。老人可以听到大鱼的皮和肉被撕开的声音，他拿着鱼叉，狠狠地朝着鲨鱼的头插了下去。

鲨鱼翻了一个身，生气地快速离它而去。鲨鱼又翻了一个身，老人知道它已经快死了，在做最后的挣扎。鲨鱼的尾巴不断摇摆，鱼叉线已经被它弄断了。

没过多久，鲨鱼不再动弹。它安静地在水面上浮了一会儿，在老人的注视中，慢慢沉入海中。

“被它咬掉了差不多四十磅。”老人说。他心里难过极了，就像自己被袭击了一样。船上的大鱼又开始流血了，肯定还有鲨鱼要来。

“可是，人是不会被击败的，”老人

说，“人可以被毁灭，但不能被击败。”

老人站在船上，看着船前进的方向，在他的视野里，没有一艘船。慢慢地，船进入了海流的中央。这是最危险的一个区域，下面有很多鲨鱼，随时可能会与它们遭遇。

现在老人连鱼叉也没有了，他想了想，把桨夹在腋下，用脚踩住帆索，把刀绑在桨上面。

他说：“我还是一个老头，但我总算不是手无寸铁了。”

此时，海风感觉很清新，船也走得很顺畅。他看到鱼的前半身，又有了一点希望。他探出船外，在鲨鱼撕咬开的地方扯下一片鱼肉，嚼了嚼，感觉肉质很好，味道鲜美。

这种鱼在市场上肯定能卖最高价。问题是没办法让它在水里止血，老人知道麻烦马上就要来了。

海风微微吹着，老人已经航行了两个小时。他靠在船尾休息，感觉饿的时候就嚼一块从马林鱼身上扯下来的肉。

没过多久，海面出现了两道鱼鳍，像两道闪电划过海面。

“加拉诺鲨。”圣地亚哥喊道，“你们终归还是来了。”

老人踩住帆索，紧紧夹着舵柄。然后，他拿起绑着刀的桨。

鲨鱼冲了过来。老人可以清晰地看到它们宽大扁平的脑袋，可以看到它们的胸鳍。这种鲨鱼十分凶残，它们饿的时候，连船和船桨也会啃，也会袭击碰巧落水的人。

“来吧，”老人说，“加拉诺鲨。放马过来吧，加拉诺鲨！”

它们果真放马过来了。其中一条转身沉入船底，老人感觉到船体在晃动。他知道它正在撕咬马林鱼。老人稳稳地站在船上，举起自己手中的武器，狠狠地插进了这条鲨鱼的眼睛。

此时，另一条鲨鱼还在撕咬马林鱼。老人松开帆脚索，让小船横过来，鲨鱼闪出了身形。老人用船桨击中了它扁平脑袋的正中间，然后拔出刀，在同一个地方再戳下去。鲨鱼明显失去了力气，但是它的牙齿还挂在马林鱼身上。

“还不放啊？”老人吼道。他把桨倒过来，桨片插入鲨鱼的嘴巴，想把它撬开。他转动桨，鲨鱼终于松开嘴溜走了。

老人抹了一下刀刃，把桨放下。然后，他拿起帆脚索，帆鼓起来了，继续朝着家的方向驶去。

船边的马林鱼，已经有四分之一被吃掉了，而且是最好的部位。他不忍心再看那条鱼了。马林鱼不断被海水冲刷，身体变成了银色，像是镜子的背面，它的条纹还能看得清楚。

“我本不该跑到这么远，鱼儿，”老人说，“你也不该来这里。我真的很抱歉。”

船比刚才走得更轻快了一些。老人夹着舵柄，双手伸到海水里浸泡。

“天知道最后那条鲨鱼吃掉了多少。”他不忍心去想被咬残了的鱼，那条鲨鱼咬下了一大块肉。现在，几乎整片海都充满了血腥味。

此时，船桨上的刀已不再那么锋利，可是接下来还会有鲨鱼来袭击。老人把手从海水中放回船上，他的双手还在流血。老人顾不了那么多了，他更在乎的是这条鱼。他想：“和水里的血腥味相比，我受伤的这点血不算什么。”

就在老人看着自己双手的时候，第三拨鲨鱼来了，一条铲鼻鲨。它像一头肥头大耳的猪直奔饲料槽，但在它啃到鱼的同时，老人手里的刀也扎进它的脑袋里。

鲨鱼翻了个身，往后一扭，刀“啪”的一声折断了。

老人坐稳了，继续掌舵。鲨鱼慢慢沉入水里，他都没有顾得上看一眼。

现在老人连最后一把刀都断掉了，他离岸边还有一段距离。

“我还有鱼钩，”他说，“但没什么用处。我有两只桨，有那个舵柄，有一根短棍。”

“我打不过它们了，”圣地亚哥想，“我太老了，用棍子打不死鲨鱼。但我还可以试试，我有桨、有短棍、有舵柄。”

这时已是傍晚时分，除了海水和天空，圣地亚哥什么都看不见。天空中的风大了一些，这样下去，他很快就能看到远处的陆地了。

“你累了，老头儿，”他说，“累到骨子里了。”

船边马林鱼的肉已经所剩不多。直到太阳快要下山的时候，又来了一拨鲨鱼。

水面上突然露出一双棕色的鳍。它们目标明确，并排着直奔小船而来。

老人夹紧舵柄，踩住帆脚索，伸手到船尾下面去拿短棍。

他咬牙切齿，用右手握紧短棍，活动一下手腕，一边盯着冲上来的鲨鱼。两条都是加拉诺鲨。

“我要等第一条咬住鱼，打它的鼻尖。打它的头顶也行。”他想。

两条鲨鱼同时逼近，他看到最近的那条鲨鱼张开嘴巴，朝马林鱼的腹部啃下去。老人高高举起短棍，重重击打下去。

鲨鱼顿了顿，沉入了海中。

另外一条鲨鱼啃了一口就走，来来回回好几次。老人找准时机，挥动棍子向它打去，但没有打实。鲨鱼看着他，把那块肉撕下来。

“来吧，加拉诺鲨，”老人说，“你再来一次！”

鲨鱼果真又冲了过来，老人举棍砸下，狠狠地击中了鲨鱼的脑袋，这一条也沉下去了。

老人盯着海面，等着它们再浮上来，但两条鲨鱼都没有出现。

过了一会儿，他看到一条浮起来，在不远的地方转圈。他没有看到另一条的鳍，那条鲨鱼应该已经死了。

天已经快黑了，老人开始期待哈瓦那的灯光。他已经连续三天没有回来了，镇里的人肯定都很担心他，特别是马诺林，还有一些和他年纪差不多的渔夫，以及其他担心他的人。他想：“村里的人都很不错。”

此时，船边的鱼只剩下了半条，马林鱼的嘴巴更加像一根长矛。老人看着身边的这条大鱼，心想：“我应该先把鱼的长嘴巴砍下来，拿它跟鲨鱼斗。”但是他没

有斧头，也没有刀。

要是有，也可以绑在桨头当武器。

如果还有鲨鱼夜里来袭，老人不知道拿什么赶走它们。

“就算有鲨鱼来袭，”老人说，“我也会豁出命把它们赶走。”

天已经黑了，周围没有一丝光芒，看不见灯火，只感到风在吹，帆拉着船不断前进。

他躺在船尾掌着舵，望着天空，盼望看到天边有光线。

他想：“也许我运气还不错，能带半条鱼回到家。”

大约晚上十点，他看到了远处来自岸上的灯光。老人心里充满了希望。

此时已完全入夜，寒冷使老人的身体僵硬，所有的伤口都在痛。“但愿我不必再战斗。”老人想，“我真希望不用再战斗了。”

到了午夜，远方传来鲨鱼划过海面的声音，那是一群鲨鱼。鱼鳍激起的波纹在水面纵横，一起逼近小船，直扑船边的马林鱼。

圣地亚哥胡乱挥舞着短棍，冲着来抢劫的鲨鱼乱打。突然，他感觉棍子被抓住，然后就丢了。

鲨鱼们争先恐后，一拥而上，撕扯着那条所剩无几的大鱼。

圣地亚哥只能眼睁睁地旁观，他知道这下彻底完了。终于，最后一条鲨鱼离开了。大鱼身上已经没有东西可吃了。

老人气急了，他几乎快要喘不过气来。嘴里有一股奇怪的味道，有点铜臭味，又有点甜。他俯身将血吐进海里，现在都无所谓了。

圣地亚哥知道自己已经被击败了，彻彻底底地击败了。他回到船尾，把船调到正确的方向，现在船走得很轻，老人再也没有什么想法，也没有什么需要担心的了。

他能感觉到船已经进了湾流，他可以看到海边的灯光。此时，他很清楚自己在什么位置，就要到家了。

老人的身体已经到极限了，他就想回到自己的小棚屋睡一觉，安静地睡一觉，什么都不去想。

他把船开进小港湾的时候，这里静悄悄的，露台饭店已经熄灯，整个渔村都已入眠。

老人把船开到卵石滩上。他跨出船，用尽最后的力气把船拉回滩上，捆绑在一块石头上。

他拔下桅杆，把帆卷起来，捆好。然后，他扛着桅杆往小棚屋走去。

这时，老人才意识到自己到底有多累。从岸上到家里，上坡的路走起来也十分吃力，中间甚至摔了一跤，半天爬不起来。这条上坡路，之前上下十多次可以不休息，这一回，他歇了五次，才走到了他的棚屋。

老人走进棚屋，把桅杆靠在墙上。在黑暗中，他找到了一只水壶，喝了一口水，就倒在了床上。老人拉了毯子盖到肩膀，俯卧着睡在报纸上。他很快就睡着了。

第二天早上，风很大，没办法再出海。许多渔民围着老人的小船，看着绑在船舷上的那条大鱼。有一个卷起裤子下到水里，用一根线量着鱼骨架的长度。

马诺林今天也睡了个懒觉，不过他一醒来，就来到了老人的棚屋。他之前每天早上都会来。男孩看见老人在呼吸，然后看到老人的双手，就无声地哭了出来。他悄悄地走出去，去拿咖啡，一路走一路哭。

“圣地亚哥怎么样？”一个渔民冲着男孩问道。

“在睡觉，”男孩喊，他不在乎让人家看到他在哭，“大家都不要去打扰他。”

“从鼻子到尾巴，足足有十八英尺[1]。”那个在水里的渔民喊。

“我相信。”男孩说。

男孩在露台饭馆点了热咖啡，端去老人的棚屋，坐在他身边，一直等到老人醒来。

“别起来，”男孩说，“先把咖啡喝了。”他往杯子里倒了一些咖啡。

“真糟糕，我败给它们了，马诺林。”老人说。

“你没有败给它们，你没有败给鱼儿。”男孩说，“佩德里科帮你看着船和渔具。鱼头你想怎么处理？”

“让佩德里科剁碎当鱼饵。”

“长嘴呢？”

“你要就给你吧。”

“我要。”男孩说，“你这几天一直没有回来，连海岸警卫队和飞机都出动了。”

“海那么大，船又那么小，肯定不好找。”老人说，他发

1　英尺：1 英尺约为 0.305 米。

现跟人说话比在海上自言自语开心多了，“我在海上经常想起你。”

“我们以后一起出去。”男孩说。

“不要。我运气不好，我再也没有好运气了。”

“别提运气了，”男孩说，“我自己带运气。”

“你家里怎么说？”老人很期待能和男孩一起出海。

“无所谓。我昨天抓了两条鱼。我父母会同意的，我们以后还是一起出去，我还有很多东西要学。”男孩说，“我会做好一切准备，你把手弄好，老头儿。”

老人有点激动，想爬起来坐着。

男孩说：“你再躺一会儿，老头儿，我去给你拿干净的衬衫，也拿一点吃的。”

“这几天的报纸也拿来。”老人说。

“我去拿吃的和报纸，”男孩说，“你好好休息，老头儿。我也给你拿点药涂手。”

“别忘了跟佩德里科说鱼头是他的。”

“好的。我会记住。”

男孩出了门，走在坑坑洼洼的珊瑚石路上，他又哭起来。

这一天下午，有一群游客来露台饭店吃饭。他们看着海滩上的那条大鱼，有一条很长、白花花的脊柱，后面接着一个巨大的尾巴。东风刮得厉害，港湾外面的浪很大。

“那是什么？”一个女游客问服务员。

“鲨鱼，”露台饭店的服务员说，“是鲨鱼。”他本是想从头讲起。

在棚屋里，老人又睡着了。他还是俯卧着睡，男孩还坐在他的身边，看着他。

老人梦到了狮子。

一本读

THE BLUE BIRD

莫里斯·梅特林克

1911 年诺贝尔文学奖得主。他来自比利时，喜欢在神秘又奇妙的故事里探讨生命和幸福，魔法、仙女、精灵是他书中的常客。

青鸟

寻找幸福的青鸟，也是寻找自己的过程

一、平安夜幻想曲

在大森林的边上，有一个小小的村子。村子里，住着一户贫穷的伐木人家。

伐木人一家虽然穷，但房子看上去很精致，是伐木人自己建造的。

每天清晨，伐木人早早地起床，开着一辆破旧的运货车，进入还在沉睡的森林里，开始他一天的劳作。伐下来的木头基本上都卖给外地人，有时剩下一些，被他攒起来建成了小房子。

除了伐木人和他的妻子，家里还有两个孩子——十岁的小男孩迪迪和他六岁的妹妹米米。

迪迪是个帅气的小男孩，他长得很高，活泼好动。因为经常帮爸爸干活，他有一身好力气。爸爸告诉他："要做一个勇敢的小男子汉，要学会保护妹妹。"迪迪记着爸爸的话，他喜欢穿爸爸的旧衣服，戴上以前爷爷给他买的旧帽子，这样

的穿着，让他看起来真的像一个小大人。

妹妹米米是个漂亮的小姑娘，喜欢扎着五颜六色的头绳，穿好看的裙子。但是伐木人家里太穷了，爸爸妈妈没钱给她买新裙子。裙子破了，妈妈就用针线给她缝一下。

“妈妈，我什么时候才可以穿上新裙子？”米米总是这样问妈妈。

“等爸爸赚了钱，我们就给你买新裙子。”妈妈总是这样回答她。

“那爸爸什么时候能赚钱呢？”

“宝贝，我也不知道，等长大了你就知道了。”妈妈叹了口气。

对门邻居家的小女孩娜娜总有新裙子，这让米米非常羡慕。她想跟娜娜交个朋友，但是怕人家嫌弃她穷，连新衣服都穿不起。

“我什么时候能像娜娜那样穿上新裙子呀？”米米想。

虽然家里并不富裕，但米米有爱自己的爸爸和妈妈，还有一个每天陪她玩耍的好哥哥。迪迪和米米相差四岁，但他们却亲密无间。

有一天，兄妹俩陪爸爸去森林里砍树。沐浴在林间的阳光中，听着爸爸砍树的声音，迪迪对米米说：“米米，咱们俩做游戏吧。”

“我才不要做游戏呢，我想抓一只小鸟带回去。”米米望着空中飞过的小鸟说。

迪迪很少拒绝妹妹的要求，他拿来一个小竹筐，很快做好了抓鸟的笼子。

他们把笼子立在地上，下面撒些面包屑，用一根系好绳子的小木棍撑着笼子，拉着绳子的另一头，远远地躲到树的后边。

米米着急地看着远处的笼子，从树叶中挣脱出来的一小块阳光正好洒在笼子上。

不一会儿，一只小鸟飞了下来，在笼子下面吃起了面包屑。迪迪等着鸟儿完全走到笼子里，一拉手里的绳子，笼子扣了下来，鸟儿被困在笼子中。

这是一只灰色的小鸟，在笼子里飞来飞去，好像很后悔自己贪吃。整个下午，迪迪和米米都在拿树枝逗着笼子里的小鸟。

到了晚上，爸爸收工回家，迪迪和米米跟在爸爸的身后，他们手里拿着鸟笼，一边看着鸟儿，一边高高兴兴地哼着歌曲。

经过邻居家门口时，邻居家的小女孩琪琪看到了鸟笼子，眼睛顿时亮了。

“米米，你手里拿着的是什么呀？”琪琪细声细气地问米米。邻居家也很穷，琪琪体弱多病，米米不常和她玩，都不算是好朋友。

“是我们刚抓到的鸟。”

“可以给我看一下吗？”

米米把鸟笼子拿到琪琪面前。看着活泼的鸟儿，琪琪高兴地笑了起来：“好漂亮的小鸟呀！”

“当然，是我哥哥给我抓的！”米米骄傲地说。

“迪迪哥哥好厉害呀！下次可以让他帮我抓一个吗？”琪琪期待地问道。

米米很生气琪琪的想法：“才不要，他是我的哥哥！”说完，她拉着哥哥的手，转身向家里走去。

天气越来越冷。没过几天，平安夜到了。

天黑了，街道上挂满了五颜六色的小灯，孩子们聚在一起，玩着各种各样的游戏。

妈妈早早地把迪迪和米米抱上床，亲吻了他们的额头，

温柔地说：“圣诞快乐，我的两个小宝贝，早点睡吧，晚安！”

妈妈关门走后，房间里安静了，猫在角落里打起了呼噜。

米米睡不着，她握着迪迪的手：“哥哥，你说圣诞老人会送给咱们礼物吗？”

“我也不知道。”

“妈妈说她今天去镇上了，但是没有找到圣诞老人，咱们今年可能没有礼物了。”

“咱们已经好几年都没有圣诞礼物了。”迪迪有点悲伤。

“我想要一条漂亮的裙子。哥哥，你想要什么？”米米问。

“我想要幸福的生活。”

“幸福的生活是什么？”

“就是咱们邻居娜娜家的生活。”

说着，迪迪从床上站了起来，趴在窗户上向外看。街上还有玩耍的小孩，娜娜家的窗户敞开着，屋里灯火通明，一棵大大的圣诞树在她家门口耸立着，树上有漂亮的小灯和各种各样的装饰品。

米米也爬了上来。

“好漂亮的圣诞树啊！”

“是啊！你看，他们马上要吃晚饭了。”

米米看得更仔细了，邻居家的大人们正在上菜，孩子们跑回屋子里，准备吃晚饭了。

“哥哥，他们的晚饭吃什么？”米米问。

“我也不知道，太远了，看不清楚。”

“你猜一下嘛！”

“我猜啊，肯定有蛋糕，奶油的，也有可能是巧克力的。

你喜欢吃什么味的蛋糕？”

“我也不知道，奶油吧！”米米想象着邻居家餐桌上的美食，“除了奶油，应该还有水果，有一大盘水果，特别好吃。”

“还有比萨吧，有钱人家都喜欢吃比萨。米米，你知道什么是比萨吗？”

“我知道，我看过你的课本，上面画着比萨的样子。可是我不知道它们好不好吃。”米米擦了一下口水，继续说，“应该还会有鸡肉，一大盘鸡肉，大人们都说圣诞节吃鸡肉。”

“不是的，复活节才吃鸡肉呢，圣诞节不吃。”迪迪认真地说。

米米笑了起来，说道：“有钱人想什么时候吃鸡肉就什么时候吃。”

迪迪也笑了。

“你猜他们会不会跳舞？”米米问。

“会吧，大人们都喜欢跳舞。”

“咱们也跳吧。”

说着，米米把迪迪拉下了床，他们光着脚，站在地板上，

手牵着手，想象着屋子里播放着动听的音乐，模仿着电视上人们跳舞时的动作，高兴地跳起了舞。窗户外面的灯光照进屋里，两个小孩子踩着灯光，沉浸在这短暂的欢乐之中。

跳累了，他们就躺回到床上，想着邻居家的圣诞树，慢慢地闭上了眼睛……

二、仙女的红帽子

“咚咚咚”，门响了三下，有人在敲门。

迪迪和米米吓了一跳，他们从床上坐了起来。

门“嘎吱”一下打开了，一个看起来跟妈妈年纪一样大的女人站在门口。女人穿着绿色的衣服，长长的裙子遮住了脚。她戴着一顶红色的帽子，帽子下边是一张悲伤的脸。

他们从来没见过这个女人，吓得瞪大眼睛，不敢说话。

女人柔声说道：“别害怕，我是仙女，不会伤害你们的。你们知道什么是仙女吗？”

她慢慢地走到孩子们身边，伸出两只手，握住了他们的手。

迪迪和米米感觉到了仙女手中的温暖，看到仙女的手上发出了明亮的白光，照亮了整个屋子。

迪迪不害怕了，他小声问道："您真的是仙女吗？我们以前只在书上看过仙女的样子。"

"没错，我真的是仙女，我叫贝丽吕娜，这次是来找你们帮忙的。"

"我们能帮您什么忙？"米米胆子也大了起来，她好奇地问。

"我是在找一只小鸟，青色的鸟儿。"

"青色的小鸟？"

"对，是一只青色的小鸟，我的女儿生病了，她需要这只青色的小鸟。"仙女说道。

"生病了不应该吃药吗？为什么需要青色的小鸟？"米米感到奇怪。

"因为青鸟代表着幸福，有了这只青色的小鸟，她就能感觉到幸福，病也就好了。"仙女回答。

听到"青鸟"和"幸福"，迪迪和米米互相看了一眼，有些迷惑。他们从来没有见到青色的小鸟，就跟从未觉得幸福一样。

"那我们该怎么帮您呢？哪里有青鸟？"迪迪问。

贝丽吕娜仙女没有回答他们，她在床边坐下，看着迪迪和米米，关心地问："你们的爸爸妈妈呢？"

"他们在屋里睡觉呢！"米米指了下外边的房间。

"那你们的爷爷奶奶呢？"

"他们已经去世了。"

"你们还有兄弟姐妹吗？"

听到这个问题，迪迪有些伤心，他低声道："除了米米，我还有三个弟弟和四个妹妹，但他们都病死了。我们家太穷了，没办法给他们治病。”

仙女摸了摸迪迪的头，温柔地说：“那你想再看到爷爷奶奶和弟弟妹妹吗？”

“想啊！我特别想他们！你能让他们都出来吗？”迪迪高兴地问。

“他们可没在我口袋里，但如果你去寻找青鸟，会在路上看到他们的。”

“那我们去找青鸟吧！”米米摇着哥哥的胳膊说。

迪迪有点犹豫，爸爸让他好好照顾米米，他不知道找青鸟会不会有危险。

贝丽吕娜看出了迪迪的担心，她从口袋里掏出了一个闪闪发光的东西，递到迪迪和米米手里。那是一顶圆圆的红色帽子，帽子上有一个明亮的石头，原来是这块石头在发光。

“这是块宝石。”仙女解释说，“只要转动这块法力无边的宝石，就可以看到不一样的东西。往左转一下，可以看到未来，往右转一下，可以看到过去。”

迪迪的眼睛瞪得大大的，他想象不到世界上居然还有这么神奇的东西。米米听不懂什么“过去”啊、“未来”啊，但她听明白了，这块宝石是个好东西，可以帮助他们找到青鸟。

迪迪摸着宝石，手指头上有一种冰凉的感觉。他看着仙女，试着把宝石转向右边。瞬间，他和米米简直不敢相信自己的眼睛，仙女竟变成了一个十几岁的小姑娘。

“我没有骗你吧，是不是很奇妙！还有更奇妙的呢！在你转动宝石之后，你还可以看到世间万物的灵魂。”年轻的仙女说。

仙女指了下桌上的面包，黄色的面包正在慢慢地晃动，突然立了起来，面包的下边长出了两条腿，站立在桌子上。接着，它伸出了两条胳膊，在半空中伸了个懒腰。

“哇，太神奇了！”米米高兴地喊道。

桌上的杯子也开始晃动起来，杯子里的水慢慢长出了细细的腿和胳膊，从杯子里爬了出来。在宝石的光辉里，水透明的身体晶莹剔透，美妙绝伦。

还有他们的小房子，突然变成了一片绿色的森林，墙壁上开出了五颜六色的花朵，鸟儿在屋顶上叫着。

“哥哥，咱们家像宫殿一样！”米米一边拍手一边跳了起来。

“太好看了，这是咱们家吗？我都不认识了。”迪迪也非常兴奋，他揉了揉眼睛仔细地看，没错，这就是他们的小房子，但现在已经是一片绿意盎然的森林了。

“我亲爱的迪迪和米米，我终于能和你们说话了。”两个孩子听到下方传来说话声，低头一看，小狗提洛抬着爪子站在那里，好像要跟他们握手一样。

迪迪和米米吓得躲到了仙女身后，仙女揽住他们，笑着说道：“忘了跟你们说了，宝石被转动后，不仅能看到万物的灵魂，还解除了他们的

沉默，能听到他们说话的声音。”

这时候，衣柜里有一阵轻微的响声，“窸窸窣窣”，时响时停。迪迪壮着胆子，慢慢走向衣柜，他打开衣柜的大门，看到他们的猫咪提莱尔站在衣柜后面。

“你好啊，我的小主人，你今天穿得真好看啊。”提莱尔先跟迪迪打了个招呼，然后她爬到米米面前，微笑着说道：“晚上好呀，米米，你真是个漂亮的小姑娘。”

迪迪和米米呆立在原地，吃惊得张大嘴巴。仙女道：“你们不用害怕，他们是提洛和提莱尔的灵魂，不会伤害你们的。”

迪迪试着蹲下来，慢慢抱起了提洛，而米米也把提莱尔抱了起来，亲切地跟他们打招呼。

突然一声巨响，“轰隆隆隆……”迪迪和米米吓得躲进仙女的裙下。小屋子里发出刺眼的光芒，一个全身发光的小人儿站立在桌子上。

“不要害怕，孩子们，那是火，她也想出来跟你们玩。她是个活泼的姑娘，只是脾气不太好。”仙女摸着迪迪和米米的头说。

火光猛烈地抖动了一下，火姑娘冲到了迪迪和米米面前。

“没关系，我来保护你们！”一道蓝色的光闪过，水先生

从桌上跳到他们身边，宽大的蓝色衣服裹着透明的身体，迅速地站在了两个孩子面前，阻挡着火光的照射。

看到冰凉的水先生，活泼的火姑娘吓了一跳，她收起火光，老老实实坐在了桌子上。

这时，米米害羞地问大家：“你们谁知道糖在哪里，我有点饿了……”

话音刚落，全身光溜溜的糖从罐子里跳了出来：“主人，我在这里！”他蹦蹦跳跳地走到米米面前，脸上带着自豪的表情，好像只有他受到了米米的宠爱。

“你饿了，可以把我吃了。”说着，糖伸出了自己的手，掰下了一根手指头，伸到米米面前，“你可以先吃我的手指头。”

米米感激地看着瘦小的糖：“那你会不会疼？我吃了它，你没有手指头怎么办？”

“放心吧，我不疼！而且，手指头可以长出新的来。”

说着，糖把手伸到米米面前，米米看到，糖的手指头又变成五个了。只不过，其中有个手指头有点短，像正在长大的孩子。

糖、面包、水、火，和提莱尔、提洛一起聚到屋子里，组成一个小型的派对，原本冷清的平安夜一下子热闹了起来。

大家玩了一会儿，仙女把迪迪和米米叫到身边说：“不要忘了你们的任务，你们要一起去找青鸟，只有它才能救我的孩子！”

“我们能找到吗？”迪迪问。

“一定能的！有光女神帮助你们。”贝丽吕娜仙女朝窗外一指，一个美丽的少女从窗外飞进屋里，她穿着一件漂亮的裙子，眼睛就像清澈的河水，又像天上的星星，闪着明亮的光芒。

“好漂亮的姐姐！”米米看得入迷了，她盯着那条长长的裙子，这正是她想要的。

“这就是光女神，她会帮助你们找到青鸟的。”

光女神摸了摸迪迪和米米的头，把他们搂在怀里。

这时，门口再次响起“咚咚咚”的敲门声。

“迪迪、米米，你们睡了吗？屋里怎么这么吵。”门外传来了爸爸妈妈的声音。

“不好，大家快躲起来吧。”迪迪慌张地说。

仙女小声地对迪迪说：“你只要转动宝石就好了。”

迪迪赶紧拿起红色的帽子，转动上边的宝石，但他太紧张了，宝石没有转到底。

“别紧张，你转不到底，大家都回不去。”

随着门口“咚咚咚”的敲门声，屋里变得混乱起来。

“我们得赶紧躲起来。”

“咱们是不是回不去了？”

“赶紧想办法吧，他们要进来了。”

……

大家在狭小的屋子里横冲直撞。

迪迪还在摆弄宝石，但怎么都转不到合适的位置。仙女跟大家说：“来不及了，你们赶紧上路吧。”

她打开了窗子，伸出魔法棒，窗户外变成了一片美丽的宫殿。大家一起从窗户中走了出去，进入白茫茫的宫殿之中。

屋子里又变回到原来的模样。

一阵响动，爸爸用钥匙打开了门，透过门缝，看到屋里静悄悄的。

“孩子们都睡着了？”妈妈小声地问。

“睡着了，屋里很安静。”爸爸回答。

他们关上门，回屋里睡觉去了。

三、月光下的仙女宫

贝丽吕娜仙女带着大家飞了起来，他们越过高山，朝着月亮的方向飞去。

仙女的宫殿就在月亮下边，淡淡的月光照亮了宫殿的屋顶，一根根粗大的石头柱子竖立在宫殿前面。宫殿里金碧辉煌，到处都摆着漂亮的钻石，每一面墙上都挂着巨大的画像。其中的一张，正是贝丽吕娜仙女年轻时的画像，她长着一头卷曲长发，年轻的脸上焕发着光泽。

“你的宫殿可真漂亮！”米米拉着仙女的手说。

“是的，我喜欢这个地方，也一直都很快乐，直到我女儿生了病。现在只能指望青鸟了。”

说起青鸟，仙女脸色严肃起来，转向大家说：“糖、面包、水、火、猫和狗，你们几个，如果不能帮迪迪和米米找到青鸟，就永远回不到从前了。”

“您是说，我们能一直像现在这样说话，对吗？”猫恭敬地问道。

“是的，你们永远不能像以前那样了。”仙女回答，“大家跟我来吧，我带你们去换套新的衣服。”

在迪迪和米米跟着仙女离开时，猫拉住了糖、面包、水和火。

“你们听见没有，仙女说了，如果找不到青鸟，咱们就能一直像现在这样了。”提莱尔低声对大家说。

“像现在这样好吗？”

“我想我的杯子了！”

“回去躺在面包盒子里挺好的。”

“我想快点回去，跟我的兄弟们白糖、红糖和酒心糖待在一起。”

……

大家七嘴八舌地说了起来。

提莱尔有点怒其不争地说道：“你们是不是傻了，你们回去只能待在盒子和瓶子里。现在我们可以说话，也可以到处走动，这样不好吗？”

大家低下头，开始思考起来。

火先说话了：“好是好，但是迪迪和米米找到青鸟，咱们就又变回原来的样子了。”

“所以咱们不能让这两个傻孩子找到青鸟。”提莱尔说道。

听了提莱尔的话，提洛吼道：“你说什么？他们是咱们的主人，怎么能破坏他们的任务？”

提莱尔捋了下胡须，用余光看着小狗提洛，轻蔑地说：“你就是一条愚蠢的小狗，活该每天围着人转。”

提洛生气了，他跳起来，要去咬提莱尔，但大家拉住了他。

“大家都冷静一下，我们仔细想想。”糖跟大家说。

“我不管，人类是最伟大的，我们要帮助他们找到青鸟。”提洛坚定地说道。

“喂，你们怎么回事，不是说让你们来换衣服吗？怎么还站在那里不动！”大家正在争论，仙女不知何时回来了。

提莱尔迈着猫步走上前，笑着说：“我们在商量怎么帮助迪迪和米米，正准备过去。”

“哼，她的坏心思，骗不了我！”提洛在一旁小声地说。

仙女带着大家走到了卧室，迪迪和米米已经换好了衣服。迪迪穿上了一件白色的外套、一条干净的牛仔裤，戴上仙女给他的那顶红帽子，成了一个帅气的小伙子。

“看呀，我们的迪迪不像是穷人家的小子了。”提莱尔轻盈地走到迪迪面前。

这时，提洛一下子冲了过来，把提莱尔撞到了一边：“走开，离我的主人远一点。”

提莱尔惊叫一声，一下子倒在了地上。

“提洛，你怎么这么没礼貌？”迪迪生气地看着提洛，命令他站到旁边去。

提洛觉得委屈极了，他小声地说："主人，你不知道，她要……"

"住口！"米米朝着提洛大声地喊道，她把提莱尔抱在怀里，关心地问她有没有受伤。她已经换好了衣服，穿着一条粉色的裙子，这是仙女的女儿的，既合身又漂亮。

大家看到米米漂亮的衣服，都忘记了争执，赶忙去找适合自己的衣服。

小狗提洛穿上了一件黄色的衣服，看起来像小皇帝一样。

而小猫提莱尔选择了一件黑色的皮大衣，穿上了一件黑色的紧身裤，帽子也是黑色。这一身黑色的打扮，让她看起来像一个高贵的女王。

糖、面包、火和水也穿上了各自的衣服，他们选择的衣服，都跟自己的长相有关。

穿好了衣服，贝丽吕娜仙女把大家叫到自己跟前。

“迪迪、米米，你们要马上出发去思念之乡，在那里，你们要去爷爷奶奶家做客，青鸟很可能在他们家。”仙女说。

“可是我们的爷爷奶奶已经去世了，我们怎么能找到他们？”迪迪问。

“只要你们心中一直想着他们，他们就会一直在另一个世界快乐地活着。而且你们转动宝石，也可以看到那些已经去世的人。”仙女说。

迪迪似懂非懂地点点头。

米米则很开心：“要见到爷爷奶奶了，我好想他们，已经很久没见到他们了！”

迪迪牵着妹妹的手，问仙女：“光女神跟我们一起去吗？”

光女神在迪迪和米米面前蹲下来，跟他们说：“我就不跟你们一起去了，很多已经去世的人都害怕光亮。”

贝丽吕娜仙女站在旁边说道："不只是光女神，其他人也不能跟你们俩一起去，你们要自己去见爷爷奶奶，然后找到青鸟。"

迪迪点了点头。

身旁的小狗提洛却不愿意了，他脸上露出了不满意的表情："我要陪着我的两个小主人一起去，我也想看看爷爷奶奶！"

"闭嘴！如果你再这样闹，我就把你变回原来的样子。"仙女生气地跟提洛说，小狗害怕地闭上了嘴巴。

就这样，迪迪和米米与大家告别，手牵着手走向了思念之乡。

四、被思念者永生

在仙女的指引下，迪迪和米米向思念之乡走去。走着走着，他们来到一个黑漆漆的地方，四周有“咯吱咯吱”类似脚步的声音，凉风“呼呼”地从耳畔吹过。

摸着黑往前又走了一段，出现在他们眼前的，是一片黑色的小森林。森林中弥漫着淡淡

的雾气，清晨的露珠挂在树叶上。偶尔，一两声鸟鸣在他们的头顶上响起。这时，迪迪和米米看到了几座坟墓，上面长满了青草，几个巨大的十字架竖立在墓碑上，墓碑是黑色的，每一个上面都贴着一张黑白照片。

“这里真让人害怕。”米米紧紧地拉住迪迪的衣服。

“不要害怕，仙女说过，要到达思念之乡，必须经过一片森林。这个森林很小，几分钟就能走出去，放心吧！”迪迪一边保护着米米，一边握着带有宝石的帽子。

“我们要不要转动宝石？”米米问。

“不要，转动宝石的话，死人就会从坟墓里出来了。”

“死人都很凶吗？”

“不凶，他们怕我们，但是我们不能影响他们休息。”迪迪安慰着米米。

“你见过死人吗？”米米问。

“见过，他们浑身都是白色的，还长了两只翅膀，见到活人就跑。”其实，迪迪没见过死人，他也不知道死人是什么样子的，他只是不想让妹妹害怕。

“我不敢走了……”米米颤抖着，眼泪都快要流出来了。

迪迪拉着妹妹的手，给妹妹打气：“不用害怕，死人都会安静地待在坟墓里，我们只要安静地走过去就行了。”

墓地不大，他们很快就走了出去。不远处的树下盛开着一些花朵，他们走到花丛前，闻到了花朵的芳香。米米提议，摘下几朵花送给爷爷奶奶。

“好主意！他们肯定很喜欢！”

他们弯下腰，开始摘起了花朵。

这时，森林里的雾散了，一个方方正正的木头牌子显现在树上，牌子上写着四个大字：“思念之乡”。

“米米，你快看，我们到了！”迪迪指着牌子大声喊道。

米米不认识牌子上的字，但她听到哥哥这么说，还是高兴地跳了起来。

往前再走一小段路，一座红颜色的小房子出现在他们眼前。房子是用木头做的，看起来很小，甚至比迪迪家的房子还小。

小房子前，爬满藤蔓的篱笆围着一个小院子，里面种满了颜色各异的花。院子里的小路上摆着一把椅子，椅子旁边挂着一个鸟笼，里边有一只鹦鹉在跳来跳去。

迪迪激动起来，这正是爷爷奶奶住过的小房子。

小院门口的狗看到了迪迪和米米，“汪汪”地叫了起来。

听到狗叫，屋里走出了两个老人。

“看，是爷爷和奶奶！”迪迪大喊道，随即和米米朝爷爷奶奶跑了过去。

“迪迪、米米，你们来看我们了！”爷爷和奶奶把两个孩子抱在怀里。

“我早就感觉到你们今天会来看我们！昨天晚上睡觉时，我做了个梦，梦到你们来跟我们吃饭了。”爷爷开心地说。

“我也感觉到了，一想到能见到我的宝贝孙子和宝贝孙女，我都要哭出来了。”果然，一行眼泪从奶奶的眼角流到了米米的脖子里。

两个孩子依偎在爷爷和奶奶的怀里，他们一边撒娇，一边享受着两位老人的亲吻。

“爷爷、奶奶，我和米米很想你们，但是我们来不了，因为我们以前没有宝石。”迪迪跟爷爷奶奶解释，是因为仙女给他们的宝石，他们才能来到思念之乡看望他们。

“傻孩子，去年万圣节的时候你们就来看过我们。”爷爷

摸着米米的头，疼爱地说。

迪迪和米米都感到奇怪，他们记得很清楚，去年万圣节他们是和爸爸妈妈一起过的。那天的晚餐，迪迪没有吃饱，睡觉的时候，他梦见了小时候在爷爷奶奶家吃过的大馅饼。

“爷爷，去年万圣节，我们没来找您呀！”迪迪说道。

“孩子，只要你想到我们，就会来到思念之乡，我们就能看见你。”爷爷笑着对迪迪和米米说。

米米听不懂爷爷的话，她躺在爷爷的怀里，感受到了爷爷心口的温暖。她好奇地问：“爷爷、奶奶，你们真的去世了吗？可是我还能感觉到你们呢！”

爷爷大笑道：“只要你们想念着我们，我们俩就一直活着。”

迪迪从奶奶的怀抱中跳了下来，在小院里东走走，西逛逛，看到很多熟悉的东西。在门口，他看到了爷爷放在那里的锄头，锄柄已经开始腐烂了。

“爷爷，你的锄头上还有我的名字呢。”迪迪拿着锄头说。

米米也跑到了锄头旁，看着迪迪小时候刻下的名字。她还没认识几个字，也不会写自己的名字，但她能认出那是哥哥的手笔。

“这里一切都没变，还是你和奶奶离开我们时的样子。”迪迪认真地跟爷爷说。

爷爷的眼里泛起了泪花：“当然了，我们都舍不得搬动它们呢！每次看到这些东西，我们就能想起你们。”

迪迪看到了爷爷抹眼泪的动作，马上换了个话题：“爷爷奶奶，你们见过青色的鸟吗？”

“见过呀，森林里有很多青色的鸟呢！”奶奶回答。

迪迪和米米高兴地跳了起来：“太棒了，我们就是来找青鸟的。”

他们把仙女请他们找青鸟的事告诉了爷爷奶奶。

“你们看，这里就有一只青鸟。”爷爷指了指鸟笼，原来鸟笼里那只鹦鹉，已经变成了一只全身都是青色的小鸟。

“哇，它青得像玻璃球一样呢！您可以把它送给我吗？”

“当然可以！”

“好了，任务完成了，留下来一起吃饭吧！”奶奶朝厨房走去，她已经做好了大大的馅饼，熬了香喷喷的汤。

迪迪帮助爷爷把桌子搬到院子中央，摆上了四把椅子，米米帮着奶奶把叉子和盘子拿到桌子上。

迪迪和米米准备坐下时，爷爷突然说：“我想起来了，这里有几个你们认识的孩子，想见见他们吗？”

“我们认识的孩子？”

“没错，以前和你们一起长大的孩子。”

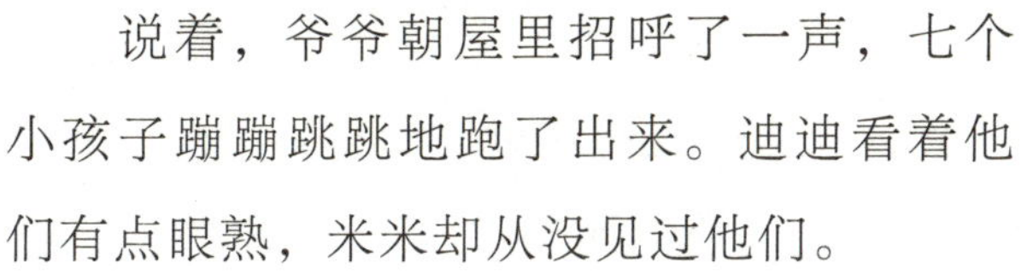

说着，爷爷朝屋里招呼了一声，七个小孩子蹦蹦跳跳地跑了出来。迪迪看着他们有点眼熟，米米却从没见过他们。

“你们不认识他们了？他们是迪迪和米米的兄弟姐妹。”

这么一说，迪迪完全想起来了，他们是已经去世的弟弟妹妹们：皮耶罗、罗贝尔、玛格丽特、波林娜、皮埃雷特、格雷，还有里盖特！

迪迪把这些孩子介绍给米米认识，他们大多数出生的时候，米米还没出生，而里盖特出生的时候，米米还是个婴儿。

“里盖特！里盖特！你都会走路了。”迪迪抱着自己最小的小妹妹，皱着眉头说，“不过，你还是这么小。”

“他们都不会再长大了。”爷爷

叹了口气说。

几个孩子聚在一起，开心地跳起了舞。

看着他们玩得这么开心，爷爷和奶奶不忍心打断他们的游戏，但桌子上的菜要凉了，奶奶只能把他们喊到桌子前：“快来吃饭了，小宝贝们！”

孩子们跑到饭桌前，从大到小一字排开，开开心心地吃起了早餐。

奶奶做的馅饼真是好吃，米米一口气吃了大半个，迪迪把剩下的半个塞进了自己的嘴里，喝了口肉汤，把馅饼送到了肚子里。

爷爷和奶奶微笑着坐在一边，看着他们狼吞虎咽。

快乐的时光总是太快离开。

早饭吃完，屋里的钟表敲了八下，迪迪和米米该离开思念之乡了。他们需要把笼子里的青鸟拿给贝丽吕娜仙女，那样就算完成任务了。

“爷爷、奶奶，弟弟妹妹们，我们要回去了。”迪迪和米米摇着手，跟爷爷奶奶告别。

“迪迪、米米，你们要时常想起我们，这样我们才能经常看到你们。记住呀，只要你们不忘记我们，我们就会永远活在另一个世界里。”爷爷看着慢慢走远的两个孩子，流下了泪水。

转过头，迪迪和米米朝着来时的那片黑色森林走去。雾又变多了，森林好像浸泡在雾气之中，鸟儿的叫声也渐渐消失了。

“我们终于可以帮贝丽吕娜仙女的女儿治病了。”

说着，迪迪提起了鸟笼，举在他和米米眼前。

他们惊奇地看到，那只青鸟突然变成了黑色，在鸟笼里“吱吱吱”地叫着，声音嘶哑，像一个得了感冒的病人。

“鸟儿怎么变成黑色了？”米米惊讶地说。

“对呀，在爷爷家的时候它还是青色的。”

他们朝爷爷的小屋看去，但是，那里什么都没有。

森林消失了，墓地也消失了，雾散了，光女神出现在不远的地方。迪迪和米米跑过去，把鸟笼举到光女神面前。

“光女神，刚才在爷爷家它还是一只青色的鸟儿，现在它怎么变成黑色的了，像乌鸦一样丑陋。”迪迪哭丧着脸说。

光女神牵起了他们的手，说：“别伤心，你们虽然没有得到青鸟，但你们跟爷爷奶奶一起度过了欢乐的时光，这是比得到青鸟更让人开心的事呀。如果你们想找到幸福的青鸟，你们就要学会享受路上的每一处风景。”

迪迪和米米点了点头，似懂非懂。

这时，光女神召唤来一片云彩，停在地上，迪迪和米米躺了上去。云彩软软的，像床上的棉被一样暖和。慢慢地，他们睡着了。

五、夜夫人和夜之宫

在思念之乡没有找到青鸟，迪迪和米米重新上路了，他们的下一站是夜之宫。

这一次，光女神把大家叫到了一起，跟大家说："夜之宫的主人夜夫人很怕我，我一出来，她就会躲得远远的，所以这次我也不能陪你们去。大家要好好帮助迪迪和米米，帮他们找到青鸟，这样你们也能早点回家。"

"没问题！我们会帮助他们找到青鸟的！"提洛高兴地回答。他围着迪迪转圈，终于能陪着迪迪去找青鸟了，他很开心。

糖也很高兴，他把自己的一根手指头掰下来，递给米米。

面包却有点不情愿，他是个大胖子，走一点路都会流下汗水，可是光女神的命令他不敢违背，只能低头叹气。

水和火是不怕累的，他们跳一下就能飞很远，去夜之宫对他们来说是值得期待的旅程。看到火兴奋的样子，光女神拉住了她："火呀，夜夫人也不喜欢你，这次你也不能去夜之宫。"

火一下子蔫了，只好留了下来。

可是提莱尔呢？猫在哪里？大家找不着她。提洛露出了凶狠的表情，他猜到了提莱尔去了哪里。

没错，猫已经提前到达了夜之宫。

这是一座阴森森的黑色宫殿，宫殿的石柱子和天花板都是黑色的，只不过，天花板上面画了一条金色的凤凰。在殿堂的正中间，是夜夫人的宝座。此时，穿着青色长袍的夜夫人正坐在这个宝座上，看着小猫提莱尔站在自己的脚下。

夜夫人最喜欢睡觉，提莱尔的来访打扰了她的美梦，让她感觉非常厌烦。

“你是谁？来这里干什么？”夜夫人厌恶地问。

“夜夫人，我是您忠实的宠物，小猫提莱尔。这次来，我是想来告诉您，有人来找您麻烦了。”

夜夫人一下子来了精神，她走下自己的宝座，来到提莱尔身旁：“什么麻烦？你仔细地说一下。”

“是这样的，有两个孩子接受了贝丽吕娜仙女的命令，要找到一只真正的青鸟，把它带回去。我知道，您的宫殿里有一只青鸟，它是您的宝贝，我们不能让他们找到您的青鸟。”

“提莱尔，你有这么好心？”夜夫人怀疑地看着小猫。

“您放心，我的提议对咱们都好，只要他们找不到青鸟，我就不会失去行走和说话的能力，变回原来的样子。而您，也不会失去能唱歌的青鸟，不会在黑夜里孤单和寂寞。”

夜夫人沉吟了一下，说：“人类创造了光明，破坏了我们黑夜的和谐，现在还要把我们的歌声也夺去！”她越说越生气，问提莱尔，“我们一定要阻止他们，可是我不能违抗仙女的命令。你有什么计划？”

提莱尔的脸上闪过一丝轻蔑的笑容：“他们都是孩子，胆子很小，只要吓唬吓唬他们就行。据我所知，您的宫殿后边有几扇大门，青鸟住在其中一扇大门之后，在打开那扇大门之前，我们先让他们打开几扇藏着恶魔的大门，这样就能把他们

吓跑了。”

“也只能这样了。”

这时候，一阵吵吵闹闹的声音传来。

提莱尔跟夜夫人说：“他们来了。”

当迪迪、米米和他们的同伴来到了夜之宫的宫殿上，提莱尔换了一副谄媚的表情，轻手轻脚地迎了过去：“我的主人，您终于来了，我已经跟夜夫人说明了咱们的情况，她同意您来找青鸟了。”

“提莱尔，你太贴心了。”米米抱起了小猫，一旁的小狗

提洛则凶狠地叫了两声。

迪迪走到夜夫人面前，鞠躬道：“您好，夜夫人，我想猫咪已经告知您，贝丽吕娜仙女要求我们帮她寻找青鸟……”

“哦，是贝丽吕娜仙女呀，她还好吗？请代我向她致意，我很想念她。”夜夫人打断了迪迪的话，“可是，我也不知道这里有没有青鸟。我希望你们能找到它，但这里黑漆漆的，没有一点亮光，我不知道你们能不能如愿。”

“听说您的宫殿里有几扇大门，里边藏着很多夜的秘密，青鸟有可能藏在那儿。您可以把钥匙给我们吗？我们想打开门找一找。”

“没问题，贝丽吕娜仙女的命令我很乐意遵从，钥匙就在我身上，我们一起去吧。”

夜夫人领着迪迪和米米一行来到了宫殿后边，几扇黑色的大门出现在大家面前。

夜夫人指着第一扇大门，说道：“青鸟有可能在每一扇大门后边，你们可以打开看看。”

第一扇大门是灰色的，门上刻着一条长长的眼镜蛇。米米觉得眼镜蛇一直在看着她，她怕得颤抖起来，抱住糖，脸色变得苍白。

“不要害怕，米米，我们都在这儿呢！”糖安慰米米说。

“夜夫人，这后边藏的是什么秘密？”迪迪问。

“是鬼魂的秘密！它们在里边寂寞得太久了，总盼着有人来访！或许看到你们，它们一开心，就把青鸟送给你们了。”夜夫人笑着说。

米米更害怕了。以前，爸爸给她讲过鬼魂的故事：“如果你再不听话，鬼魂就会把你抓走。”

“哥哥，我们走吧，我害怕。”米米拉着迪迪的衣角说。

“没事的，米米，我们大家都会保护你。我们一定要找到青鸟，帮贝丽吕娜仙女治好她女儿的病。”迪迪勇敢地说。

迪迪把钥匙插进了门上的钥匙孔。一片寂静中，大家都在恐惧地等着大门打开。

轻轻地转动了一下钥匙，门打开了。突然，几个奇形

怪状的白色幽灵从大门中飞了出来，它们围着黑色的大理石柱子飘动，发出恐怖的叫声。

迪迪和米米吓得叫了起来，面包、糖也“哇哇”地哭了。只有提洛不害怕，他跑到迪迪和米米身边，保护着自己的主人，对着几个白色幽灵“汪汪汪”地叫着。

“快把门关上，它们都跑出来了！”夜夫人一边说着，一边追赶着这些白色幽灵，把它们都赶回了大门里边。大门锁上后，夜之宫又回到无边的黑色之中，只能听到米米在小声啜泣。

夜夫人说：“自从你们人类不相信有鬼魂之后，这些幽灵就觉得自己没有存在的价值了，所以它们一直想吓唬吓唬

你们。”

说着，夜夫人走到第二扇大门前面，指着门说：“迪迪，你还要打开它吗？”

迪迪也有点害怕了，但他还是鼓起勇气说：“要！我要打开它！我们一定要找到青鸟！”

夜夫人阴沉着脸，把第二扇门的钥匙给了迪迪。

打开这扇门后，里边却是死一样的安静，什么声音都没有，只有一些小虫子歪歪扭扭地躺着。

“这里边是什么？”迪迪好奇地问。

“它们是疾病。放心吧，它们不会出来的，人类已经战胜了很多疾病，所以它们才这样无精打采。不过也有例外，你看那个跳得最开心的，是感冒，人类对它没有什么办法。还有那个坐在角落里的大虫子，它叫癌症，在这里它的地位最高，因为人类没有办法消灭它们。”

迪迪隐隐约约地想起来，自己的爷爷就是被“癌症”这种虫子带走的。想到这儿，他有些伤心，“砰”的一下把门关上，对大家说：“这里边没有青鸟，咱们看下一扇门。”

夜夫人的脸色大变，急道：“你确定要打开下一扇吗？这扇门后边是最可恶的东西——战争！我的天呀，我也没办法控制它们。”

迪迪不知道什么叫战争，他一直生活在小镇上，爸爸妈妈也没有给他讲过战争的故事。“我不知道什么是战争，但我一定要找到青鸟。”说着，他把钥匙插进钥匙孔中。刚打开一个门缝，就有东西“呼”的一下朝大门冲过来。

夜夫人赶紧顶住了大门。“你们快来帮助我，帮我关上大门！”夜夫人对大家喊道。

迪迪和米米赶紧上前帮忙，但大门里的东西力量无穷，它们使劲地推着大门，想从里边冲出来。大家都感受到了门里面的寒气，冷得可怕。

费了九牛二虎之力，大家才把门关上，累得已经站不起来了，纷纷坐在地上。夜夫人对大家说：“你们看到了吧，这就是战争的可怕，它们总想从黑暗的门里冲出来。”

现在，夜之宫里只剩下最后一扇门了，那是最漂亮的一扇门，大门上雕刻着一只美丽的夜莺，它仰着脖子，头望向天空，尖利的嘴巴微微张开，好像是要高声唱一曲美妙的歌。

“这是最后一扇门了，我们不开了吧，太可怕了。”米米心有余悸，她摇着哥哥的胳膊，请求他离开这里。

迪迪的身体也在颤抖着，但丝毫没有放弃的想法。他抱住米米说：“刚才光女神对我们说过，青鸟就在夜之宫里，我们最好把这里都看一遍。”

夜夫人的脸色狞厉起来，大声地喊道：“你们刚才闯的祸还不够吗？你们这是在蔑视命运，生活在黑夜中的人不该妄想光明！”

“可是，仙女叫我们寻找青鸟，我们就要找到它！”迪迪寸步不让，夜夫人的喊叫更加激发了他的勇敢，他坚定地朝第四扇门走过去。

“真是个愣头青啊！”夜夫人摇着头说。

这时，米米、面包、糖和水都躲在了黑色大理石柱子的后边，害怕地猜测着从这扇门后会出来什么。只有忠实的小狗提洛还在迪迪身边，他张开自己的大嘴，时刻准备去咬住可能伤害迪迪的东西。

迪迪也在给自己打气：“青鸟可能就在这最后一扇门的后边，打开这扇门就能捉住它了。”

迪迪用颤抖的手打开门，眼前的景象惊得他张大了嘴巴：那是一座美丽的花园，繁花似海，嶙峋的假山围绕在花园的四周，假山旁边是一个小亭子，两只鸟儿正从小亭子里飞了出来。

“你们看，那里有好多青鸟！”迪迪的手指指向花丛中间，一只只站立在地上的青色鸟儿轰然飞起，在天空中洒下微弱的青色光亮。

迪迪和米米跑进花园之中，大家也紧跟上去。

他们抓住了七只没有飞走的青鸟，把它们装进了笼子。

“我们该走了，谢谢你，夜夫人，贝丽吕娜仙女肯定会非常高兴的！”大家跟夜夫人告别后，高高兴兴地离开了夜之宫。只有小猫提莱尔静悄悄地留了下来。

“他们拿走的都不是真正的青鸟吧？”夜夫人问提莱尔。

提莱尔捋着胡须，对夜夫人笑道：“当然不是，那么多像青鸟一样的鸟儿，很容易让他们迷失在里边。真正的青鸟正在月亮上唱歌呢，他们只是低着头在地上寻找，怎么能找到呢？”

没过多久，迪迪一行与光女神会合了。当迪迪把鸟笼递给光女神时，鸟笼里的鸟儿却都已死去。它们躺在鸟笼里，一动不动。

“怎么会这样？它们刚才还活蹦乱跳的！”迪迪既失望又惊讶，哭丧着脸对光女神说。

光女神仔细看了看鸟笼里的鸟儿，蹲下来对迪迪和米米柔声说道：“孩子们，你们抓住的这些青鸟只能在夜里活动，一到白天就会死去。真正的青鸟看来已经飞去了别处。”

迪迪低下了头，一滴滴眼泪从他的脸上掉了下来。

光女神抱着迪迪，安慰他说：“真正的青鸟不是那么容易就能找到的，你们要有点耐心，我们也会帮助你的。现在，青鸟已经飞去了森林，你们可以去那里寻找它。”

六、森林中的居民们

离开夜之宫后，小猫提莱尔来到了森林。她知道，这里是迪迪他们下一个目的地。

举目望去，参天的大树连成一片，在风中整齐地摇动，宛如海浪。阳光洒在树叶上，泛起无数金色的亮光。

走到茂密的森林，身边是一棵棵高耸的大树，提莱尔打了招呼："亲爱的大树们，你们好，我是猫咪提莱尔！"

"你好，提莱尔。"树叶晃动了一下，大树苍凉的声音传来，"猫咪应该生活在人类身边，你来这里做什么？"

提莱尔清了下嗓子，大声地说："我是来告诉你们一个消息的。是一个很坏很坏的消息，你们的仇人——伐木人的儿子和女儿将要来到森林里，他们要找你们的麻烦。"

"什么！伐木人的孩子？他们来做什么？"树木们都摇晃起了身体，发出"簌簌簌簌"的声响，表达着自己的愤怒。

"他们是来找青鸟的。我们都知道，人类知晓了我们太多的秘密。幸福是我们最重要的秘密，我们要联合起来，阻止人类找到代表着幸福的青鸟，守护这个最重要的秘密。"

这时，一个衰老的身影出现在提莱尔面前，那是森林里年纪最大的老橡树。他摆动着自己虚弱的身体，问提莱尔："你说的都是真的？他们为什么要带走青鸟？"

"当然，都是真的，他们已经去了思念之乡和夜之宫，这

里是他们的下一站。您问我他们为什么要带走青鸟？这我可没办法回答您，人类带走的东西太多了，也许他们只是贪得无厌。”提莱尔眨了一下眼睛，她没有把仙女的命令告诉大家。

“你怎么知道青鸟在我们森林中？”大白杨说话了。

“我听说青鸟喜欢森林清新的空气，所以经常来你们这里做客，我猜它现在一定在你们森林之中。”提莱尔恭敬地回答。

“那我们怎样才能阻止他们找到青鸟？”

“很简单，我们要

吓唬吓唬他们。”说着，提莱尔把大树们和动物们都叫到了一起，小声地把自己的计划告诉了他们……

按照光女神的指引，迪迪一行也来到了森林之中。

“是这儿吗？”

“没错，这就是森林，你看，这里的树真是太多了！”

听到迪迪和米米的声音，提莱尔跑到了他们身边。

她爬到米米身上，说道：“你们看，森林多漂亮呀！”

“提莱尔，你刚才去哪儿了？我们都没找到你。”

提莱尔笑着说：“我来帮你们找青鸟呀，我提前赶到这里，跟大树们和动物们都说好了，他们会帮助咱们找到青鸟。”

提莱尔吹了一声口哨，各种各样的脚步声纷至沓来。形态各异的树木、动物踩着落叶，向迪迪和米米走来。

迪迪转动了帽子上的宝石，想和森林里的居民们交流。

走在最前面的是老橡树，他的身体已经老得站不住了，身边的猴子们搀扶着他，这让迪迪想到了爷爷生病时的样子；走在后边的榆树是一个大胖子，他挺着大大的肚子，眼神里充满愤怒；活泼的大白杨走在一边，他摆动着自己的树叶，叽叽喳喳说个不停；桦树则像一个皮肤白皙的美女，昂着头，看起来非常高贵……

“大家看到了吧，是人类，我们终于能和他们说话了。我们要跟他们好好说说，这些年我们受的委屈太多了！”走到迪迪和米米面前，健壮的大白杨依然吵嚷个不停。

身体瘦弱的柳树戴上了自己的眼镜，长发随风飘动。他仔细地看了一会儿迪迪和米米，小声地问他们：“我的朋友在小镇上见过你们，你们是不是穷人家的孩子？”

迪迪皱起了眉头，点点头道：“我们家确实很穷。”

老橡树缓缓地走到他们跟前，他穿着长满苔藓的绿色长袍，手持一根拐杖，在一块大大的石头上坐了下来。他挥挥手，身边的猴子们离开了，接着，他目不转睛地盯着迪迪和米米。

突然，一只青色的小鸟飞到了老橡树的肩膀上。

“快看！是青鸟！”迪迪大声地喊道。

米米和其余的伙伴都凑到老橡树面前。那只青鸟整理了一下羽毛，在老橡树的肩膀上跳了几下，然后立在那里，眼睛直视着大家。它的眼中，有一股明亮的光芒。

“橡树先生，我们是专程来找青鸟的，您可以把这只青鸟送给我们吗？”迪迪有礼貌地问。

橡树好像没有听到迪迪的问题，他问道：“你是伐木人的儿子吧？”

“是的，先生。”迪迪和米米点了点头。

“你知道你的父亲给我们带来多少伤害吗？我的很多孩子就死在他的斧子之下。我们本来活得好好的，但他非要把我们砍倒，运到城里去卖掉。这是多么伤天害理的事呀！多么伤天害理！你们说，是不是？！”老橡树越说越激动。

迪迪和米米被老橡树的话吓到了。迪迪道歉说：“我不知道这些事，橡树先生，我想我的父亲不是故意的，他也没想到会伤害您的家人。”

橡树更加生气了：“你们人类什么都不知道，不知道大自然的规则，也不知道我们的痛苦，可森林都快被你们砍光了，你们难道不觉得羞耻吗？”

迪迪听不懂橡树的话，他自言自语道：“我们只想找到代表着幸福的青鸟。”

“代表着幸福的青鸟？你们要的幸福不在这里。”榆树突然气哼哼地说，张大了嘴，像是要吃掉他们一样。

“是贝丽吕娜仙女让我们来找青鸟的，她的孩子生病了，需要青鸟去治病……”

“够了！”还没等迪迪解释完，老橡树就大声喊了起来，“这里没有你要的青鸟，这里都是一些可怜的大树和动物。不管是老树还是小树，伐木人都不会放过。那些可怜的小动物，他们也会被你们人类杀掉，成为饭桌上的食物……”

这时，动物们走到迪迪和米米跟前，迪迪只认识羊、猪、狼、狮子、熊和老虎，其他的动物，课本上都没有讲到。他们眼中都露出愤怒的目光，直视着他们。

老橡树数了下来到这里的动物，认真地说：“动物们也到齐了，今天我们来商量一下，这两个孩子想要把咱们的青鸟带

走，你们同意吗？”

“当然不！”

“为什么要给他？”

“人类从我们这里拿走太多东西了，他们还不满足。”

……

动物们七嘴八舌地说着，大家都不同意他把青鸟带走。

“你们听我解释，我们把青鸟带走，不是为了要伤害你们，而是为了帮贝丽吕娜仙女的孩子治病……”迪迪头上冒出了汗，他还在努力地解释着。

“谎言！都是谎言！你们人类最擅长编造谎言，为了你们自己的快乐，破坏别人的生活！”

“我们连一片树叶也不会让你们拿走！”

……

动植物们气势汹汹地围着迪迪和米米，糖和面包已经吓坏了，他们躲到了米米的口袋里，把衣服口袋撑了起来。水和火站在迪迪和米米身边，随时准备保护他们。而提洛则勇敢地站在最前面，朝着大树们和动物们“汪汪”大叫。

越来越多的大树和动物加入到控诉的行列中，诉说着人类对他们的伤害。这时，不知道谁喊了一句：“把他们吃掉！”

动物们越来越激动了，他们离迪迪和米米越来越近，熊挥舞着自己的手掌，老虎张开了大嘴，狮子则对着天空吼了一声，震天动地……

眼看着危险越来越近，米米小声地提醒迪迪 ：“咱们转动宝石吧。”

迪迪赶紧拿下帽子，转动了宝石。

一瞬间，所有的一切都消失了，森林又变回了原样。

“发生了什么事，我可怜的孩子们。”这是光女神的声音，她不知何时来到森林。

迪迪和米米已经吓哭了，他们跑到光女神的怀里，哭着把刚才发生的事情告诉光女神。

“大树们和动物们是很可怜，但他们不应该这样对待你们，你们是无辜的。”光女神摸着迪迪和米米的头说。

“那我们的爸爸呢？他是伐木人，他也很无辜，对吗？”米米的眼里还流着泪水。

“是的。这个世界没有单纯的好人和坏人，这些事情，你们长大后就会明白了。”光女神语重心长地说。

“那些要吃掉我们的动物不是坏人吗？”

“当然不是，大树们、动物们，都很可怜，你们长大后要学会保护他们，只有保护好他们，才能保护好你们自己，要不然，他们会报复你们的。”

迪迪和米米点了点头，他们虽然听不懂光女神的话，但他们都知道，现在安全了。

“可是我们没有得到青鸟。”迪迪皱起了眉头。

“没关系，青鸟已经飞去了别的地方，当大树和动物们对你们发火的时候，青鸟就已经飞走了。”光女神安慰迪迪说。

“那青鸟去哪里了呢？”

“我也不知道，我们可以去金钱家园看看，青鸟很有可能会飞到了那里。”

“金钱家园？”

“没错，那里的人们看起来都很高兴，似乎很安全，其实充满了诱惑的危险。迪迪、米米，在那里，你们要守护自己的初心，保护好自己。”

七、金钱家园的胖子们

金钱家园建造在一座高高的山上。从天空中飞过时，迪迪和米米看到，很多人都在从山脚下往山顶上爬，他们拖着沉重的行李，把帽子拿在手上，一边擦着汗水，一边低着头，努力地攀爬着山上的岩石。

“他们这是去哪里？”迪迪好奇地问。

光女神告诉他，这些人都是去金钱家园的，他们抛弃了山下的房子，想搬到金钱家园去住。

“孩子们，你们去看看就知道了，不过，你们不能忘了任务和回家的路。金钱家园是一个容易让人失忆的地方，所以，你们一定要时刻记得那只幸福的青鸟，这样才能离开那里。”光女神对大家说。

“光女神，你不跟我们一起去吗？”

“这次我会跟你们一起去，生活在金钱家园中的人都很没有礼貌，那里比夜之宫还要危险，所以我要时刻保护你们。”

终于，金钱家园出现在了他们面前，那是一个金碧辉煌的大宫殿，比夜之宫看起来还要大。这里的一切都是金色的——宫殿的墙壁、柱子、地板都闪着耀眼的金光。在宫殿的正中间，放着一个巨大的桌子，自然，桌子也是金色的。

靠近一些，迪迪和米米看到桌子上放着很多食物，一整只烤全羊、一大盘飘着香味的猪肉……桌子上更多的是他们没有见过的食物，一些叫不上名字的水果。这一大桌子美食，不管谁看见，都会流下口水。

米米都看傻了，她从来没见过这么多好吃的。距离桌子越近，这些食物的香味也就越诱人，等他们走进金钱家园的宫殿时，连提洛、面包、糖、水和火都要流出口水了。

围着桌子，几个超级大胖子正在往嘴里塞着吃的，他们把一块块飘着香味的肥肉拿在手里，两只手轮流往嘴里送，亮晶晶的油顺着嘴角流下来。吃上一会儿，他们又拿起酒杯互相碰着，“咕噜咕噜”地把酒灌到肚子里。

“这些胖叔叔都是什么人？”迪迪小声地问光女神。

“他们都是金钱家园的居民，很多人出生在这里，也有几个人是从山脚下爬上来的。”

“他们有这么多好吃的，一定很幸福，青鸟应该就在这里了。”米米说。

光女神笑了一下，跟他们说：“那你们就去找一下吧。”

“我可以跟这些胖叔叔说话吗？”迪迪问。

“当然可以，虽然他们都很没礼貌，但并不吓人。”

提洛慢慢走近圆桌，看到了各种各样的肉，围着桌子上蹿下跳。

迪迪跟桌子旁的一个胖叔叔打招呼：“你们好，我叫迪迪，我们是来寻找青鸟的，请问您见过青色的鸟儿吗？”

“迪迪你好，我叫有钱幸福，我是这里最肥胖的幸福，我代表大家欢迎你的到来。”

桌上的其他人看了一眼迪迪和米米，轻蔑地笑了一下，然后继续吃了起来。

有钱幸福继续说："我邀请你们加入我们的晚餐，你看，这么多美味佳肴，保你们吃个够。"

光女神把大家叫到了一边，说道："你们不能吃他们给的东西。"

"为什么？为什么？"小狗提洛抗议地叫道。

"因为这些美食会让人上瘾，会让你们忘掉自己是谁，忘掉你们来这里的目的，直到你们和他们一样成为大胖子。"光女神说。

大家点了点头，暗自警惕。有钱幸福自顾自地向大家介绍："坐在这里的是我的女婿占有幸福，他以占有别人的东西为乐。坐在那边的两个长得很像的，一个叫贪吃幸福，一个叫醉饮幸福，他们是亲兄弟。那个长得呆头呆脑的，叫无知幸福，他虽然很笨，但他是我们这里最幸福的。那个躺在地上的，叫睡不醒幸福，他吃一点东西就要躺下来睡一会儿，有时候能整整睡上一天。"

迪迪和米米瞪大了眼睛，看着正在大口吃肉、大口喝酒的"幸福"们。

"我郑重地邀请你们加入，和我们一起吃饭。"有钱幸福跟大家说。

米米、糖、面包、水和火这时觉得饿极了，跃跃欲试，尤其是小狗提洛，他已经围着桌子转了好几圈。

迪迪制止了大家，对有钱幸福说："叔叔，我们还有更重要的事要做，我们需要找到青色的鸟儿，给仙女的女儿看病。

您知道青鸟在哪儿吗？”

“青鸟？我想想！我以前好像没吃过，你们吃过吗？是不是很好吃？”有钱幸福指着餐桌，继续说道，“你瞧，我们有这么多好吃的，吃饱后可以随时睡觉，还去找什么青鸟啊？来吧，先吃点东西再说。”

面包和糖觉得胖子说得有几分道理，慢慢地朝餐桌走去，提洛则已经站在餐桌前，大口大口地吃起来了。

有钱幸福看到了他们，跟迪迪和米米说：“看到了吧，你的同伴们已经上桌了，你们也来吧！”

迪迪大声地对三个同伴说：“你们在那里干吗？赶紧回来！”

面包和糖的嘴里都塞满了东西，他们对迪迪做了一个鬼脸。

提洛也扭过头小声地说：“我才不管你说的话呢！平时你们给我的肉都不好吃，金钱家园里的肉太好吃了！其他的事情等吃饱再说。”

迪迪跑到光女神身边，向她求助：“怎么办，他们都不听我的命令了。”

这时候，几个胖子蹦蹦跳跳地走过来，有的抱住迪迪和米米，有的拉着光女神的胳膊，将他们拽向餐桌。

“赶紧转动宝石！”光女神对迪迪说道。

迪迪转动了宝石，一切都变了。

眼前的绫罗绸缎都消失了，金色的瓦片从宫殿上掉落，金钱家园不再闪闪发光，逐渐变成了灰蒙蒙的一片。

餐桌上的食物在慢慢地蒸发，如一缕烟尘飘散，慢慢消失不

见。坐在桌前的胖子们，他们的衣服裂开，带着笑容的面具从脸上掉了下来，露出了一张张肥头大耳、目光凶恶的丑脸。看到彼此的样子，他们“嗷嗷嗷”地叫了起来，从椅子上跳起，四处寻找可以躲藏的地方。但四下里空荡荡的，他们只能捂着脸蹲在地上。

看到这一切，还坐在座位上的提洛、面包和糖都惊呆了。他们赶紧跑到迪迪和米米的身后，瞪大了眼睛看着这恐怖的场面。

“天哪，他们原来这么丑陋！”迪迪大声叫道。

光女神拉着迪迪和米米的手，平静地说道：“其实，这个地方本来叫幸福家园，因为有钱幸福的到来，这里变成了金钱家园，原来幸福家园的居民都躲起来了。我带你们去看看他们。”

光女神走在前面，大家紧随其后，来到幸福家园后边的一个花园。对着一簇花瓣，光女神轻轻地吹了一口气，花瓣中飘起了白色的花粉，紧接着，一个身穿白色长裙的天使从花朵中站了起来，随风摇曳，带来一阵芬芳的气息。

每朵花的花瓣中，都住着一位天使，她们穿着颜色各不相同的裙子，长着美丽的面孔。

光女神告诉大家：“这些小小的天使都叫作幸福，她们都是幸福家族的人。你看，那个正在舒展胳膊的天使叫睡醒幸福，那个在地上蹦蹦跳跳的天使叫玩耍幸福，那个手里拿着一本书的天使叫求知幸福……幸福的种类有很多种，她们都藏在花瓣之中，只有认真地寻找她们，唤醒她们，才能遇见幸福。”

一群小个子的幸福来到迪迪和米米身边，她们手拉着手，围着两个孩子转起了圈，开心的笑声回荡在花园之中，让大家也都忍不住笑了起来。

“她们好漂亮啊，这些小不点，她们叫什么？”米米问。

“她们都是童年幸福，是你们最常遇见的幸福。”

“可是我们从未看到过她们呀？”迪迪问。

“孩子，她们都藏在花瓣里，要用你的心才能找到。”光女神笑着答道。

这时，又有几个天使走了过来。

“晚上好呀，迪迪、米米，你们还认识我吗？”走在最前面的天使跟迪迪打招呼。

“您认识我？我好像没有见过您。”迪迪仔细回想，还是想不出在哪里见到过这个天使。

“哈哈，那我敢打赌，这些天使中你一个也不认识。”

迪迪摸了摸头，不好意思地说：“确实，我完全记不起曾见过你们。”

“我们都是生活在你家的幸福。我叫和睦幸福，这个健壮的姑娘叫健康幸福，那边坐着的小天使叫情感幸福，这个穿着蓝色衣服的叫蓝天幸福，那边闪闪发光的叫日照幸福……”和睦幸福一一介绍起来。

迪迪摸着头，听了和睦幸福的介绍，他觉得她们都很熟悉，但就是想不起在哪里见过。

“我们家住着很多幸福吗？”米米问。

天使们哈哈大笑起来。

“我的孩子，你们家的幸福多得数不清，我们在你们家的地板上又唱又跳，围在你们的身边转着圈跳舞……可是呀，我们都白做了，你们看都不看我们一眼，甚至没感觉到我们的存在！”

迪迪和米米感觉很抱歉：“你们每天都在我们身边吗？你们每天都这么漂亮吗？”

“是的，没错，我们每天都住在你的家里——每天早上，日照幸福和睡醒幸福会一起开始工作；到了中午，吃饭幸福就会跑到你们的餐桌上；一到晚上，星光幸福会爬到你们的床上；睡觉之前，睡眠幸福会爬到你们的鼻孔里，让你们好好睡上一觉……”

这时候，迪迪突然想起了他的任务：“和睦幸福，你知道在哪里能找到代表着幸福的青鸟吗？”

“代表着幸福的青鸟？”听了迪迪的话，天使们又笑了起来，“我们不知道，你们需要自己去找到青鸟。”

和睦幸福朝身后看去，她对迪迪和米米说：“虽然让你们失望了，但我可以把一个伟大的天使介绍给你们，她叫母爱幸福，你看，她来了。”

顺着和睦天使的手指，迪迪和米米看到一个美丽的天使从远处走来，还没走到迪迪和米米面前，母爱幸福就大声喊道：“是你们吗？我的迪迪和米米，你们不在家，我太孤单了！”

母爱幸福紧紧地抱住迪迪和米米。

“您太像我们的妈妈了，但您比妈妈要年轻很多。”米米说。

“没错，我是不会变老的，只要你们微笑一次，我就会年轻一岁。如果能永远看到你们的笑容，我会一直年轻下去。”

母爱幸福说道。

米米盯着母爱幸福的衣服，说：“您的裙子好漂亮呀，是用珠宝做成的吗？”

“不是，我的裙子是用亲吻、爱意和注视做成的，你亲它一下，它的上面就会多出一层美丽的月光。”

米米轻轻地亲了裙子一下，裙子果然变得明亮一些，就像月光洒在了裙子上一样。

“米米，我知道你想要一条漂亮的裙子。其实，你已经有了很多漂亮的裙子，它们都是用亲吻、爱意和注视做成的，跟

我的裙子一样，只要多一个亲吻，就会多一分明亮的月光。”

米米似懂非懂地点了点头。

“孩子们，我马上要去你们家了，你们想跟我一起回家吗？”母爱幸福问。

迪迪和米米互相看了一眼，齐声说：“我们好想回家，我们都想妈妈了。”

他们把头转向光女神，问道：“光女神，我们可以回家了吗？”

光女神怜爱地看着迪迪和米米，柔声道：“你们还不能回去，现在还不是时候，你们还需要找到代表幸福的青鸟。”

其他天使也走到母爱幸福身边，牵着她的手说道：“没关系，你也不用担心，孩子们需要经历一些不一样的事情，他们寻找幸福的青鸟，也是寻找自己的过程，无论如何，这对他们的成长都是有好处的。”

母爱幸福点了点头，她过去抱住迪迪和米米，说道：“你

们要听话，不要去危险的地方，也不要做坏事。无论你们走多远的路，都要记住我说的话，爸爸妈妈都在家里等着你们！”

这样说着，母爱幸福的眼中闪出了泪光，像星星一样明亮。迪迪和米米抱紧了她，他们感觉到了母爱幸福身上的温暖。

“您的心中有一团温暖的火。”迪迪说。

“没错，当我拥抱你们时，它就会燃烧起来。”

天使们围在他们身边，跳着欢快的舞蹈。“迪迪、米米，你们也不要忘了我们呀，我们就在你们身边，等待着你们的亲吻。”

慢慢地，天使们消失了。他们像雾气一样慢慢散去，最后消失不见了。

“我们可以上路了。”光女神轻轻地对迪迪和米米说。

迪迪和米米揉了揉眼睛，看到自己的同伴都聚集在一起，小猫提莱尔也站在那里，她的眼睛里也含着泪水。米米抱起提莱尔，大家依依不舍地离开了幸福家园。

八、未来之国的奇遇

走出幸福家园，迪迪和米米还觉得恍然如梦。

“迪迪，你是一个勇敢的男孩子，为了帮助贝丽吕娜仙女，经历了那么多艰险，却从未动摇过。”光女神摸着迪迪的头，认真地跟他说。

她又转过身子对米米说：“米米，你不仅很勇敢，还是个善良的姑娘。总有一天，你会拥有自己的美丽裙子的。”

米米咬着手指头，小声地说：“其实，有没有裙子，我都觉得无所谓了。”

这样聊着，他们来到了下一个目的地：未来之国。

“什么叫未来之国？”迪迪问。

“未来之国里生活的都是小孩子，他们还没有去人间生活。在未来之国里，这些小孩子等待着被运送到各自妈妈的肚子里。”

“那我们以前也生活在未来之国？”迪迪的脸上突然泛起了红光。

“没错，所有的小孩子都是从未来之国出去的！”

“那我们呢？”提莱尔、提洛、糖、面包、水和火异口同声地问。

“你们不是，只有人是从这里出发的。而且，你们不能去未来之国，未来之国里都是小孩，你们会伤到他们的。你们要留在云朵上。”光女神对他们下了命令。

听了光女神的话，提莱尔、提洛、糖、面包、水和火都觉得很失望，他们见过很多小孩，但还没见过没出生的小孩，心里都好奇着呢！

未来之国建在几片大大的云朵之间，挨着一条宽阔的天河，天河从这里流向人间。进入未来之国的大宫殿，迪迪看到有无数个孩子在宫殿中玩耍：他们有的在做游戏、有的在散步、有的则躺在床上睡觉……宫殿的墙壁和天花板被涂成了五颜六色，地板上有不少花花绿绿的玩具，但奇怪的是，很少有孩子在玩玩具。

“活在世上的孩子，你们快看，活在世上的孩子回来了！”当迪迪和米米走进宫殿，有孩子朝着他们喊了起来，这些孩子都穿着青色的衣服。

“他们为什么叫我们是‘活在世上的孩子’？”迪迪问光女神。

“因为你们已经出生了，他们还没出生呢。”

一些胆子大的小孩走到迪迪和米米面前，把手指向迪迪的帽子：“这个是什么？”

迪迪回答："这是帽子，戴在头上的。"

"帽子？是做什么用的？"

"感觉冷的时候，我们就会戴上帽子。"迪迪解释道。

"什么是冷？"小孩问他。

迪迪不知道怎么回答这个问题，他做了一个发抖的动作，然后用手抱着自己的肩膀，跟小孩们说道："这就是冷，你们出生后就知道了。"

"地球上冷吗？"小孩问。

"冷呀，一到冬天特别冷，我们家没有暖气，所以特别特别冷。"

"你们家为什么没有暖气？"

迪迪有些不高兴了："因为我们没有钱交暖气费。"

"钱是什么？"小孩不依不饶地问。

"钱是用来买东西的，有了钱你就能买到很多东西，好玩的，好看的，好吃的，有了钱你就……"迪迪本来想说"有了钱你就能获得幸福"，但他想到了在幸福家园看到的景象，没有再说下去。

迪迪开始问小孩："你叫什么？几岁了？"

"我也不知道自己叫什么，不过，再过十二年，我就能出生去地球了。地球上美吗？"

"很美，那里有蓝天、青草和鲜花，特别漂亮！"米米也插进话来。

这时候，迪迪看到小孩的背后有一对小小的翅膀，这是一对青色的翅膀，看起来特别可爱。

"为什么你的背上有翅膀？"迪迪问。

“那是我出生后要发明的东西，我会为人类发明翅膀，让他们像鸟一样飞起来。”

“这里的小孩都会发明东西吗？”

“当然不是！只有以后成为发明家的小孩才会发明东西。你看，那个高个子男孩，”小孩把手指向大殿中的柱子，柱旁有一个身材高挑的男孩正在认真地写着什么，“那个男孩以后会发明一种能延长寿命的药水，可以让人多活几十年。”

他又指向另外一个趴在地上的小孩，说道：“那个趴着的孩子，将会成为生物学家，他会研究地上的虫子，生产杀死害虫的农药。”

小孩转向迪迪，解释道：“我们这个年纪的发明家，大多数发明的是跟药物有关的东西。人类想活得久一点，所以他们研究出了很多治病的药品。”

“太了不起了！”

“还有更了不起的呢！你们看站在那里的小孩，他正在沉思，他将给人类带去更多的快乐。”

在殿堂的台阶上，迪迪和米米看到了那个正在沉思的小孩。

“你好，我是‘活在世上的孩子’！”迪迪跟台阶上的小孩打招呼。

“你好，你们怎么回到未来之国了，不是已经出生了吗？”小孩问迪迪。

“是的，但是我们要去找青鸟，光女神带我们回来了。”

“哦，青鸟……”小孩低下头想了一下，对迪迪说，“其实你们没有必要来这儿找的。”

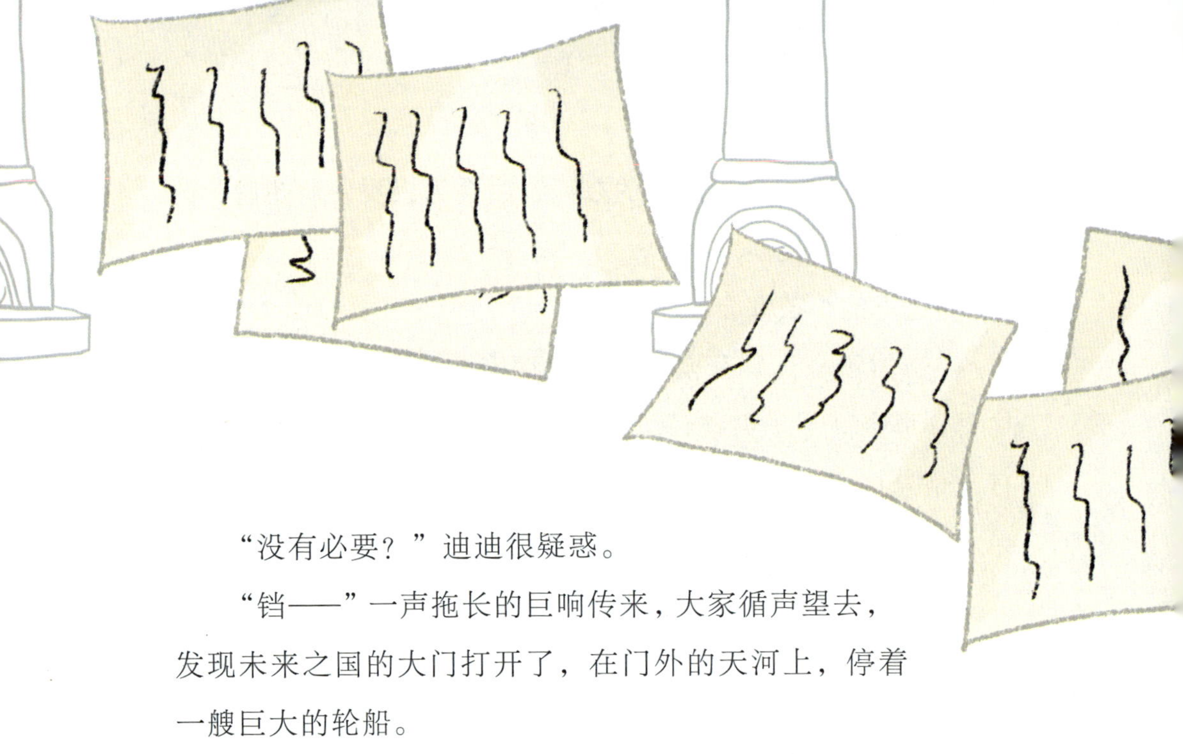

“没有必要？”迪迪很疑惑。

“铛——”一声拖长的巨响传来，大家循声望去，发现未来之国的大门打开了，在门外的天河上，停着一艘巨大的轮船。

“这是什么船啊？好大啊！”米米好奇地问。

身边的小孩道：“是时间老人的船，他回来了。”

“时间老人？”

“没错，时间老人是这里的主人，当这里的孩子们马上要在人间出生时，时间老人会回到未来之国，把要出生的孩子带上轮船，再把他们送到人间，送到每个妈妈的肚子里边。”

“那这是一艘开往人间的大轮船？”

“是的，它的确非常大。想一下吧，在每一分钟，地球上都有那么一大群小孩同时出生……”

“孩子们，时间已经到了，我们准备走吧！”一阵高亢的呼唤声传来，那是时间老人的声音，像粗大的木头撞击着铜钟。

接着，是一阵阵银铃般的清脆回声：“我们来了！我们来了！”

孩子们朝门口挤过去。

“你们排好队，一个一个来！”看到不守规矩的孩子们，时间老人有点生气，他站在门口，命令孩子们排好队，按照次序上船。他还不时地拦下几个小孩，让他们站在旁边。“还没到你们呢！别想骗我。”

“那些小孩是怎么回事？”迪迪问青衣小孩。

“他们想早点进入人世，早点从妈妈肚子里出来，所以想骗过时间老人，跟着溜出去。”

这时候，时间老人又拦住了几个想要溜出去的小孩子，他大声喊道：“你们骗不了我，谁能去，谁不能去，我心里记得清清楚楚的，别以为我不认识你们，我闭着眼睛都能知道你们长什么样子。”

“他们为什么这么着急溜出去呢？”迪迪再次问道。

“因为他们想跟你一样，早点成为‘活在世上的小孩’。”

“人间……这么好吗？”迪迪不确定地问。

他旁边的小孩迷惑地看着他，回答：“当然，听说人间充满了爱和幸福，所有人都想在人间活得久一点。”

迪迪点了点头。不一会儿，要去人间的孩子已经全部登上了船，时间老人已经开始在船上点名了。船上的小孩们趴在船头，看着天河下的地球。

“地球真亮呀！”

“听说那些发亮的东西是电灯，它们可以照亮所有的黑夜。”

“对，但如果你到穷人家生活，你就可能见不到电灯了，因为他们舍不得点亮电灯。”

“可是大家都说，富人家的日子也不好过。”

“谁知道呢！”

……

大家七嘴八舌地讨论着地球。

轮船开始“轰隆隆”地响了起来，大家都知道，船要开动了。殿堂里，一大群穿着青色衣服的小孩向开动的轮船招手，

船上的小孩们也开心地向船下挥手。

“再见了！”

“再见了，我们到了人间再见！”

“长大后我会去找你的。”

……

孩子们清脆的声音飘动在天河上，他们很快就会有自己的妈妈和爸爸，幸运的孩子还会有自己的爷爷奶奶和姥姥姥爷。当然，他们还会遇到各种各样的幸福，只不过她们是藏在花瓣里的，需要用心去发现。

等未来之国的大门关上时，宫殿里又安静了下来，孩子们开始各自干各自的事情，就像他们将来长大后各自做各自的工作一样。

“我们走吧。”光女神低声对迪迪和米米说。

这时候，迪迪才想起了还没找到青鸟，他皱着眉头对光女神说：“可是我们还没找到青鸟呢！”

“我已经找到青鸟了，它就在我的口袋里。”光女神笑着说。

听到这，迪迪和米米一下子高兴起来，他们异口同声地说：“我们终于能回家了！”

一片白色的云朵飘了过来，光女神拉着迪迪和米米的手走上了云朵，飞上了天空。

九、悲伤的告别

在回家的路上，迪迪和米米满怀激动，看着路边的美丽风景，看着留下足迹的那些地方：远处的夜之宫，依然是那么神秘，一只鸟儿唱起了美丽的歌曲；在思念之乡，那里有爷爷奶奶，还有弟弟妹妹们，他们会看到自己吗？还有森林，那些被人类伤害的大树和可怜的动物，迪迪忘不掉他们愤怒的样子；对于幸福家园或者金钱家园，迪迪忍不住想笑，以后还是少吃点肉和甜点吧；天边最远的地方，是未来之国，那里有无数个等待出世的孩子，他们会感觉到人间的幸福的……

想到“幸福”两个字，迪迪颤抖了一下，他想到了爸爸和妈妈。

“他们会不会发现我们已经不在床上了呢？他们会不会到处寻找我们？”迪迪问光女神。

“放心吧，仙女已经给梦女神下命令了，梦女神会把你们放到爸爸妈妈的梦里，他们会沉浸在梦里，等你们到家，他们才会醒来。”光女神跟迪迪和米米说。

森林旁边的小木屋里，迪迪和米米卧室的窗户开着。光女神带着大家从窗户飞进屋里，落到了床上。

对这个屋子，大家都太熟悉了，所以刚进屋，他们就回到了各自的“家”：提洛一进来就伸了伸懒腰，趴到了地板上；

提莱尔走进了衣柜里，那里有软绵绵的衣服；面包往桌子上爬，在金钱家园，贪吃的面包吃了太多东西，他已经胖得走不动路了；糖则滑动着自己的双脚，“刺溜”一下滑进了糖罐子里；水换回了以前穿着的蓝色衣服，一蹦一跳地回到了水杯里；而火也一晃一晃地跳到了桌子上面的蜡烛上。

光女神一直抱着迪迪和米米，但这时候，迪迪和米米感觉到，光女神的身体开始变凉，他们回头一看，发现光女神脸色苍白，没有了以前的那种光亮。

“光女神，你生病了吗？”迪迪问。

“孩子们，我没有生病，我只是有点难过，因为我要跟你们分别了。”光女神说。

“跟我们分别？”

“没错，我们的任务已经完成了，我也要离开这里了。”

“我们的任务完成了？可是我没有看到青鸟呀？”迪迪突然发现，他到现在都不知道那只青鸟在哪里。

光女神把迪迪搂在怀里，说道：“没关系，现在天已经很晚了，你们先睡一觉，等你们醒来就会见到青鸟了。”

迪迪和米米点了点头，他们问：“那你要去哪里？”

光女神说：“我还有很多事要做，我需要去很多没有光明的地方，用自己的身体为那里的人带来希望。说不定呢，我还会遇到一些像你们这样勇敢的小孩。”

这时，趴在地上的提洛突然站起来，问道：“那我们也要变回以前的样子了吗？”

“是的。”

“不！我还想跟我的小主人聊天呢！”提洛抗议道。

“这是没有办法的事，时间老人让你和猫成为动物，让糖和面包成为食物，让水和火永远为人类服务，这是他的命令。我们可以一起寻找青鸟，但永远不能违背他的命令。”

屋子里弥漫着悲伤的气氛，接着响起“呜呜呜”的哭声。

光女神安慰道：“好了，虽然我们很难再一起出去游玩了，但我们会一直见面的。狗、猫、火、水、糖、面包，你们要照顾好迪迪和米米一家，祝你们大家永远幸福快乐。”

看着大家都点了头，光女神最后说道：“至于我嘛，迪迪、米米，只要你们心中有爱，我就会一直在不远的地方看着你们。”她的脸上像是重新焕发出神采，美丽又温柔。

说着，光女神扭动了迪迪帽子上的宝石，她消失了，屋子里变回了黑暗。

点点月光从窗外洒进屋里，小狗提洛安静地躺在地上，他瞪大了眼睛看着迪迪和米米。衣柜里没有了任何动静，而桌子上的面包、糖罐子和蜡烛都安静地站在月光下。

迪迪想起来，出去了这么久，还没有喝水呢！他感觉嗓子有点干，拿起杯子，刚想喝一口，又突然停住了。

把杯子放到桌子上，迪迪对着杯子说：“水先生，你今天晚上再陪我们一晚吧。”

迪迪和米米躺回到床上，闭上眼，安静地睡着了。

杯子里的水晃动了一下。

十、青鸟的幸福启示

“小懒虫们，你们还没起床吗？太阳都照到屁股上了！”

迷迷糊糊中，迪迪和米米听到了妈妈的声音。他们睁开眼睛，一道明媚的阳光正在揉着他们稚嫩的小脸。

“光女神？水呢？面包呢？他们都走了？”迪迪一下子坐了起来。

妈妈一脸疑惑地看着他：“什么女神？水在桌子上，为什么一口没喝，小孩子一定要多喝水！还有面包，也在桌子上呢！你赶紧起来吃饭吧！”

迪迪揉了下眼睛，看到了妈妈忙碌的身影：“妈妈，妈妈，是你呀，我好想你！”

米米也站了起来，跳到了妈妈的怀里：“妈妈，我也想你，太想你了！”

妈妈有些惊讶，笑着说：“当然是我，要不然会是谁？”

“我太想你了。”迪迪在妈妈的怀里撒着娇。

妈妈摸了摸迪迪的额头，奇怪地问：“你没事吧？是不是还没睡醒，昨天是平安夜，我们不是还在一起吃饭吗？”

“可是，我们旅行了一整天！”

米米也很奇怪，昨天是平安夜，今天是圣诞节，没错的。

“旅行？什么旅行？你是不是真的生病了？”妈妈脸色微变，急忙问道。

米米抢着答道：“没有，我们没有生病。昨天，我们和光女神、提洛、提莱尔、糖、面包，还有水和火一起出去旅行了，他们一直在保护我们，我们玩得可好了。”

迪迪也抢着说：“我们还去了夜之宫和幸福家园，虽然很危险，但我们很勇敢，你和爸爸都应该为我们感到骄傲。”

“你俩胡说八道什么？”妈妈有点生气了。

“爸爸，我们好想你！”迪迪和米米又跑到爸爸的身旁。

“他们这是怎么了？”爸爸问妈妈。

“我也不知道他们俩怎么回事，净说些胡话。”妈妈回答。

迪迪和米米赶忙把他们的旅行经历跟爸爸讲了一遍，听完后，爸爸哈哈大笑：“你们是做梦了吧？”

这时，楼下的大门响了起来。“来客人了。”妈妈说。

不一会儿，邻居家的琪琪妈妈走了进来。琪琪的妈妈跟迪迪的妈妈一样大，但看起来比妈妈年轻些。

“阿姨像不像贝丽吕娜仙女？”迪迪看着琪琪的妈妈，小声地问米米。

仔细看了一会儿，米米猛地点头，悄声说：“太像了！”

“琪琪在外边瞎跑，就感冒了。”琪琪妈妈说，“我家里没有感冒药了，可是正好医院放假，所以想问你们借点感冒药。”

这时候，迪迪突然想到了什么，对琪琪妈妈说：“阿姨，您把我们的鸟儿拿给琪琪吧，她一直想要这只小鸟。”

说着，迪迪把地上的鸟笼拿了起来。瞬间，他吃惊地喊道：“天哪，这只鸟儿竟然是青色的！”

米米赶紧凑了上来：“真的！我们找到青鸟了！贝丽吕娜仙女和光女神没有骗我们。”

大人们疑惑地看着这两个孩子。琪琪妈妈也很疑惑，但她知道，琪琪肯定会喜欢这只小鸟，就拿着药和鸟笼告别了。

“妈妈，我觉得好开心，我第一次体验到了什么叫幸福。”迪迪抱着妈妈说。

米米也凑了上来，她抱着妈妈的脖子，在妈妈耳边小声地说：“我再也不要好看的裙子了，每次你帮我洗完衣服，那上面就会多一层美丽的月光。”

两个孩子的话，妈妈已经完全听不懂了，她皱起眉头，但心里却感觉很快乐。

“咚咚咚”“咚咚咚”，不一会儿，大门再次响了起来。

琪琪和她的妈妈出现在门口，琪琪妈妈大声地朝屋里喊着：“迪迪、米米，我的女儿好多了，她非常开心，感谢你们的青鸟。”

还在屋里的迪迪和米米相视一笑，他们一起跑到琪琪的身边。米米拉着琪琪的手，而迪迪跟琪琪说：“下次去森林，我还要抓一只美丽的鸟儿送给你。看到鸟儿，你的身体会特别强壮，不会再生病了！”

琪琪感动得眼里泛起了泪花，她拉着米米的手说：“我们去找娜娜玩吧，她上次还跟我说，想跟你成为好朋友！”

“太好了，我正想看看她的新裙子呢！你等一下，我去拿我的布娃娃，咱们一起玩。”说着，米米跑向了自己的卧室。

看着米米开心的样子，迪迪心里想：“光女神，我们终于完成了仙女交给我们的任务。我们的心中充满了爱，找到了幸福的青鸟，你一定要经常回来看我们！”

THE WONDERFUL ADVENTURES OF NILS

塞尔玛·拉格洛夫

1909 年诺贝尔文学奖得主，也是第一位获得诺贝尔文学奖的女性。她的作品常以家乡瑞典的民间故事和英雄传说为题材。

尼尔斯骑鹅旅行记

感谢这次美好的冒险

一、小精灵的惩罚

尼尔斯是个十四岁的少年，生活在一座小村庄里。他长得高高瘦瘦的，一头金黄色的头发，看起来十分招人喜欢。

尼尔斯不喜欢学习，老师讲课时他听不进去，经常走神儿；放学回到家，尼尔斯先把书包扔到一边，拿着皮球出去玩，一直到很晚才回家。

农场里的动物们都害怕他，因为他喜欢冲着母鸡扔石头、对着鸭子浇水，还喜欢拉着猫的尾巴到处跑……

所以，父母和老师都叫他“淘气包”。

星期日，尼尔斯的父母准备去教堂做礼拜，他们很不放心尼尔斯独自在家。

尼尔斯安静地坐在桌子旁，耐心等待着他们出门。

“这一次走运了，等他们离开家，我可以把爸爸打鸟的枪拿出来，对着小动物们放上一枪。不会有人管我的。”尼尔斯心里想着。

爸爸好像猜到了什么，他刚迈出家门，又停住了脚步，转过头看着尼尔斯。

“尼尔斯，既然你不愿意跟我和妈妈去教堂，那你就在家里读课文吧。”爸爸说道。

“好啊。”尼尔斯回答道。他心想：“反正爸爸妈妈也不知道我在家干什么，他们回来后，就随便给他们背一篇以前背过的课文就行了。”

然而，爸爸却把尼尔斯书包里的课本拿出来，翻了一下，摊开在他的面前。

尼尔斯暗自好笑，爸爸这样做真是白费心机，反正他顶多读上一两页。

爸爸好像看穿了尼尔斯的心事，严厉地说道：“这篇课文一共十五页，你要认真地读。回来后，我会一页一页地考你。”

说完，爸爸妈妈离开了家，朝教堂去了。

“他们终于走了！”尼尔斯苦着脸自言自语，“现在他们一定很得意吧，想了这么个方法来约束我。这下他们可放心了，在他们回家之前的这段时间里，我只能老老实实地念课文了。”

可是，对于尼尔斯，爸爸妈妈从来都没有放心过。他们本来是贫苦的农民，全靠着辛勤劳作，这才住上了大房子，养了奶牛和一大群鸭子，过上衣食无忧的生活。可他们唯一的孩子尼尔斯，既不用功读书，对人也很没有礼貌，连对动物们都缺乏友善。他们想了很多办法，尼尔斯却没有多少变化，这成了他们最大的心病。

此时的尼尔斯正拿着手里的课本思前想后：到底要不要背课文呢？他坐在椅子上，艰难地翻开了课本的第一页。看了没多久，尼尔斯就开始觉得无聊，不知不觉打起了盹儿……

窗外，一片暖暖的春意，明媚的阳光装点着尼尔斯家的小房子。现在正好是三月，春天来了！“哞——”奶牛也感受到了春天的气息，长长地叫了一声，然后安静地吃起了嫩嫩的青草。

牛的叫声没有让尼尔斯精神起来，他还是在打着盹儿。

这时，一阵“嘎吱嘎吱”的声音突然出现在尼尔斯的身后。男孩迷迷糊糊地睁开眼睛，从面前的镜子中发现，身后的箱子被打开了。

那是一个笨重的木头箱子，妈妈会把自己最喜欢的衣服、项链、戒指等都放到箱子里。除了她自己，谁也不敢动她的箱子。可是此时，箱子却被打开了！

尼尔斯感觉很奇怪。“妈妈临走之前，明明把箱子关上了。这是被谁打开了？难道家里进小偷了？”想到这儿，尼尔斯害怕起来，他坐在座位上，一动也不敢动，两只眼睛死死地盯着箱子看。

这时，一个小小的身影出现在箱子上。尼尔斯揉了揉眼睛，难以置信地看到：一个拇指大小的小精灵，就坐在箱子边缘。

尼尔斯蹑手蹑脚地走近，小精灵越来越清楚地展现在他眼前：他长着一张大人的脸，眼角甚至还有一些皱纹。黑色的外套，一条黑色的短裤，头上戴着同样是黑色的帽子。他坐在那儿出着神，完全没注意到尼尔斯。

尼尔斯仔细地看了一会儿，这个精灵可真小。相比之下，尼尔斯长得又高又壮，精灵根本没有什么可怕的。尼尔斯壮起胆子，打算把他推到箱子里，然后盖上箱子的盖子——这一定是件有趣的事儿。

可是尼尔斯不敢用手去碰小精灵，就从墙上摘下一个苍蝇拍，慢慢地走向小精灵，突然一拍子将小精灵按住。小精灵这才发现原本打盹儿的尼尔斯已经醒了过来。他拼命地挣扎，可是他的身体太小了，力气也小，无论如何也挣脱不开。

小精灵放弃了挣扎，苦苦地哀求道："求求你放了我吧。我是你们家的精灵，一直为你们家做好事。"

"不！"尼尔斯摇了摇头，就像一位猎人捕捉到猎物，脸上写满了得意。

"如果你放了我，我会送给你一枚钱币、一把银制的勺子，然后再送你一枚大大的金币。"小精灵说。

尼尔斯想了想，抬起了手中的苍蝇拍。

小精灵赶紧从苍蝇拍下逃了出来。可是，还没等他在箱子上站稳，尼尔斯就用苍蝇拍把他扫进了箱子里。

尼尔斯哈哈大笑，他的恶作剧成功了！连小精灵都被他骗了！

"真是个笨蛋！真是个笨蛋！"

正在尼尔斯得意忘形的时候，一记沉重的耳光落在他脸上，他顿时失去了知觉……

不知过了多久，当尼尔斯醒来时，屋里已经不见了小精灵的身影。箱子严严实实地盖着，苍蝇拍仍然挂在墙上，爸爸妈妈还没有回家。可是，眼前的桌子和椅子都比尼尔斯大出很多很多，尼尔斯……发现自己变小了！

"怎么会这样？这可怎么办？"他想，一定是自己太淘气了，小精灵在他身上施了魔法，让他变成了现在的样子。尼尔斯"呜呜呜"地哭了起来，他想找到小精灵，跟他道个歉，请求他把自己变回原来的样子。

可是，尼尔斯找遍了屋子，都没有小精灵的身影。无奈地发了会儿呆，他从门缝里钻了出去，朝着农场走去……

二、大白鹅起飞

尼尔斯希望能在农场里找到小精灵，求他把自己变回以前的样子。

刚走到农场门口，尼尔斯就听到一声喊叫：“大家快来看！这不是那个调皮的讨厌鬼尼尔斯吗？他变成小人儿了。”

这是多嘴的麻雀在叫喊。听到叫声，农场里的公鸡和大鹅都转过身来。他们看见了小小的尼尔斯，乱哄哄地叫了起来。

“他变成小人儿了，真是活该！以前他还扯过我的鸡冠子呢！”公鸡欢快地说。

“真是活该！真是活该！他用石子儿打过我！他用石子儿打过我！”母鸡们也跟着叫了起来。尼尔斯很奇怪，他竟然能听懂动物们说的话。

“应该是小精灵给我施了魔法，我才能听懂麻雀、鸡和鹅的叫声。”动物们的吵闹让尼尔斯很生气，他大声地喊道：“闭嘴！你们这些笨蛋！”

可他忘记了自己现在的体形，没有动物再害怕他。母鸡们围着他，不断地叫嚷道：“你活该！你活该！”

这时，尼尔斯看到了家里的猫，正悠闲地走进农场。他赶紧跑过去求救：“亲爱的猫咪，你的眼神儿最好使了，求你帮我找一下小精灵吧！”

这是一只黑色的大猫，脖子底下有一块白色的斑点。猫没有回答尼尔斯，他在稻草堆边坐了下来，一边摇着尾巴，一边安静地盯着尼尔斯看，嘴上说着："我当然知道小精灵在哪儿，但我不打算告诉你，因为你经常拉我的尾巴。"

尼尔斯火冒三丈，他跳起来骂道："你这个笨蛋，我还要拉你的尾巴！"说着，尼尔斯奔向大黑猫。

然而，尼尔斯已经不再是猫的对手，黑猫伸出爪子，一下就把小小的尼尔斯掀翻，牢牢地按在了地上。

"救命！"尼尔斯扯开喉咙喊道。可是，没有一只小动物来帮他。农场里的动物都被尼尔斯欺负过，他们都讨厌他。

过了一会儿，黑猫把爪子缩了回去，大度地说："算了，看在女主人的面子上，这次饶了你。"说罢，黑猫转过身，离开了农场。

尼尔斯坐在地上，无奈地哭了起来。他想告诉动物们：他已经后悔了，以前不应该欺负他们，希望他们能原谅自己，告诉他小精灵在哪里。

这时，一阵悠扬的歌声在尼尔斯的头顶上响起："加把劲儿，飞向高山！加把劲儿，飞向高山。"

尼尔斯仰起头，一行大雁正从天空中飞过。大雁们边唱着歌，边低头对农场里的动物们说："跟我们一起来吧！跟我们一起来吧！我们一起飞向高山！我们一起飞向高山！"

鸡和鹅也像尼尔斯那样仰起头，回应着大雁的呼唤："我们不飞了！我们不飞了！我们在这里有吃有喝，生活得很好！"

可是，并不是所有的动物都不想飞。一只年轻的白色雄鹅扑腾着翅膀，越过了鹅群，嘴里喊着："我来了！我来了！"

看到那只想要飞走的白鹅，尼尔斯想："爸爸妈妈辛苦养起来的大鹅，如果飞走了，他们多么伤心呀。"

眼看大鹅越跳越高，尼尔斯决心阻止他。他爬上了一块石头，一跃而起，抱住了鹅的脖子。

"你不能就这样飞走呀！"他说道。

但就在这一瞬间，大鹅突然腾空而起，真的飞了起来。

尼尔斯感觉头晕目眩，他紧紧地抱住大鹅的脖子，不敢松手。当他睁开眼时，发现自己已经置身在天空之中。尼尔斯顾不上其他，赶紧爬到了鹅的背上，抓紧了鹅的羽毛。

在天空中，鹅的身体渐渐平稳。风从前方扑面吹来，鹅的羽毛发出了"簌簌"的响声。骑在鹅背上的尼尔斯看了一下周围，十几只健壮的大雁在身边飞翔。

"他们究竟要把我带到哪里？"尼尔斯心里想着。

这时，一块块方形的格子出现在脚下，绿色、黄色、紫色，像方格子的床单一样。

"这些方格子是什么呀？"尼尔斯问。

"那是农田和牧场，农田和牧场！"大雁们齐声回答。

原来，那就是大地呀！从天空中看到的大地！

绿色的一定是绿油油的麦子，黄色的可能是庄稼收割后的土地，而紫色的，应该是美丽的薰衣草花园吧！

大雁们不时地和其他的鸟儿打着招呼，彼此之间熟悉得好像一家人。

三、雪山来的阿卡

“你叫什么名字？”

飞了一会儿，大雁们注意到队伍中的大白鹅，对他充满了好奇。

“你们好，我叫莫顿，是住在农场里的大白鹅。”雄鹅回答他们。

听了莫顿的介绍，大雁们互相看了一眼，没有再说话。

没过多久，白鹅开始满头大汗，他飞得越来越慢，远远地落在了雁队的后面。

“雪山来的阿卡！雪山来的阿卡！白鹅掉队了！白鹅掉队了！”大雁们高声喊道。

飞在最前面的领头雁回头喊道：“告诉他，快点飞比慢慢飞要更省力气！”

莫顿听了领头雁的话，试着用力去扇动翅膀，可是，他依然飞得不快。

“雪山来的阿卡！雪山来的阿卡！白鹅要掉下去了！白鹅要掉下去了！”

领头雁没有减慢速度，傲慢地说：“如果他飞不动，就赶紧回农场吧。”

领头雁阿卡来自北方的雪山，飞行经验丰富，所以大雁

们都愿意跟着他一起飞。阿卡也是一只傲慢的大雁，他看不起农场里的动物们，因为他们不能在天空中自由地翱翔。

莫顿听到阿卡的话，犹豫着是否要回到农场。尼尔斯说：“莫顿，我们回去吧，你肯定飞不到北方的。在你从天空中摔下去之前，我们赶紧回家吧！”

莫顿“嘎”的一声长叫，生气地说：“闭嘴！我要把你摔到泥坑里去。”

尼尔斯知道，他踢过大鹅的肚子，莫顿一直记恨着他，所以他乖乖地闭上了嘴巴。

莫顿跟在大雁后边飞翔，不知不觉中，天色暗了下来，阳光在西边的山头收起了金黄的脸庞。

大雁朝着一片湖泊飞去。刚进春天，白雪还没有完全融化，湖水上结着一层厚厚的冰。

大雁和莫顿慢慢飞下去，落在了冰层上。

莫顿累坏了，他从来没有像大雁一样飞翔过，降落后一下子瘫倒在地上。尼尔斯赶紧用手捧了一捧水过来，让莫顿喝下去。莫顿迟疑了一下，怕这个淘气鬼捉弄他，但他太渴了，还是一口一口在尼尔斯的掌心喝完。

“我饿了，我们吃什么呢？”喂完莫顿，尼尔斯小声地问。

“就吃湖里的鱼。”莫顿从地上爬起来，慢悠悠地走到湖边。看到一条小鱼在湖水里游过，莫顿伸出大长嘴，一下子啄住。他把鱼放在尼尔斯面前：“我们就吃这个。”

看着还在冰面上跳动的小鱼，尼尔斯瞪大了眼睛：“活鱼怎么能吃呢？”

“我们就喜欢吃活鱼！”说着，莫顿又抓了一条鱼回来，津津有味地吃了起来。

尼尔斯饿急了，他拿出随身带着的小刀，把鱼鳞刮干净，把鱼的内脏都挖了出来，再将小鱼切成一片一片吃了起来。出乎他的意料，生鱼片挺好吃的。

正当他们享受着美味的鱼肉晚饭时，阿卡带领着大雁们走过来。

“告诉我，你是谁？”阿卡径直走到了尼尔斯跟前，傲慢地问道。

还没等尼尔斯说话，大鹅莫顿抢着说：“他叫大拇指。”

“是小精灵的亲戚吗？他长得跟小精灵一样高。”

“我叫尼尔斯·豪格尔森，是农民的儿子。今天上午我还是个正常的小男孩，可是现在……”还没等尼尔斯说完，大雁们往后退了几步。

“我一开始就怀疑你是人类！”阿卡生气地说，“人类杀害了我们太多的同胞，我不会让人类混到我们中间的！”

大鹅赶紧解释道：“他不会伤害我们的，尼尔斯不是很坏，他刚才还给我喂水了呢！天已经黑了，我们要留在这里过夜。”

阿卡答应他们留下来，可是他还在生气：“你们可以留下来过夜，不过你要保证他不会伤害我们，而且，明天你们就离开这里！”

莫顿和尼尔斯抱来干草铺在冰上，他们躺在干草上，冰层不是那么凉了。

莫顿很快就睡着了，可是尼尔斯睡不着，他想着阿卡的话——“明天你们就离开这里！”尼尔斯已经不想离开了。回到家，只能听爸爸妈妈的话，读书、干活，这样的生活可真没有意思……看着天上的星星，尼尔斯想着想着，慢慢闭上了眼睛。

睡梦中的尼尔斯被“嘎”的一声尖叫惊醒，急促的翅膀扇动声在四下里同时响起。尼尔斯环顾四周，看到一只短腿的“小狗”嘴里叼着一只大雁，正迅速地掠过冰面。大雁们都被惊醒，惶急地蹿上天空。

尼尔斯没有多想，拔腿追了上去。他忘了自己变小的现实，一心只想把大雁夺回来。

大鹅在尼尔斯的身后喊道：“当心呀，大拇指！当心呀！”

尼尔斯觉得一只“小狗”并没有什么可怕的，他边追边大声喊道：“把大雁放下，你这个坏蛋！”

尼尔斯看到的当然不是什么小狗，而是一只名叫斯米尔的狐狸。他平时生活在森林深处，当他吃腻了森林里的老鼠，就会来到农场里偷鸡和鹅。

尽管尼尔斯在后面紧追不舍，斯米尔还是轻松地跑进了森林里——他对这里的每一条小路都了如指掌。

尼尔斯跟着斯米尔跑进森林里，在一个拐弯的地方，他一把抓住了斯米尔的尾巴，大声喊道：“把大雁还给我！”

可是尼尔斯太小了，他没有拉住斯米尔，反而被斯米尔拖着往前跑。斯米尔嚣张地说：“你快走开！要不然我现在就咬死大雁。”

趁着斯米尔叫嚷的时候，尼尔斯用力一拉，狐狸没有站稳，一下子摔倒在地上。大雁趁机从他嘴里逃脱，振翅飞到了天上。

斯米尔怒气冲冲地爬起身来，恶狠狠地说："我吃不到大雁，就把你吃了！"

可他的眼前哪还有那个小人儿的踪迹？愤怒的狐狸四处乱窜，找了好久都徒劳无功。小小的尼尔斯躲到了大树后面，一动都不敢动。

过了一会儿，天渐渐亮了，太阳爬上树梢，一只大雁从天空中飞过。

还躲在大树后面的尼尔斯看到了远处的狐狸，斯米尔正仰着头，紧紧地盯着空中的大雁。这时，空中的大雁朝着斯米尔俯冲下来，越来越近。斯米尔跳起来，伸出双爪扑向大雁。在斯米尔似乎触手可及时，大雁突然腾空飞起，远远地飞走了。

接着，一只又一只的大雁从远处飞来，向狐狸的头顶俯冲，斯米尔一次又一次地跳起，扑向空中。可是结果都是一样，总是在他即将扑到大雁时，他们就灵活地转身高飞。小狐狸只能气急败坏地咒骂，无计可施。

最后，斯米尔头晕眼花，喘着粗气趴倒在地上。

一个声音从天空中传来："狐狸，这下你该知道我们的厉害了吧，你敢惹雪山来的阿卡，就只会落得这个下场！"

当大雁们戏弄斯米尔的时候，尼尔斯已经悄悄地离开了森林，跑回了湖边。他和大鹅莫顿等了好久，大雁们才结队飞回湖面上。

大雁们聚在一起，吃饱了湖中的鱼儿后，又相互之间比

试游泳、赛跑和飞行。莫顿也加入到比赛之中，可是他总是败给身手敏捷的大雁。尼尔斯坐在莫顿的背上，给他加油打气。湖面上回荡着笑声和欢呼声。

玩累了，大家就坐在地上，听着微风吹动树叶的“沙沙”声。尼尔斯心想：“这种生活倒是很适合我，自在、舒服，还不用去学校上课。”可是，他又想起了昨天晚上阿卡对他们下的命令，今天他就得离开了。一想到这个，尼尔斯就忐忑不安。

可是，阿卡一直没有提起这件事。

就这样，他们在湖面上住了几天。

有一天吃完饭，阿卡来到尼尔斯的身边，认真地说道：“大拇指，你救了我们的同伴，我却没有对你说谢谢。我习惯用行动来表达感激。我已经找到了那个对你施了魔法的小精灵，请求他把你变回原来的样子。一开始他并不想答应我，在我的再三请求下，他终于承诺：只要你回到家里，他就会把你变回原来的样子。”

出乎大家的意料，尼尔斯并没有因此感到开心。等到大雁说完，尼尔斯竟然“呜呜呜”地哭了起来。

“这是怎么了？”阿卡奇怪地问。

尼尔斯擦干眼泪，哽咽着回答：“我不想回家，我想跟你们一起去北方！”

“你听我说，”阿卡看着小男孩说道，“那个小精灵脾气不好，很容易发火。如果这次你不接受他的好意，下次再去求他就很困难了。”

尼尔斯坚定地点了点头，认真地说：“我不想回去，我要跟你们去北方！”

阿卡无奈地摇摇头道：“好吧，随你的便。不过，如果你想被大家接受，就要和动物们成为朋友，不管是松鼠、兔子，还是麻雀、啄木鸟，你都要好好对待他们。只有这样，当你在森林中遇到危险时，他们才会挺身而出，帮助你战胜敌人。”

尼尔斯认真地点了点头。

四、鹤之舞表演大会

第二天清晨，正在湖面上睡觉的大雁们被“嘎嘎”的叫声吵醒。

“我是大白鹤特里亚努特，向大雁阿卡和他的大雁们问好。明天在库拉山举行鹤之舞表演大会，欢迎你们光临！”一只白鹤站在不远处，向雁群问好。

阿卡仰头答道：“谢谢！我们会参加的！”

传信的白鹤走后，阿卡转过头，对尼尔斯和莫顿说：“还从来没有人类被允许参加鹤之舞表演大会呢！我们必须好好想想，怎么把尼尔斯带进去。”

“如果他去不了那里，我留下来陪他好了。”莫顿说。

“不，机会难得，我再想想办法。”阿卡说，“鹤之舞是动物们一年一度的盛会，明天，所有的动物们都会到库拉山的游戏场。按大会的规定，所有与会的动物们必须和睦相处，不得相互攻击。能赶上这个节日，是你们的运气。”

整整一天，尼尔斯都郁闷地坐在小池塘边。他从芦苇丛中摘下一片叶子，当作口哨吹了起来。他希望阿卡能想出办法，让他参加鹤之舞表演大会。

正在出神时，一阵“轰轰轰”的声音响起。尼尔斯转头看过去，发现一支声势浩大的老鼠队伍从不远处经过。大雁们也听到了，他们走到尼尔斯旁边，担忧地看着这一大群灰色的老鼠。

“这么多灰老鼠一起出动，可不是什么好事呀！”阿卡皱着眉头说道。

这时，一只白鹳从天而降，来到大雁群中间。白鹳是阿卡的老朋友，他告诉大雁，这里原来是黑老鼠的地盘，但后来野蛮的灰老鼠来了，他们赶走了黑老鼠，占领了这里，只剩下格里敏大楼还是黑老鼠的领地。

“它们这是要去哪里啊？”尼尔斯指着灰鼠大军，好奇地问。

“我觉得，他们要去格里敏大楼。因为要参加鹤之舞表演大会，绝大多数黑老鼠都去了库拉山，所以灰老鼠想趁机偷袭。”白鹳说道。

阿卡低下头想了一会儿，对尼尔斯说：“大拇指，只有你能救黑老鼠了，你愿意去救他们吗？”

尼尔斯瞪大了眼睛，点了点头。

阿卡决定亲自带着尼尔斯去格里敏大楼救援，他让白鹳去库拉山通知黑老鼠回来。

尼尔斯骑在阿卡背上，快速赶到了格里敏大楼。

没过多久，灰老鼠大军就来了。大楼里只剩下一些年迈的黑老鼠，所以他们没有任何办法抵抗，只能在黑夜中唉

声叹气。

灰老鼠来势汹汹，他们找了一个地下通道，从管子里钻了进来，没费什么力气，就占领了格里敏大楼。

灰老鼠兴高采烈，正准备好好庆祝一番，忽然一阵悠扬的乐曲传来。这乐曲似乎有着无穷魔力，所有的灰老鼠都从楼中跑了出来，争先恐后地跳到院子里。

尼尔斯站在院子中间，吹着一个长长的笛子。在他周围，灰老鼠围成了圆圈，如痴如醉地听着尼尔斯的演奏。等所有灰老鼠从大楼里跑出来后，尼尔斯吹着笛子，朝田野走去。灰老鼠跟在他的后面，一边呆呆地走着，一边跳着舞蹈。

“或许这是小精灵送给我的魔力吧。”尼尔斯心里想。他从夜里吹到天亮，灰老鼠也走得越来越远。当尼尔斯离开灰老鼠回到伙伴中间时，灰老鼠还沉浸在乐曲的余韵中。

太阳升起时，白鹳从库拉山飞了回来，告诉大家，黑老鼠的大队马上就回来了，格里敏大楼也不会有危险了。

“这个孩子用他的魔法帮助了黑老鼠，我们能不能把他带到鹤之舞表演大会上？”阿卡征求白鹳的同意。

“当然没问题！我还要亲自带他去库拉山。”白鹳欣然同意了。他拍了拍自己的后背，尼尔斯爬到了白鹳背上。就这样，他们一起朝着库拉山飞去。

库拉山并不高，但却十分辽阔，山上满是林木和草地，美景数不胜数。骑在白鹳背上，尼尔斯被满眼浓郁的绿色所吸引，观察着森林中的一切。

不一会儿，游戏场就到了。在山丘中的草地上，小动物们聚在一起，有的引吭高歌，有的展翅热舞，乌鸦、兔子、野鸭……动物们都来了，这是一片欢乐的海洋！

等所有动物都到齐了，表演正式开始。

乌鸦们飞上天空，分成两群，面对面地飞行，相遇后就飞回原来的位置，再重新开始……对于不喜欢飞行的小动物来说，这样的舞蹈表演有点太单调了，可乌鸦们却非常自豪。等他们表演结束，动物们鼓起了掌，为乌鸦的表演终于结束而高兴。

接着登场的是兔子。几只白色的小兔子跳到空地上，先是像陀螺般旋转，接着高高地跳起，做了一连串翻筋斗的动作，然后又表演了倒立……尼尔斯觉得，这些兔子像是小镇上的杂技演员，表演得十分精彩。

下一场是公鸡。在一群母鸡的陪伴下，公鸡大摇大摆地走上了舞台。他仰起脖子，唱了一首好听的歌曲，美妙的歌声让在场的小动物们都感动了。

在这样热闹气氛的感染下，动物们纷纷展示了自己的才艺。

正当大雁阿卡准备登台演出时，一声惨叫从大雁群里传来。大家转过头去，只见狐狸斯米尔咬住了一只大雁的翅膀，正在得意地狞笑："我说过我要找你们报仇！我回来了！"

斯米尔违反了表演大会的规则，引发了众怒。大家上前围住了狐狸，把大雁从他嘴里夺下来。几只年轻的狐狸狠狠地揍了斯米尔一顿，他的一只耳朵也被咬伤了。

在大家的责骂声中，斯米尔捂着受伤的耳朵狼狈地逃跑了。从此之后，他再也不能在这片森林中生活，他被狐狸群流放了，只能远走他乡。

驱逐了斯米尔，表演大会继续进行。

在马鹿表演完角斗后，白鹤上场了。美丽的白鹤踮起细长的爪子，举起高雅的白色羽翼，像一位芭蕾舞演员那样，旋转着美妙的身姿，在动物们面前翩翩起舞……

"怪不得表演大会叫作'鹤之舞'，原来白鹤的舞蹈才是最精彩的节目！"尼尔斯心里想。可惜，这么美好的时刻，一年只有一次。

五、狐狸的计划

鹤之舞表演大会结束，大雁们又踏上了新的旅途，继续朝北方飞去。

当第一场春雨从天上落下时，正在飞翔的大雁和所有的鸟儿一样，欢快地唱起了歌。可是雨越下越大，他们的翅膀变得越来越沉，飞得越来越慢。鹅背上的尼尔斯也淋了几个小时的雨，浑身都湿透了。

天快黑时，他们找到了一棵巨大的松树，决定在树下宿营。

在这个寒冷的夜晚，即使躲在莫顿的翅膀下面，尼尔斯也感觉不到温暖，他想：“我可以去找个有人住的地方，在屋子里好好地睡上一觉，反正我这么小，谁都不会发现。”

尼尔斯从莫顿的翅膀底下慢慢爬出来，没有惊动莫顿和大雁，悄悄地走向了不远处的村庄。

尼尔斯经过一棵大树，听到一大一小两只猫头鹰在树上聊天。

“听说了吗？附近的村庄里发生了一件怪事：有个小男孩被精灵施了魔法，变成了一个拇指大的小人儿。后来，那个小男孩跟着一只大白鹅飞走了。”

“这还真是怪事！这个小男孩永远都变不回去了吗？”

“那倒不是。小精灵说了，只要小男孩能照顾好大白鹅，让他平安回家，就可以让小男孩变回原来的样子。”

听了猫头鹰的对话，尼尔斯高兴地跳了起来。他赶紧掉转方向，回到大雁和莫顿身边。

因为雨水不停，第二天，大雁只能改变飞行路线，开始向东绕路飞行。

斯米尔在被狐狸群驱逐后，一直在寻找机会报复大雁。他四处打听大雁的踪迹，终于在一条大河边遇到了歇脚的雁群。

大雁选择的这块地方，前边是一条大河，后边是陡峭的悬崖峭壁。斯米尔难以靠近，便动起了歪脑筋。

在河边的森林里，斯米尔看到了一只机敏的紫貂。他在枝头灵活地跳跃，毫不困难地猎杀着松鼠。

狐狸来到紫貂面前，谄媚地说道：“像您这样身手不凡的猎手，怎么会仅仅满足于抓几只松鼠，您值得更加美味的食物。”

紫貂从树上跳了下来，好奇地看着狐狸，问：“更加美味的食物？”

“是的，你没看见悬崖底下的那些大雁吗？他们的肉很好吃。就是这道悬崖实在太危险了……”

紫貂怒道：“你在小瞧我的本领吗？我现在就抓一只回来给你瞧瞧！”

狐狸的激将法奏效了，他欣喜地看着紫貂顺着陡峭的悬崖跳了下去。斯米尔屏住了呼吸，欣喜地等待着悬崖下大雁的惨叫。

很快，悬崖下果然传来一声长长的惨叫，斯米尔伸头去看，却是紫貂从岩石上掉进了河里，激起了四溅的水花。紧接着，所有的大雁腾空而起，从河岸边飞走了。

斯米尔跑到紫貂旁边，轻蔑地说："不出我所料，你果然不行！"

紫貂一脸委屈地解释道："我已经爬到悬崖底下的树枝上，马上就可以抓住大雁了。就在这时候，突然跑出来一个小人儿，扔来一块石头，打在我的脑袋上……"

"又是大拇指干的好事！"斯米尔恨恨地想着，没等紫貂说完，就丢下他离开了。

阿卡带领着大雁们继续向北方飞去。从天空中俯瞰，河流在月光下波光粼粼，像一条蜿蜒在地上的大白蛇。大雁们并不知道，在河岸边的树丛中，狐狸斯米尔正在紧紧地跟着他们，还不时仰头观察着他们的飞行。

又一个夜晚降临时，大雁在河边找到了下一个歇脚地。他们降落在河岸边，一边整理自己的羽毛，一边准备睡觉。

尼尔斯睡不着，他一直记着猫头鹰的话，守在大白鹅莫顿身边，他要把莫顿安全地带回家。

夜半时分，大雁们被一阵难听的吼叫声惊醒。大家聚在一起，戒备地看着正在走近的狐狸斯米尔。

"又是你，斯米尔，你搅了大雁的好梦！"阿卡说道。

"不错，正是我！昨晚我为你们安排的节目，你们还满意吗？"

"什么？那只讨厌的紫貂也是你派来的？"阿卡吃惊地

问道。

“没错！只要还有一只大雁活着，我就会一直追着你们，直到把你们赶尽杀绝！”斯米尔的脸上已经写满了愤怒。

“斯米尔，你长着尖利的牙齿和长长的爪子，为什么要追着一群无害的大雁不放。”阿卡长长地叹了一声气。

斯米尔以为阿卡害怕了，趁机说道：“阿卡，如果你把那个老是捣蛋的大拇指交给我，我会放你们一条生路。”

“你要我交出大拇指，休想！”阿卡斩钉截铁地说，“我们每一只大雁都愿意为他付出生命。”

阿卡身后的大雁们也叫道：“休想！休想！”

雁群将大鹅和尼尔斯围在中央，一副要和狐狸拼命的样子。

斯米尔握紧了拳头，咬牙切齿地说：“你们等着，下一次我就先从他下手！”说完，缺耳朵的狐狸消失在夜色中。

尼尔斯激动万分，久久难眠。他没有想到，竟然有人愿意为自己付出生命！

六、国王与上等兵

天气渐渐暖和了，阿卡带领着大雁群飞过森林、高山和辽阔的草原，远远地看到了一片蓝色的大海。礁石和岛屿散布在一望无际的大海中，像天空中的繁星。阿卡看中了一座最大的岛屿，对雁群喊道："我们就去岛上休息吧，狐狸不会跑到岛上来的。"

可是，尼尔斯在空中看到了异常，岛屿的四周漂浮着很多黑色的怪物，他有一种不祥的预感。大雁们飞到了岛上，停留在一座钟楼的屋顶上。尼尔斯胆怯地看了一眼海岸线，现在他看清楚了，那些看起来像怪兽的东西是停泊的军舰，他们形态各异，有的特别宽大，长长的烟囱立在船上；有的则又细又长，看起来非常灵巧。

而这个岛屿就是一座城市，一幢幢房屋就像一块块大石头一样，闪闪发光的路灯点缀着"石头"的边缘。

尼尔斯想起来了，这一定是海岛城市卡尔斯克鲁纳！尼尔斯的外祖父曾经是海军舰队里的一名水手，他还活着的时候，经常给尼尔斯讲起卡尔斯克鲁纳，这是一座军舰成群的城市……

当大雁和莫顿准备美美地睡一觉时，尼尔斯怎么也睡不着。他在莫顿的翅膀底下躺了不到五分钟，就匆匆地爬了出来，准备好好探察一下这座城市。

尼尔斯从屋顶上爬下来，走了一会儿就看到了一个广场。广场很宽阔，地上铺满了鹅卵石，一直伸展到教堂前。此刻广场上空无一人，显得非常空旷。在教堂前，有一个底座很高的青铜雕像：一个高大魁梧的大汉，戴着一顶三角形的帽子。

“这个厚嘴唇、大嘴巴的家伙为什么会站在这里？”尼尔斯自言自语道。他盯着雕像看了一会儿，觉得他鼻子太大，长相太丑，还显得非常凶恶。

尼尔斯转身离开，准备去岸边的造船厂看看。这时，他听到身后有沉重的脚步声，地面和房屋都在剧烈地颤抖。

“也许是那个青铜雕像跟过来了。”尼尔斯心里想着，下意识地加快了脚步。他不敢回头，径直拐进了一个小巷子里。

就在忐忑不安时，尼尔斯看到小巷昏暗的灯光下，一个男人在向自己招手。他非常高兴，拼命地跑了过去。直跑到那人的跟前，尼尔斯才发现，这个招手的男人竟是一个木头人。

尼尔斯呆呆地站在木头人面前，一时手足无措。跟青铜雕像一样，木头人长得也很粗壮，他浑身都是黄色的。在木头人的胸前，写着几句话：

我不敢大声说话，
只能用最最卑微的语气请求大家，
请你们扔下一枚小小的钱币，
救济贫困！
做善事的人请掀开我的帽子，
把钱币扔进去。

“原来是一个收集捐款的募捐箱。”尼尔斯想起来，外祖父曾经提到过这个木头人，他一直深受这个城市的孩子们的喜爱。

身后“嗒嗒嗒”的脚步声慢慢近了。木头人突然弯下腰，伸出他厚实宽大的手掌，把尼尔斯提起来，放进了自己帽子底下的箱子里。木头人刚刚把手臂放回原处，青铜雕像就走到了他面前。

“你是什么人？”青铜雕像大声地问道。

木头人举起一只手，发出了“吱吱嘎嘎”的响声。他向青铜雕像敬了一个礼，恭敬地回答：“陛下！我叫罗森伯姆，曾经是‘无畏号’战舰上的上等兵，退伍后在教堂前当看门人，最近被改造成了募捐箱放在教堂里。”

听到木头人的话，尼尔斯暗叫不妙。他想起来，这个青铜塑像不是别人，正是生活在卡尔斯克鲁纳的国王——卡尔十一世。

“你有没有看到过一个很小的家伙，他当着我的面说我坏话，真是个粗野无礼的小东西，我要教训教训他。”说着，国王手中的拐杖使劲地敲了几下鹅卵石。

“陛下，我见过那个小家伙……”听到木头人这么说，尼尔斯害怕得浑身发抖。他从木头的缝隙中往外看，看到国王愤怒的脸，“那个坏家伙朝造船厂跑去了，他应该想在那里躲起来。”

“说得有道理，罗森伯姆！”国王下命令，“你跟我走，我们一起找到他，四只眼睛总比两只眼睛管用。”

木头人只能跟在国王后边，朝造船厂走去了。

他们威风凛凛地穿过城市，径直来到了海边。一扇又高又宽的大门出现在面前，那就是造船厂了。国王一脚踢开大门，走了进去。

“你觉得他会藏在哪里？”国王问道。

“像他这样的小个子，肯定藏在军舰模型展览室里。”木头人回答。

他们从造船厂的大门口一直往里走，走廊的尽头是一个大厅。大厅里陈列着帆船、渔船这样的小型船只的模型，也放满了军舰、鱼雷艇这样的大型船只的模型。船的样子千姿百态，令人眼花缭乱。

国王和木头人在这些船只模型中穿梭，为了看得更清楚，尼尔斯在不知不觉中爬到了木头人的帽子上，嘴里还在感叹着：“真了不起，这些漂亮的大船竟是这里造出来的！”

国王听到尼尔斯的话，转过头来，看见了站在木头人头顶上的尼尔斯，不由得瞪大了眼睛。尼尔斯突然壮起胆子，朝着国王喊道：“大嘴巴国王万岁！”

国王生气地举起了手中的拐杖，朝着木头人的脑袋敲了下去。

还没等尼尔斯躲闪，一缕金色的阳光破空而来，洒在了国王和木头人的身上，他们瞬间化为一股烟尘，消失在阳光之中。尼尔斯惊呆了，望向初升的朝阳，半天反应不过来。

就在这时，大雁们从钟楼屋顶上飞了起来，他们叫喊着“大拇指”的名字，快速掠过天空。尼尔斯赶紧跑出了造船厂，朝着天空中的大雁挥舞着手臂。

莫顿从天上飞下来，等尼尔斯熟练地爬到背上，大鹅再次飞上了天空。尼尔斯转头望向身后的卡尔斯克鲁纳，在这座城市里的奇遇像群鸟的影子，盘旋在他的脑海里。

七、拯救小灰雁

大雁的下一站是厄兰岛。

这是一个狭长的岛屿，岛上有一片美丽的草原，辽阔又宁静。整个岛屿像一片绿色的叶子，在蓝色的大海之中漂流。岛上有一处海岸叫奥登比，是大雁们的歇脚处。

当他们来到奥登比上方时，漫天的大雾紧紧地覆盖着岛屿。

穿过重重迷雾，雁队停在了海岸边的沙滩上。天色渐黑，大家在沙滩上睡着了，只有汹涌的海浪声涌入梦中。

或许是长久的飞行太累了，这天晚上，尼尔斯睡得特别安稳。

第二天清晨，尼尔斯突然发现大白鹅莫顿不见了。

他在大雁群中找了一圈，都没有发现莫顿的踪迹。他问大雁们："你们知道莫顿去哪里了吗？"

大雁们互相看了一眼，摇摇头。

尼尔斯开始紧张了，他赶紧离开了大雁群，去岛上寻找莫顿。

清晨，大雾依旧没有散去，走在白色雾气中的尼尔斯根本看不清前路。但他还是摸索着，从奥登比一直走到厄兰岛南部的灯塔。在弥漫的雾气中，尼尔斯找遍了森林，甚至大胆地闯进了附近的王室庄园，可是依然没有看见莫顿的踪迹。

他找呀，找呀，一直找到天色完全黑了，才不得不踏上归程。

当他拖着沉重的脚步、心情沮丧地经过沙滩附近的农场时，忽然看见一大团白色的东西朝他走来。

“莫顿！”尼尔斯惊叫道，“你去哪里了？”

莫顿看见尼尔斯，露出了惊讶的表情，他支支吾吾地说：“呃……雾气太大了……我出来散步……一直没找到回去的路。”

尼尔斯赶紧跑过去，紧紧地抱住莫顿的脖子：“跟我回去吧，以后千万不要乱走了。”

可是，奇怪的事情还在发生——

又一天早晨，当尼尔斯从睡梦中醒来时，莫顿又消失了。尼尔斯赶紧离开海滩，再次出发去寻找大白鹅。

这一次，尼尔斯直接朝着农场的方向走去。刚刚翻过农场的围墙，尼尔斯就听到一阵“簌簌”的声音。他轻手轻脚地躲到围墙后边，悄悄地向前看去。莫顿正从远处摇摆着走来，嘴里叼着几根长长的青草。他走到一片乱石堆之中，将嘴里的青草铺在地上。在乱石堆中，躺着一只灰色的小雁，看到莫顿，小灰雁就开心地叫了起来。

尼尔斯静静地听着他们的对话。原来，这只小灰雁的翅膀受伤，从长途飞行的雁群中掉队了。莫顿偶然听到了她的呼救，这几天一直在给她送食物，治疗小灰雁受伤的翅膀。可是几天过去，小灰雁依然飞不起来。

莫顿临走时安慰小灰雁，明天一定还来看她。等莫顿离开后，尼尔斯从围墙后边出来，轻手轻脚地走进乱石堆。

小灰雁看到走近的尼尔斯，惊叫了一声，极力想要挥动翅膀。可是她的翅膀软软地垂着，根本飞不起来。

尼尔斯赶紧说道："你不用怕我，我叫大拇指，是那只大白鹅的朋友。"

小灰雁好像想起了什么，说道："我知道你，莫顿跟我讲起过你。他说你是一个聪明善良的孩子。我叫邓芬，感谢你们帮助我。"

听到了夸奖的话，尼尔斯有点不好意思了。他走到小灰雁的身旁，察看她的伤势。小灰雁的骨头脱臼了，所以飞不起来。他回忆自己脱臼时医生的治疗方法，于是伸出手握住邓芬的翅膀，使劲一推，骨头"咔"的一声，回到了原处。邓芬痛苦地叫了起来，声音大得吓人。

尼尔斯吓得失魂落魄，跳出乱石堆就往回跑。他本来是要帮助小灰雁，可是没想到……

尼尔斯的心里忐忑不安，他小心翼翼地回到了雁群之中，低着头，不敢看大白鹅莫顿的眼睛。

第二天一大早，莫顿就匆匆忙忙地离开雁群，尼尔斯悄悄地跟在后边。当他们一前一后走到乱石堆时，小灰雁邓芬却不见了踪影。

莫顿焦急地大喊："邓芬！邓芬！你在哪里？"

"坏了，邓芬肯定遇到了什么危险，是我害了她。"尼尔斯心里想。

正在自责的时候，一个悦耳的声音喊道："莫顿，我在这里！我刚刚去水池边洗澡了！"

只见小灰雁振翅飞了回来，她的翅膀显然已经好了，一点毛病都没有。邓芬兴奋地对莫顿说："这全靠大拇指，是他治好了我，现在我可以自由飞行了！"

莫顿非常高兴，他和小灰雁邓芬一起飞上了天空，尽情地分享彼此的快乐。

看着邓芬飞行的样子，尼尔斯觉得她就像公主一样，美丽又迷人！

八、乌鸦绑架案

自从利用紫貂的计划失败后，斯米尔一直没有放弃，继续追踪大雁的足迹。在陆地上跟踪空中飞翔的雁群，让斯米尔吃尽了苦头，变得瘦骨嶙峋。可是，当斯米尔想起自己受伤的耳朵，心里就充满怒气。

为了躲避狐狸的骚扰，大雁们总会选择在岛上过夜，或者找一个高高的房子，在屋顶上歇息。这些地方，狐狸是很难找到或靠近他们的。

斯米尔耐心等待着，一个偶然的机会，终于让他重新燃起了希望。

那一天，大雁们选择在一个光秃秃的小岛上过夜。岛上只有一些绿色的植物，大雁们可以美美地饱餐，可是尼尔斯却犯难了。没有野果子，也没有可以吃的小鱼，他只能饿着。

坐在草地上，尼尔斯脸色沮丧。莫顿向尼尔斯建议："我们可以游过海峡，去陆地上找点吃的。"

"可是要怎么游过海峡呢？"尼尔斯问。

"我背你过去！"莫顿一拍胸脯，大鹅天生就会游泳。

海峡对岸，紧靠着沙滩的是一片森林。他们上岸后，莫顿在沙滩上等着，尼尔斯一个人走进森林里寻找食物……

当斯米尔听到尼尔斯过海的消息时，他高兴坏了。为了万无一失，他决定为自己找点帮手。

斯米尔知道，这里的乌鸦很厉害，他们是森林中的强盗。乌鸦群的首领是一只凶猛的黑色乌鸦，大家都叫他黑旋风。这个贪婪的家伙，正好用来对付尼尔斯。

就在尼尔斯游过海峡的前一天，乌鸦们刚刚从农夫家里弄来了一个小坛子。坛子口用一个木头盖子封着，上面还有一把木头锁。打不开坛子上的锁，乌鸦们急得团团转。

这时，斯米尔来到了他们面前。“需要帮忙吗，先生们？”斯米尔问。

“如果你想帮忙的话，我们当然非常欢迎。”黑旋风说。

斯米尔把坛子放倒在地，滚了一圈。听着坛子里的声音，确定地说：“里边装的是银币。”

乌鸦最喜欢亮闪闪的银币，当他们听到斯米尔的话，高兴地跳起了舞。黑旋风请求斯米尔，立即帮他们打开坛子上的锁。

“这个锁，我打不开，但是有人能帮你们打开。”斯米尔神秘地说。

“是谁？快告诉我们！”乌鸦们高兴地叫了起来。

斯米尔便把尼尔斯的情况一五一十地告诉了乌鸦们。他向乌鸦们保证：只要能把尼尔斯带到这里，坛子上的锁肯定能打开。但是作为报答，乌鸦们要把尼尔斯送给狐狸。

黑旋风爽快地答应，他派了两只乌鸦去森林里寻找尼尔斯。

当尼尔斯在森林里四处寻找野果时，突然感觉自己飞了起来。原来，一只乌鸦咬住了他的肩膀，另一只乌鸦咬住了他的双脚，两只乌鸦拖着尼尔斯向远处疾飞。当他们飞过一棵大树时，尼尔斯撞到了一根树枝上，失去了知觉。

当尼尔斯醒过来时，他已经被一大群乌鸦围在了中间。尼尔斯知道，自己被一群乌鸦绑架了。

“你们要干什么？”尼尔斯壮着胆子问。

“我们要你帮我做一件事，一件非常简单的事。”黑旋风从乌鸦群里走出来，把尼尔斯叼在嘴里，拖到坛子前，脸上露出凶恶的表情，“帮我们把坛子上的锁打开！”

尼尔斯看了看坛子，这是一种非常简单的木头锁，只要转个方向，就能打开。

尼尔斯又累又饿，烦透了这帮野蛮的乌鸦。他懒懒地说：“我太累了，什么也不想干，明天再说吧！”

“打开，否则我就吃了你！”黑旋风恐吓尼尔斯。

尼尔斯像是没有听到乌鸦的恐吓，他摇摇晃晃地走到坛子一边，躺倒在地上，好像决心要好好睡上一觉。

黑旋风暴怒起来，他跳到了尼尔斯面前，使劲地啄尼尔斯的腿。感觉到疼痛的尼尔斯猛地跳了起来，从腰间抽出了随身带着的刀子，对着冲过来的乌鸦猛刺过去。毫无提防的黑旋风被这一刀刺穿了脑袋，“扑通”一声摔在了地上。

“黑旋风死了！黑旋风死了！”乌鸦群里爆发出一阵喧闹。一些乌鸦边咒骂着尼尔斯，边朝尼尔斯冲了过来。

危急时刻，尼尔斯顺手打开了坛子上的锁，一下子跳进坛子里。就在这一瞬间，装得满满的银币从坛子里掉了出来。

看到银币，乌鸦们都两眼放光。他们忘记了所有的事，纷纷忙着捡拾落在地上的银币。

尼尔斯将坛中的银币一个一个扔在地上，越扔越远，希望引开愚蠢的乌鸦，好借机逃走。他刚刚跳出坛口，一只白色羽毛的乌鸦飞到尼尔斯面前，他高兴地说：“你帮了我一个大忙，我帮你逃出去！”他让尼尔斯坐到自己的背上，迅速飞出了乌鸦的洞穴。

那一群黑色的乌鸦，还在忙着抢地上的银币，似乎根本没有看到他们。

白乌鸦背着尼尔斯，飞到了一座木头房子里。尼尔斯感觉自己已经没有了一丝力气，直接瘫倒在屋子里的小床上。

白乌鸦告诉尼尔斯，他的名字叫作卡尔木，父亲曾是乌鸦群的首领。在父亲领导乌鸦群的时候，乌鸦们都很守规矩，不偷不抢，只吃小虫子和死去的动物。等到卡尔木的父亲去世，黑旋风带着一些乌鸦造反，成了乌鸦群的首领，从此带着乌鸦们为非作歹。卡尔木一直想重新夺回首领地位，现在尼尔斯杀了黑旋风，他就有机会做首领了。

白乌鸦要回山竞争首领，等他走后，饿得头晕眼花的尼尔斯在屋里转圈，到处寻找食物。突然，他看到屋里的桌子上放着一块面包。两眼放光的尼尔斯赶紧爬上桌子，狼吞虎咽地吃了起来。他从来没想到，面包会是这世界上最好吃的食物，比猪肉、牛肉还要好吃！

享受美食的时间总是短暂的。当尼尔斯坐在面包旁，一边打着饱嗝，一边摸着自己圆起来的肚子时，他觉得面包吃到他肚子里，只过了几分钟的时间。其实，此时天已经在慢慢变黑了。

这时，白乌鸦回到了屋子里，他兴奋地说道："我们今天选出了新的首领！"

"是吗？你们选的谁？"

"我们选了一只不允许乌鸦们为非作歹的首领，那就是我，白乌鸦卡尔木！"卡尔木拍着胸口，骄傲地说。

"真是太棒了！"尼尔斯对着卡尔木竖起了大拇指。

正在他们高兴地聊天时，屋外突然传来一阵轻微的声响。接着，大门"砰"的一声被撞开，狐狸斯米尔闯了进来。

没等尼尔斯做出反应，斯米尔已经冲向了卡尔木，一口咬死了这只可怜的乌鸦。尼尔斯赶紧躲到了桌子后面，并拿走了桌子上的一团毛线和一盒火柴。

解决掉白乌鸦，斯米尔向桌后的尼尔斯转过身来，突然，“刺”的一声，一团耀眼的火光在他眼前亮起，那是尼尔斯划着了一根火柴，并点燃了毛线球。尼尔斯手一挥，燃烧的毛线球朝斯米尔飞了过来，砸在斯米尔身上，腾起了一团更大的火光。

趁着狐狸哇哇大叫时，尼尔斯赶紧跑出屋子，向着海岸边跑去。

大白鹅莫顿和小灰雁邓芬早已在岸边焦急地等待着。他们看到尼尔斯跑过来，赶紧让他骑上邓芬的背，快速地向海峡对岸飞去。

九、小灰雁邓芬

在这个混合着多种动物的旅行队伍里，小灰雁邓芬是最受大家欢迎的——这个世界上，再也找不到一个比邓芬更温柔、更善解人意的鸟儿了。不只是大白鹅莫顿和尼尔斯喜欢她，甚至连一向严肃的领头雁阿卡也喜欢这只可爱的小灰雁。所以，只要邓芬有所要求，阿卡从来都不会拒绝她。

这一天，雁群飞到了梅拉伦湖，邓芬一眼就认出来了。梅拉伦湖的不远处是大海，海岸附近有一大片岩石，邓芬的父母和姐妹都住在岩石小岛上。邓芬央求阿卡：可不可以在继续飞行之前，转个弯到岩石小岛做客。这样，亲人们就知道邓芬一切安好。

这一次，阿卡却直接拒绝了。他觉得邓芬的父母和姐妹把她丢下不管，根本就不爱她，没必要去探访和报信。

“他们也没办法呀，当时我的伤不知道要等多久才好，而他们根本没有时间等待。”邓芬极力为亲人解释。邓芬一家都住在一个很小的岩石岛上，那里环境优美，食物丰富，越来越多的动物在那里安家，如果去得稍晚一些，就没有合适的大树筑巢了。

“难道岛上没有一个猎人吗？几乎所有动物栖息的岛屿，都会有猎人的足迹，不可能出现这种拥挤的状况啊？”阿卡和大雁们都有些不解。

邓芬又解释道：“岛上以前是有一个猎人的，所有的鸟儿都怕他，岛上的居住条件一点儿也不挤。可是几年之前，猎人的妻子离开了人世，孩子们都离开了岩石岛，只剩下他一个人孤单地生活在岛上。从那以后，他像换了个人一样，决心保护岛上的鸟儿，不再捕鸟，也不许别人捕鸟，自己只靠着打鱼为生。”

“因为这个好心的渔夫，越来越多的鸟儿飞到岩石小岛上筑巢。也因为如此，父母和姐妹才不得不匆匆赶路，希望能在岛上找到栖身之所。”小灰雁邓芬说道。

阿卡点点头，沉思了一会儿，终于答应了邓芬的请求。他决定在岩石小岛上休息一天，天亮之后再继续赶路。

岛屿在离海岸不远的地方，远远就能看到一条湍急的河流，从岛上的峡谷里奔流到大海。飞到岩石小岛的正上方，一片绿色的平原出现在雁群面前。

“多么美啊！”大家发出了感叹。

在雁群低头看着小岛的时候，岛上的动物们也仰起了头，看着天空中的来客。在其中，就有小灰雁邓芬的家人们。

邓芬有两个姐姐，一个叫文珍妮，一个叫吉安娜。她们都是身手矫健的鸟儿，只可惜没有邓芬那样柔软的羽毛，也不像邓芬那样温柔体贴。从她们小的时候起，爸爸妈妈和老渔夫都更喜欢邓芬，这让邓芬的姐姐们非常嫉妒。

当大雁在岩石小岛上降落的时候，文珍妮和吉安娜正在离海岸不远的地方闲逛，她们一眼就看到了雁群，还有雁群中那只醒目的白鹅。

“你看，那群落在岛上的大雁，他们是多么雄壮啊！”文珍妮说道，“还有一只英俊的大白鹅，他身上的毛多白呀！”

吉安娜深深同意姐姐的话，她看着雁群入了迷，心里想：“这些高贵的大雁为什么会屈尊来到岩石小岛呢？”

这时，姐妹俩突然看到雁群中的邓芬。

“这不可能……她怎么会混到这群高贵的大雁之中？我们的计谋失败了吗？”文珍妮的眼中流露着惊恐，小声对吉安娜说。

原来，邓芬的受伤并非意外，而是灰雁飞行的时候，两个姐姐用力撞她，才让她的翅膀受伤并掉队的。

在文珍妮和吉安娜惴惴不安的时候，大雁已经降落并朝她们走来了，邓芬的父母忙迎了上去。这时，走在队尾的邓芬飞出雁群，落在父母身边。

“爸爸妈妈，我回来了！”邓芬兴奋地喊道。

邓芬的爸爸妈妈认出了他们的女儿，不禁大喜过望，流下了激动的眼泪。大雁们围着他们，七嘴八舌地讲起了邓芬获救的经过。文珍妮和吉安娜也围了上来，一副欣喜的样子，让邓芬非常感动。

等大雁们去休息了，文珍妮和吉安娜把邓芬拉到一边。

“邓芬，你会留下来吗？”它们问。

邓芬想了想，说道：“我不打算留在这座岛上，我要跟着大雁们一起旅行。”

“那你又要离开我们了？真是太遗憾了！”

邓芬点点头，说：“是啊，我也想在这里多待几天，可是，我已经答应了大白鹅……”

“什么？你要嫁给那只白鹅？”还没等邓芬说完，文珍妮生气地喊了起来。

与邓芬分手后，文珍妮和吉安娜在背后骂了妹妹一个上午。她们也有追求者，但那些追求者和白鹅莫顿比起来，简直就是些丑八怪。嫉妒让她们坐卧不安，并且商量出一个计划。

那天下午，吉安娜又去找邓芬，并带着邓芬去拜访她的男朋友——一只雄性灰雁。

“你看，这只灰雁长得可没有你的大白鹅好看。”吉安娜淡淡地说道，“不过他比较专情，让人放心。”

“你这是什么意思呀，吉安娜姐姐？”邓芬不高兴地说道。

吉安娜告诉邓芬，长得越好看的家伙越花心，她和文珍妮都觉得大白鹅莫顿有些不可靠。而且他和被施了魔法的尼尔斯在一起，很可能也被施了魔法。

“万一他哪天现了原形，成了一只浑身长着斑点的乌鸦呢？”吉安娜煞有介事地对邓芬说。

吉安娜严肃的表情把邓芬吓坏了，她颤抖着问：“你在跟我开玩笑对吧？”

“邓芬，我是你的姐姐，一切都是为了你好。”吉安娜做出一副很关心邓芬的样子，“白鹅是不是被施了魔法，这事儿谁也说不准。不过，我有个办法……”

晚些时候，大雁阿卡正在临时营地接待两只老灰雁，感谢他们的热情款待。坐在一旁的尼尔斯，突然见到邓芬急急忙忙地飞来。

“大拇指，大拇指！”小灰雁焦急地喊道，“莫顿要死了，是我害了他，大白鹅莫顿要死了！”

“怎么回事？邓芬，赶紧带我去。”尼尔斯大吃一惊，他爬到了邓芬的背上，和一群大雁一起飞到了莫顿身边。

可怜的大白鹅躺在地上，奄奄一息，一句话也说不出。

“用手捋一捋他的喉咙，捶一捶他的背。”阿卡说道。

尼尔斯伸出双手，使劲地捋了下莫顿的喉咙，然后在他的背上拍了两下。大白鹅咳嗽了两声，一大截草根被咳到了地上。

“天哪，你怎么吃得下这么大的草根？”阿卡不解地问。

“是邓芬求我一定要吃下去的。”莫顿一边伸着颈子，一边幽幽说道。

大草根卡住了莫顿的喉咙，多亏它的脖子细，没有咽下去。阿卡告诉大家，这种草根有毒，莫顿差点就没命了。

“是姐姐给我这块草根的。”邓芬委屈地

说道。她把事情的来龙去脉告诉了大家，小灰雁的眼里含着泪水，强忍着没哭出来。

阿卡想了一会儿，对邓芬说："你的那两个姐姐，对你没安好心，你要小心提防她们。"

邓芬没有把阿卡的忠告放在心上，她相信姐姐也是为了她好，绝不会故意伤害她。

第二天，文珍妮过来找邓芬，同样领着它去看自己的追求者。

"你看，我的灰雁不如你的白鹅英俊，但是它相当勇敢。"文珍妮说道，"最近一段时间，有一只凶恶的大鸟经常飞到岛上，所有的海鸥和野鸭都害怕他，但我的那只灰雁，会在明天早上跟这只凶恶的大鸟决斗，把他从岛上赶走。"

"但愿他能战胜这只大鸟。"善良的邓芬认真地说。

"唉，"文珍妮的脸上露出哀愁的表情，"我的灰雁虽然很勇敢，但不如你的白鹅那样强壮有力，估计明天他不会再回巢了。"

"那我叫大白鹅去跟那只凶恶的大鸟打一架，把他轰走？"邓芬问。

"我觉得这真是个好主意，你真是帮了我们一个大忙！"姐姐开心地说。

第二天清晨，大白鹅莫顿很早就起床了。他站在岩石岛的最高处，紧张地望着周围，他在等着跟大鸟决一死战。

不一会儿，一只黑色的大鸟从远处飞来。这只大鸟的翅膀巨大无比，越飞越近。白鹅看出来了，这是一只老鹰！

白鹅傻眼了。他以为自己的对手可能会是一只猫头鹰，怎么也没想到要面对一只老鹰。想起可爱的邓芬，莫顿还是挺直了身子，准备和对手决一死战。

老鹰从天上冲下来，一把抓住了一只海鸥。正当他要飞向天空时，大白鹅莫顿大声喊道："把海鸥放下！不许你在这里做坏事，否则我让你尝尝我的厉害。"

老鹰惊诧地望着白鹅，斥道："哪里来的疯子？算你走运，我从来不吃鹅和大雁，要不然你就没命了！"

莫顿觉得受到了嘲笑，他一头冲了出去，狠狠咬住老鹰的喉咙，用翅膀拍打老鹰的身体。老鹰被激怒了，从地上跳了起来……

在不远处，尼尔斯正躺在大雁身边呼呼大睡。睡梦中，他听到小灰雁邓芬焦急的喊叫声："大拇指，大拇指，不好了，莫顿要被一只老鹰吃掉了。"

尼尔斯"腾"地从地上爬起来，跳到了小灰雁的背上。

当他们赶到岩石上时，莫顿已经被老鹰压得喘不过气来，凌乱的白毛上挂着斑斑血痕。

尼尔斯自然也不是老鹰的对手，他大声喊道："邓芬，快去把阿卡找来！"

听了尼尔斯的喊叫，老鹰放开了身下的莫顿，问道："你认识阿卡？"

尼尔斯点点头。

"请告诉阿卡，这是一场误会。请代我向他问好！"说完，老鹰张开翅膀，敏捷地飞到天空中，慢慢地消失在尼尔斯的视

线里。

经历了这件可怕的事，尼尔斯和莫顿都心有余悸。他们把这件事告诉了阿卡，阿卡决定吃完早饭马上出发，离开这座小岛。

就在他们吃早饭的时候，一只野鸭来传信，对邓芬说道："你的姐姐们让我提醒你，在离开岩石小岛之前，你应该去看看老渔夫。"

"她们说得对，我真该去看看老人家。"邓芬应承道。可是，经历了这么多可怕的事，邓芬不敢单独前往，只能请求莫顿和尼尔斯跟她一起去渔夫的家。

渔夫的家门是开着的，邓芬径直走进屋里。莫顿和尼尔斯站在门外，等着邓芬出来。

不一会儿，他们听到了阿卡准备出发的号令，莫顿和尼尔斯催促着邓芬赶紧出门。一只灰雁应声从屋子里出来，飞到了空中。尼尔斯跳到莫顿的背上，跟在灰雁后边飞进了雁群中。

他们在空中飞行一段时间后，尼尔斯发现那只灰雁有点奇怪。她似乎有意和莫顿保持距离，飞行的动作很笨拙，也显得十分吃力。小灰雁邓芬可是个飞行能手，而且动作优美、轻盈。

"阿卡，快掉头！"尼尔斯大声喊道，"我们搞错了！雁群里的灰雁不是邓芬，是她的姐姐文珍妮！"

那只灰雁听到尼尔斯的话，生气地叫嚷起来，果然是邓芬的姐姐文珍妮。阿卡和大雁们转过身，围着文珍妮转圈。她害怕极了，赶紧落荒而逃。

大雁们又飞回到岩石岛上，找到了邓芬，带着她继续向远方飞去。

十、南曼兰花园和卡尔先生

雁群继续往北方飞行。邓芬终于不用再为自己的安危担忧了。多次被狐狸斯米尔袭击后，骑在鹅背上的尼尔斯也体会到了一种独特的安全感——天空是大雁和莫顿的领地，就算狐狸再狡猾，也没有能力飞到天空中偷袭他们。

雁群飞过一座座高山，飞过一片辽阔的草原，终于飞到了一片平原之上，一间间小房子出现在地平线上。

大雁飞低一点，尼尔斯看清楚了，这些小房子是一间间农舍。奇怪的是，房屋前和不远处的田地里，都没有什么人，人们聚在小路上，穿着黑色的衣服，手里拿着厚厚的书本。

“难道因为今天是星期天，人们都去教堂做礼拜？”尼尔斯想起了自己的爸爸妈妈，他想家了！

到了傍晚时分，大雁们飞到了一个叫大尤尔屿的古老庄园。庄园里有一幢气派的高大房屋，周围绿树掩映。屋前一片湖泊如镜，平静地倒映着庄园里的景致。

“如果能在这个大房子里睡一觉就好了。”尼尔斯心里想。可是，人多的地方并不适合大雁歇脚。他们飞到了离庄园不远的一片草地上，在那里安顿下来，准备美美地睡上一觉。

尼尔斯一直没有入睡，他按捺不住对古老庄园的好奇心，趁大家睡着的时候，偷偷地溜了出来，来到了庄园之中。

围着庄园转了一圈，尼尔斯在一所小房子里，看到一群人正围在炉火旁聊天。他们应该是庄园里的用人，聊着天南海北的事情：教堂里的礼拜、田地里的农活、天气的好坏。后来，一位用人老奶奶讲起了一个奇怪的故事——

以前，在离大尤尔屿庄园不远的地方，住着一位名叫卡尔的富翁。他头发蓬松，脸上长着一缕小胡子。有一次，卡尔路过附近的一座花园，一个上了年纪的用人正在那里一边干活，一边叹气。

“你为什么要叹气？”卡尔好奇地问道。

“我每天都在这里拼命干活，日日夜夜干个不停，哪能不叹气呢？”用人回答。

卡尔先生脾气不好，他经常轻蔑地说：“如果我是一个用人，我一定会心满意足地做好手头的活。”

用人摇摇头，说道：“但愿您能如愿以偿。”

大家都没想到的是，卡尔先生后来经历了变故，果然成了一个用人——在他去世之后，他的灵魂仍然没有安宁，每天晚上，他的亡灵都会从坟墓里出来，在那片花园里辛苦劳作。

“什么，你们都不信？可是有人亲眼见过的！”老奶奶信誓旦旦地说，她的父亲就亲眼见过在花园里刨土的卡尔先生的亡灵，当时可把他吓得不轻……

讲到这里，老奶奶突然停住了，她瞪大了眼睛看着门口。

“我是不是眼睛花了，怎么看到了一个小人儿在门口晃荡！”老奶奶不安地说道。

大家朝门口看过去，没有看到任何东西。“门口没有人呀，

您继续讲这个故事吧。”

老奶奶摇摇头，揉了揉眼睛，仔细地看着门口。她的脸色发白，双手颤抖不已。看到老奶奶这个样子，大家说道：“您累了，还是回去休息吧。”说着，他们扶着老奶奶站了起来。

老奶奶的眼睛没有花，那个站在门口的小人儿正是尼尔斯。他听故事听得入神，忘了把自己藏起来。老奶奶发现他以后，尼尔斯赶紧从小房子里跑了出来。他一边走，一边啃一根在小房子外拿来的胡萝卜。

“胡萝卜真是太美味了。”尼尔斯的肚皮已经鼓了起来，他摸着肚子想，“如果再有个地方睡觉就好了。”

尼尔斯跑到一株大树下面，躺在柔软的草地上，拣了几片黄叶盖在身上。

“时间过得真快，秋天就快来了。”尼尔斯想着，舒服地伸了个懒腰，慢慢合上眼睛……

睡了没多久，尼尔斯听到一个脚步声，离他越来越近。等走到尼尔斯附近，脚步声又变得越来越远。尼尔斯从地上站了起来，眼前是一座美丽的花园，虽然是在晚上，尼尔斯仍然能看到五颜六色的花朵。

尼尔斯走到花园门口，一个用人正在打开花园的大门。

“我可以进去看看吗？”尼尔斯问。

“当然，你可以进去！”用人回答。

尼尔斯随用人走进花园之中，这里到处是争奇斗艳的花卉，一条清澈的小水渠流过花朵之间，渠水映月，让人有一种身在天堂的愉悦感。老用人却无心观赏，一路都在扶枝松土，

悉心照料着花草。

“我从来没见过这么美丽的花园，简直像天堂一样！”尼尔斯禁不住高声喊道。

用人不高兴地说：“这座花园名叫南曼兰花园，是这里最美丽的花园。你没听说过吗？真是孤陋寡闻！”

尼尔斯心情舒畅，没有理会用人的指责。

又绕过一团花丛，一间红色的小房子出现在他们面前。

“我可以去小房子里看看吗？”尼尔斯小心地问。

“你可以进去，不过要小心，不要惹怒了平托巴夫人。”用人说道。

尼尔斯慢慢地推开了门，轻手轻脚地走进了房子里。从外面看，这是一座小小的房子，但里面却别有洞天，开阔得很。房子里的墙上和屋顶都刷着白色的漆，墙壁上挂满了绘画画作，木质的地板一尘不染。屋子的一角有一张小桌子，桌子上放着金光闪闪的黄金首饰……

尼尔斯看得张大了嘴巴，半晌才缓过神。走出房间，用人上前问道：“你看见平托巴夫人了吗？”

“没有，里边什么人都没有。”尼尔斯一边摇头一边回答。

用人怒气冲冲地大声喊道：“连平托巴夫人都能休息，我却不能！”

他们继续向前走去，来到一间放满机器的屋子时，用人介绍道：“这是铁匠爱斯基的屋子，你可以进去看看。”

尼尔斯走进屋子里，果然看到了很多打铁用的工具和机器——铁夹、砧子、铁锤、磨石，等等。逛了一会儿，尼尔斯觉得没什么意思，就走了出去。

“怎么样，看到爱斯基了吗？”用人问。

尼尔斯摇摇头，他还是一个人都没看见。

“可恶，爱斯基都能休息，我却不能！我还要干活！”用人的声音既愤怒又绝望。

尼尔斯仔细地盯着用人看了一会儿：蓬松的头发、一缕小胡子，这不正是卡尔先生吗？原来刚才老奶奶说的都是真的！

安静地跟在卡尔先生后边，尼尔斯没有说出自己的发现，他怕卡尔先生会伤心。

走到大门口，在卡尔先生开大门时，尼尔斯迫不及待地从门缝里钻了出去。门里的卡尔先生像被点燃的爆竹一样，突然间大发雷霆：“你们都看不起我！让我在这里不停地干活！”他摇晃着铁门，发出了“咣当、咣当”的巨响。

尼尔斯想起老奶奶讲过的故事，心里很不是滋味，卡尔先生太可怜了。

尼尔斯对卡尔先生说：“您不必为此感到难过，卡尔先生，如果没有您的精心照顾，花园肯定没有现在这么美丽。没人不喜爱这座像天堂一样的花园，您应该为此感到自豪。”

听了尼尔斯的话，卡尔先生突然安静下来，愁苦的脸上慢慢浮起笑容，像是乌云散开后播洒的阳光。

慢慢地，在尼尔斯眼前，卡尔先生消失了，花园也消失了，五颜六色的花朵、小屋子，都化成了烟雾……

“这是一场梦吗？”尼尔斯摇摇头，“这所有的旅程都是一场梦吗？”

十一、渡鸦巴塔基

跟着雁群飞了多久？尼尔斯也不知道，他只看到树上慢慢长出了叶子，叶子由浓郁的绿色变成了淡淡的黄色；而田地里的农民也越来越多，他们起早贪黑，日夜劳作，这总会让尼尔斯想起花园中的卡尔先生。

当雁群在达拉纳省休息的时候，一只来自法伦市的信鸽追上了他们。

法伦市距此不远。尼尔斯在课本上学过，法伦市位于一条长长的峡谷之中，一条小河从城市流过。城市的居民生活在河流两岸，那里林立着教堂、政府大楼、银行、旅馆、学校、医院、五光十色的居民住宅，当然还有矿业公司的办公楼和工厂。

在法伦市的一旁，是一座荒废了的矿山。那里有废弃的矿井，还有矿井中停转的升降机。只不过，他们都随法伦铜矿一起，荒废在这座山上了。

信鸽就来自这座矿山上，他告诉大雁阿卡："渡鸦巴塔基有危险了！"

"谁是渡鸦巴塔基？"尼尔斯问。

"渡鸦巴塔基是一只非常有学问的鸟，他喜欢考古和探险，收集鲜为人知的古老故事。对你们人类来说，渡鸦巴塔基就相当于大学教授，很有学问，也很有思想。”

“没错！”信鸽接着说，“可是，巴塔基现在有危险了，只有大拇指能救他！”

原来，巴塔基来到法伦市，是为了研究那些废弃多年的矿井。在矿井附近，他在靠近一座破旧的小房子时，意外被困在房屋墙壁的孔洞之中。

巴塔基的呼救引起了附近鸟儿们的注意，可是谁也打不开那些木质的方孔，没办法把巴塔基救出来。巴塔基告诉施救的鸟儿们，让他们找到大雁阿卡，有个和阿卡在一起的人类小孩，或许是救出他的唯一人选。

鸟儿们派出了信鸽，一路打听着雁群的踪迹，终于找到了阿卡和尼尔斯。

“大拇指，你愿意去帮助巴塔基吗？”阿卡问尼尔斯。

尼尔斯不假思索地点了点头：“当然愿意！”

阿卡让尼尔斯爬到自己背上，和信鸽一起前往法伦市。

尼尔斯见到渡鸦巴塔基时，他已经在方孔中待了很久了。看见尼尔斯，他就像看见自己的老朋友一样，无比热情地赞美了尼尔斯的无私和大方，说得尼尔斯都不好意思了。

围着旧屋子转了一圈，尼尔斯发现这座房屋没有窗户，只有墙上这些黑色木头的方格，看上去非常结实。尼尔斯觉得，只能用工具把方孔凿大，让渡鸦从里边飞出来。尼尔斯找了一块小木头，恰巧能伸进方孔之中，通过不断地摩擦，方孔可以变得越来越大。

可是，尼尔斯现在只有拇指般大小，他的力气也小得很，只能一点一点地在方孔中摩擦。

“你一定很累吧，感觉你都没有力气了。”巴塔基说道。

“不，我还有力气，你放心吧。我只是有点困了，我已经很久没睡觉了。”尼尔斯用木棍磨了一阵子，响声越来越小，好像睡着了一样。

为了能让尼尔斯集中精力，巴塔基说：“我给你讲个故事吧，这样你就不会睡觉了。”

“这是个好主意！”尼尔斯揉了揉眼睛，竖起耳朵。

很久以前，达拉纳省住着一个巨人，他是一个非常富有的人，拥有好几座蕴藏着铜矿的大山。巨人临死之前，准备把矿山分给他的两个女儿，他把女儿们叫到病床前。

“我把我的遗产分给你们，但你们要答应我，如果有人发现了铜矿山，你们要在消息走漏之前把他们杀死。”巨人说道。

巨人的大女儿生性残忍，她毫不迟疑地答应了巨人的要求。二女儿是一个非常温和的人，听到巨人的要求，她沉思了很久也无法承诺。

巨人看出了二女儿的迟疑不决，他决定把矿山的三分之二分给大女儿，只把三分之一分给二女儿。他对大女儿说："我知道你是可以信赖的，所以我给你更多的财产。"

分完财产不久，巨人就去世了。从那以后，两个女儿都认真地遵守自己对父亲的承诺

——常常有误入矿区的人，还没等他们踏上归途，就会遇到突如其来的灾难。有的会被突然倒下的松树砸死，有的则会遇到山上的落石……总之，见过铜矿的人都被巨人的两个女儿杀死了。

有一阵子，一个生活在法伦的农夫在矿山附近放羊。他慢慢发现，有一只山羊角上总会有红色的东西。即使洗得很干净，第二天放羊回家，那只山羊的羊角仍然会沾上红色。如此反复，农夫开始在放羊时注意那只山羊的活动方向。

他发现，山羊总会跑到一片光秃秃的山坡上，用羊角在一块红色的石块上擦来擦去。农夫捡起了那块红色的石头，用鼻子闻了下，然后用舌头舔了舔，立即意识到这是铜矿石！

他还没来得及高兴，只见一块大石头从山上落下来。他灵敏地闪开了，身后的山羊却被砸死了。农夫抬头看着山上，一个女巨人正准备将另一块大石头扔下来。

"喂，你要干什么！我又没有惹到你，为什么要用石头砸我？"农夫又惊又怒。

"你发现了我的矿山，我必须要砸死你，这是这里的规

矩。”女巨人悲伤地说，“我也不想杀了你，但是我已经立下了誓言，谁发现我们的矿山就要杀死谁。”（你可能猜到了，她就是巨人的二女儿，性格善良又仁慈。）

看出了女巨人于心不忍，农夫灵机一动，大着胆子说：“你是为了诺言杀死我吗？可是，发现矿山的不是我，而是我的山羊，他已经死了。”

“你的意思是，我已经遵守了诺言？”女巨人问。

农夫点了点头说：“没错！你不需要滥杀无辜了。”

女巨人觉得农夫的话有道理，就放农夫走了，并且郑重告诫农夫，千万别去后面的几座大山，她那个严厉的姐姐可不会像她这么好心。

第二天，农夫没有再到山上放羊，他跑到了法伦市，在那里召集了一大群工人，回到了矿山，开始开采那片铜矿。看到铜矿的秘密已经泄漏，女巨人悄悄地离开了。

很快，这个农夫发了大财。他为自己修了一个大大的庄园，庄园的旁边修建了一座美丽的花园。

农夫因为发现铜矿而发财的故事，吸引了很多人前来。人们围着农夫，恳求他讲述发财的经历。农夫把自己如何遇到巨人、怎么躲避惩罚的故事，一一告诉了大家。

“那么说，还有一座比这里的矿山要大上一倍的矿山？”大家问。

“没错，但是如果你们找到它，很可能会受到另一个女巨人的惩罚。”农夫告诉大家。

还没等农夫说完，很多矿工都走了，他们想去寻找另一座更大的矿山，即使有生命危险。离开了农夫的矿山，很多人都没回来。

“他们找到矿山了吗？”留下来的矿工总会这么互相询问。

每每听到这个问题，农夫总是摇摇头，他不相信那些人会活着回来。

不久之后，果然传来了很多矿工在森林里遇难的消息。从此以后，再也没有人去寻找矿山了……

“后来呢？那座矿山一直没被人发现吗？或者有人发现了，但被女巨人杀死了？”尼尔斯听得出神，迫不及待地问。不知不觉间，方孔已经被磨开很大的空隙了。

渡鸦巴塔基清了清嗓子，慢慢地说：“我的故事还没讲完呢。”

开矿的农夫去世后，他的子孙们继承了他的矿山，都成了富翁。可是，一座矿山含有的铜矿石总是有限的。他们采呀采呀，终于把这座山上的铜矿石采完了。

矿工们不得不继续寻找新的矿场，他们经历了很多难以想象的灾难，死的死，伤的伤，可没有人能活着找到新的矿山。这时，人们才想起农夫讲的那个女巨人的故事，和那座可能更大的矿山。他们找了很久很久，仍旧一无所获。

不过呀，并不是没人见到那个更大的矿山。最后见到那个矿山的是一个年轻的、来自法伦市的矿主，他想娶一个附近村庄的农家姑娘为妻，却被她干脆地拒绝了。因为矿主的工厂总是浓烟滚滚，整个城市的上空都布满了黑色的灰尘，空气中充斥着一股难闻的味道，附近的植物都好像中了毒一样，慢慢变得枯黄了。

那个农家姑娘喜欢自然中清新的空气，当然不愿意嫁到一个满是污染的地方。

了解到姑娘的想法后，矿主心里很不是滋味。这一天，他在森林里转了一整天，最后下定决心：关掉自己的矿场，带着姑娘去一个没有污染的地方过平静的生活。

正在这时，他看到山间有一处发出了金黄色的光芒。走过去一看，那是一块泛着红色光亮的石头，这表明此地一定有含量巨大的铜矿。可是，他随即想起法伦地区流行的女巨人的传说，不由得冷汗涔涔。

他战战兢兢地转身，准备逃下山去。

突然，一个女巨人拦在了他的面前，看了看他空空的双手，大声地问道："怎么？你不想开采这里的矿石吗？"

矿主紧张地回答："不想！我已经下定决心关闭矿场，去娶一个我深爱的女人为妻，过平静安宁的生活。"

"好吧，我希望你能遵守诺言，这样你就不会有生命危险了。"说着，女巨人消失了。

后来，矿主果然关闭了自己所有的矿场。他在离法伦市很远的地方修建了一所庄园，把那个心爱的农家姑娘娶了回来。果然，他保住了自己的性命，女巨人没有再来找他。

"这样就完了？后来呢？"尼尔斯听得不太过瘾。

"后来呀，整个法伦市的铜矿厂都关闭了，法伦成了一座荒废的城市。但是，它的天空又蓝了，周围的森林和田野又变成了一片绿色。"巴塔基眨着眼睛说道。

“那个年轻的矿主，真的是最后一个见到那片矿山的人？”尼尔斯问。

巴塔基又清了下嗓子，语气神秘地说：“只要你救我出去，我就告诉你谁是最后一个见到矿山的。”

尼尔斯愣了一下，加快了手里的速度。

“我听说你去过很多地方，见过不少高山和森林，你应该发现过一些蛛丝马迹吧？”尼尔斯旁敲侧击地问。

“你把我救出去，我会告诉你答案。”巴塔基神秘地说道。

听到这里，尼尔斯开始更加用力地钻了起来。终于，渡鸦从方孔中出来了。

“我确实亲眼看到过那个大矿山。可是，我不会带你去寻找它。我是花了很多心思才找到的。而且，你别忘了女巨人的传说。”望着尼尔斯渴望的眼神，渡鸦巴塔基说出了令人失望的答案。他对尼尔斯眨了眨眼，拍拍翅膀飞走了。

尼尔斯心里很难受，为失去了一次发财的机会而懊恼，他愤愤地自言自语：“我才不相信看到矿石的人就会死去，那可能只是人们的猜测罢了！”

十二、制服狐狸

当大雁阿卡带领着雁群飞到梅拉伦湖附近时，信鸽再次出现在了他们面前。

“阿卡，阿卡，梅拉伦湖里的天鹅需要你的帮助！”信鸽飞到了阿卡身边，“啾啾”地叫着。

“怎么了？怎么了？”大雁们迫不及待地问。

“一只狐狸告诉我，梅拉伦湖的湖水已经涨起来了，马上就要冲毁天鹅们的家。你们能去帮忙救救天鹅家的蛋吗？”信鸽说道。

“狐狸？”阿卡怀疑地问，“是不是叫斯米尔？”

信鸽用翅膀摸了摸头，说道：“我也不知道他叫什么，但是，梅拉伦湖的水真的涨起来很多。”

“好，无论如何我们都不能袖手旁观！”

当雁群飞临梅拉伦湖时，他们从空中看到，汹涌的湖水翻起巨浪，冲击着湖岸，天鹅们正在忙着搬运他们的蛋。阿卡和雁群们冲了下去，帮助他们把天鹅蛋运到安全的地方。

尼尔斯也忙前忙后地出着力。可是，他只有拇指般大小，干了一会儿，就累得汗流浃背。休息时，尼尔斯走到了森林里，靠着大树坐了下来，一边休息，一边想着自己这一路的种种奇遇。

这时，他看到不远的地方，一只天鹅正趴在窝里睡觉，而一个熟悉的身影正鬼鬼祟祟地靠近天鹅。

那是斯米尔！尼尔斯一眼就认出来了，他赶紧叫道：“喂！快点站起来！快点飞走！”

听了尼尔斯的叫喊，天鹅连滚带爬地飞走了。狐狸转过头，看到了大树下的尼尔斯，他的脸上露出了奸诈的笑容，径直朝尼尔斯跑了过来。

大事不妙！尼尔斯拔腿朝森林中跑去。

尼尔斯虽然擅长奔跑，还是学校的长跑冠军，可是现在他的速度实在太慢了。听着狐狸的脚步声越来越近，尼尔斯的心提到了嗓子眼。

就在这时，两个打猎的男人出现在眼前。尼尔斯径直朝男人跑过去。那两个男人工作了一天，又饿又累，眼皮都抬不起来了，并没有看到自己脚下的尼尔斯。

两个男人朝不远处的小房子走去，尼尔斯不打算求救，只是跟着他们一起走。那是一间狭小的房子，窗户上映出了昏黄的灯光。

斯米尔站在不远处，躲到大树的后边，一时不敢走近。

“我要想个办法，制服狐狸，让他永远都不敢再来找我们的麻烦。”尼尔斯心里想。

男人们走到了房子门前。尼尔斯看到旁边有一只不大的狗窝，狗窝前趴着一只身披长毛的大狗。当男人们走进屋后，尼尔斯转身来到了大狗的面前。

“你好，看门狗！”当男人们关上房门，尼尔斯小声地对狗说道，“你能帮我一个忙吗？我们今天抓一只狐狸，怎么样？”

看门狗的脖子上拴着一条粗大的链子，因为长时间被拴在这里，狗的脾气也不是很好。他生气地说：“哼，让我去抓一只狐狸？你这是在取笑我！你再离我近一点，看我不把你撕成碎片！”

“不管你信不信，我可不怕你！”尼尔斯壮着胆子，走到狗的面前。

当看门狗看清了尼尔斯的样貌，惊得说不出话来。

尼尔斯说："我叫大拇指，是阿卡的朋友，我们一起从南方飞到北方，难道你没听说过我的大名吗？"

"你就是大拇指？"看门狗说道，"麻雀们早就跟我说过你的故事，没想到你这个小人儿，竟然干出了那么多惊天动地的大事！"

"这没有什么了不起的。"尼尔斯谦虚地说，"不过，现在我遇到了一个麻烦。如果你不帮我，我就要完蛋了。有一只狐狸在后边追我，只有你能帮我抓住这只狐狸。"

"没错，我也闻到了狐狸身上的臊味。"大狗朝狐狸藏身的方向大声叫了几下，"汪！汪！汪！"然后得意地对尼尔斯说，"我想，它不敢再来找你的麻烦了。"

尼尔斯用力地摇摇头，说道："只是大声地对着它叫，是没有用的。要不了多久，它就会跑过来。我想好了，我们一定要把它抓住。"

"可是我们要怎么抓住它呢？"看门狗看着自己身上的链子，有些底气不足。

尼尔斯向狗窝走去，跟看门狗说："你跟我到窝里来，千万不能让狐狸听到我们的计划，我会告诉你该怎么做的。"

说着，尼尔斯和狗一起钻进了狗窝，一人一狗趴在地上商量起来。

这时，狐狸斯米尔也大胆地走到小房子前，又追寻着尼尔斯的气味和足迹，找到了狗窝。

看门狗伸出头来，对着斯米尔大声喊道："滚开！离我的家远一点！"

斯米尔看着看门狗脖子上粗大的链子，冷笑着说：“哼，我想在这里待多长时间，就待多长时间，你管得着吗？”

“滚开！”看门狗再次喊道，“否则，今天晚上你就会成为我的晚餐！”

狐狸悠闲地说道：“我不知道你的链子有多长，能不能抓到我。”

“我已经警告过你两次了，现在只能怪你自己。”看门狗慢慢地从狗窝里走了出来，脸上露出了得逞的笑容。

斯米尔这才看清，看门狗脖子上的链子已经消失不见了！

在斯米尔愣神的时候，看门狗跳了起来，咆哮着扑到了斯米尔的身上。

狗和狐狸很快地分出了胜负，看门狗把狐狸压在地上，大声喊：“你敢动一下，我就一口咬死你！”

狐狸知道狗的厉害，趴在地上一动不动。尼尔斯吃力地将狗链子拖了出来，缠到了狐狸的脖子上。

“狐狸斯米尔，我希望你能学会遵守规则，不要老想着去害别人，否则最终只能害了自己。”尼尔斯义正辞严地说道。

狐狸点了点头，脸上露出了惭愧的表情。他安静地趴在地上，彻底打消了报仇的念头。

十三、风雪送归程

当阿卡带领大家飞到这片大陆的最北边，大雁的队伍里已经有了三十多个同伴。除了尼尔斯、大白鹅莫顿和小灰雁邓芬，还有很多半路加入进来的鸟儿，跟随着阿卡一路北飞。

这一路，很多翅膀还没发育成熟的小雁，渐渐学会了飞翔。他们越来越强壮，终于能够脱离爸爸妈妈的怀抱，独自飞向长空。

偶尔，他们也会觉得难以为继——

“雪山来的阿卡！雪山来的阿卡！”小雁们可怜巴巴地喊道。

“什么事？”阿卡问。

“我们累得飞不动了！我们累得飞不动了！”小雁们叫道。

“你们飞得越远，就越不会感觉到疲惫。”阿卡回答，他的速度一点儿都没有变慢。小雁们只能跟着雁群向前飞。

“雪山来的阿卡！雪山来的阿卡！”小雁们皱着眉头喊道。

“又怎么了？”阿卡问。

“我们饿得飞不动了！我们饿得飞不动了！”小雁们叫道。

“大雁应该学会吃空气、喝大风。”阿卡回答。阿卡的速度还是没有放慢，也没有落下去寻找食物的意思。小雁们只能跟着向前飞。

慢慢地，小雁们学会了在天空中克服饥饿和疲惫，努力向前飞翔。雁群每次飞过一座高山、一片湖泊，阿卡总是能叫出它们的名字，他对小雁们说：“你们要牢牢地记住这些地方，以后的飞行，它们就是路标！”

“雪山来的阿卡！雪山来的阿卡！我们的脑子里装不下那么多名字呀！”小雁们痛苦地说。

“脑子里装的东西越多，脑子就越好使！”阿卡回答他们。

加入雁群的鸟儿越来越多，地上的绿色却越来越少。田野上的草慢慢变得枯黄，森林里的树木也开始抖落黄叶。

大家都知道，寒秋已至，冬天的脚步也已不远。

白天慢慢变短，黑夜慢慢变长，飞在空中，寒风刺骨般的冷……终于有一天，阿卡向大家宣布：“我们要飞回南方了！”

听到这个消息，尼尔斯高兴地跳了起来。尼尔斯早已经想家了，他想念自己的爸爸妈妈，也想念学校的老师和同学——在雁群中，大家都不能和他一起做游戏，大雁们忙着寻找食物，而莫顿则寸步不离地守着邓芬——尼尔斯感觉到了孤独。

现在，马上就要踏上归程了！

尼尔斯激动极了，看到一片杉树林，他也会挥舞着帽子喊道：“你好！”看到一座房子、一只山羊、一群小鸡，他都会以同样的方式跟他们告别。

大雁们也在跟自己的好朋友们告别。他们看到北极圈附近的鹿群正在下山，便飞低一点，大声喊道：“谢谢你们今年夏天对我们的款待！谢谢！”

鹿群仰起头，回答道：“祝你们一路顺风！”

可是，当大雁们看到森林中的熊时，就没有那么客气了。熊嘲笑大雁们是一群胆小鬼，忍受不了寒冷；大雁们则讥讽熊太懒，宁可睡觉也不向南方迁徙一点点。

对于大雁和熊的争吵，尼尔斯觉得他们说的都有道理，没有谁是错误的，只是他们的生活习惯不同而已。

偶尔，雁群也会听到小鸡们的叫声。在农场里，小鸡们看着天上飞过的大雁，一边缩紧身子，一边问母鸡：“我们什么时候能像他们一样在天空中飞翔呀？”

这时候，母鸡会把小鸡们抱在翅膀之中，语重心长地说：“你们要和爸爸妈妈一起待在家里。”

从北方往南方飞，雁群飞过了耶姆特兰省，这里到处都是湖泊和河流，没有一片可以耕种的土地。

“以前的耶姆特兰可不是这样的。”有一只鸟儿感慨道。他讲起一个关于耶姆特兰省的传说——

从前，耶姆特兰是一块扁平的土地，光秃秃的，连一棵树都没有。但在这里，却住着两个快乐的巨人。

有一天，一个巨人正在院子里给他的马刷毛，马突然惊恐地颤抖起来。

“你怎么了？”巨人一边问着一边朝四周看，他没有看到熊，也没有看到狼，只有一个高大粗壮的男人从远处走来。

巨人也禁不住颤抖起来，他赶紧跑进屋里，把他的妻子喊了出来。

“小路上走来一个人，我看清楚了，是雷神托尔。”巨人说。

“他是个不受欢迎的人。”巨人的妻子沉吟片刻，对巨人说，“你先藏起来，我来对付他。”

巨人藏起来后，女巨人打开房门，等待越走越近的雷神托尔。

“你好，请问你来这里有什么事吗？”女巨人客气地问。

雷神四处张望了一下，回答说：“我听说你们巨人没有好好收拾这里的土地，所以我想到你们家，跟男主人谈谈这件事。”

“我们家男主人出去打猎了。”女巨人说，“你要不要等他回来？不过，我想告诉你，我们家男主人是一个比你高大许多的人，脾气也不太好，你最好不要招惹他。”

“既然我已经来了，还是等他回来吧。”雷神找了个座位坐了下来。

女巨人脸上露出不安的神情，她说：“既然你决定了，那我就去给你拿一些蜂蜜酒，你边喝酒边等他。”

女巨人拿了一只巨大的酒杯，走到屋里放着酒桶的角落。当她拔出酒桶塞子，蜂蜜酒却像瀑布一样汹涌而出，她想把塞子塞回酒桶中，却怎么都塞不回去。

她转向雷神，嚷嚷着让他帮忙。雷神马上跑过去，拿起塞子往酒桶上塞，可是汹涌的蜂蜜酒总是把塞子顶出去，地板上淌满了蜂蜜酒，眼看屋子就要被淹了。雷神在地上划了一道长长的深沟，酒随着深沟流向远方。他又用脚在地上踩出了一个个深坑，让酒流到坑里。

女巨人默默地站在一边，内心为雷神巨大的力量感到惊恐，可是她却佯作淡定地说：“谢谢你的帮助，平时都是我的丈夫帮我塞塞子，从没有堵不住的。既然你只有这么点力气，我劝你还是赶紧回家吧。”

雷神不再自信，想了一下，走出了巨人的房间。当他慢慢走远后，女巨人站在门口，对他喊道：“这里是耶姆特兰，我们生活在这里非常开心。谢谢你帮我们划出了河流、踩出了湖泊，但是我刚才骗了你，你的力气比我的男主人大多了。”

雷神知道自己受到了欺骗，非常生气，他举起了手中的锤子，朝巨人的家敲了下去。可是，巨人施出魔法，房子消失了，那两个生活在这里的巨人，也永远消失不见了，谁也不知道他们去了哪里。

听到这里，尼尔斯偷偷地笑了起来：“他们是不是去了法伦市附近，发现了一座铜矿？”他不禁为自己的想象力感到骄傲……

十四、我回来了

回南方的旅程比去北方时要顺利得多。没过多久，大雁群就飞到了尼尔斯的家乡。再往前飞，大雁就要飞过波罗的海了。

本来非常想家的尼尔斯，现在却有些犹豫，他既想回家，又想继续旅行。

这一天，大雾弥漫，天空中飘浮着阴湿的水汽，大雁们停留在教堂附近。

阿卡走到尼尔斯面前，认真地对他说："我们明天就要飞过波罗的海了。我觉得，你应该回家去了。如果错过了这次，就要等很久才能跟你的父母团聚。"

"唉，我在想要不要回去。我变成这个样子，肯定会吓坏他们的。"尼尔斯垂头丧气地说。

大白鹅莫顿走到尼尔斯身边，对他说："我们悄悄地回去，看一看家里，不让你的爸爸妈妈发现我们。然后，我们再偷偷地跑出来。"

尼尔斯点了点头，和莫顿一起回家了。邓芬和几只小灰雁也跟在莫顿后边，一起朝尼尔斯家走去。

尼尔斯家里一个人都没有，所有的东西都跟以前一模一样。好像尼尔斯走后，他的爸爸妈妈就离开了一样。

尼尔斯走进了牛棚，惊讶地看到，原先三头粗壮的奶牛，现在只剩下了一头。那是一只名叫五月玫瑰的奶牛，她孤单单地站在牛棚里，一副不开心的样子。

“你好，五月玫瑰。”尼尔斯先打了个招呼，接着迫不及

待地问，“我的爸爸妈妈都还好吗？那只猫、鸡和鹅怎么样了？另外两头奶牛去哪里了？”

五月玫瑰听到了尼尔斯的声音，不禁一愣，她仔细地瞅了瞅尼尔斯，才认出来站在她面前的小人儿是谁——现在的尼尔斯还和离开这里时的尼尔斯一样，身材一样瘦小，穿着同样的衣服，但他的样子却有了明显的变化。现在的尼尔斯稳重成熟，身上有一种让人肃然起敬的力量。

“哦，哦，原来是尼尔斯，你回来了？大家都说你变了，变好了！”五月玫瑰的脸上露出了笑容，“欢迎你回家！真的，我很久没有这么开心了！”

“谢谢你，五月玫瑰！我的爸爸妈妈怎么样？他们好吗？”尼尔斯迫不及待地问。

在五月玫瑰的讲述中，尼尔斯大致了解到他离开后的情形：爸爸妈妈到处找他，非常伤心。花了很多钱买的马，却一直不干活，爸爸为了偿还债务不得不卖掉了两头奶牛。他们觉得尼尔斯临走只偷了一只鹅，现在一定在到处流浪，苦不堪言……

五月玫瑰还没说完，尼尔斯就赶紧跑出牛棚，他不想让奶牛看到自己流出的眼泪。

正在这时，尼尔斯听到了马的叫声，他看到一只肥壮的大马正蹲在地上吃草。尼尔斯想，那就是爸爸买来的那匹懒惰的大马了。

“你好！”尼尔斯走到马的面前，说道，“我刚刚听说这儿有一匹马从来不干活，那说的是你吗？”

那匹马回过头来，打量着尼尔斯，说道：“你是这户人家的儿子吧？我听说过你很多故事，也听说你现在浪子回头了。”

“没错，我以前名声确实不好，连我妈妈都觉得是我把鹅偷走了。”尼尔斯清了清嗓子，“不过，你为什么不干活呢？”

“我不是不想干活，我的蹄子里扎进了一块玻璃，根本没法走路。如果你把这件事告诉你的爸爸，让他把我蹄子里的玻璃拿出来，我就可以干活了。”

正说着，院子里响起了脚步声。

爸爸妈妈回来了！

尼尔斯看得出来，爸爸妈妈比以前苍老了很多。妈妈的脸上多了很多皱纹，而爸爸的头上多了一层白头发。他们一边走着，一边说着话。

“不行，我们不能再借钱了，没有什么事比欠债更难受了。”

“那我们怎么办？干脆把房子卖掉？”

“如果不是为了尼尔斯，我早就想把房子卖掉了。可是，等尼尔斯哪天回来，他住在哪里呢？”

……

说着，爸爸走到马的身边。尼尔斯早就跑到了牛棚里，静静地观察着爸爸妈妈的一举一动。

“这是怎么回事？”爸爸惊奇地说，“马的蹄子上写着一行小字。”

妈妈赶紧凑过来，只见上面写着：“把马蹄里的玻璃拔出来！”

爸爸口中念了一遍，紧张地看看四周，又赶紧看了一下马蹄，果然那里有一块厚厚的玻璃。爸爸把马蹄中的玻璃拔了出来，马“嘶嘶”地叫了两声，竟然站了起来，开始活蹦乱跳了。

正当爸爸惊喜莫名时，妈妈喊道：“快来看，大白鹅回来了，还带回了几只灰雁！”

原来，大白鹅莫顿一回到农场，就带着他的小灰雁邓芬，和其他的灰雁一起参观自己的家。他们在窝里待得太久了，连主人回家都没有听到。

“我们要时来运转了！可是，尼尔斯怎么没回来呢？”妈妈好奇地说。

爸爸想了一会儿说：“我有预感，尼尔斯会很快回来的，我们今天就把这只鹅宰了，等着尼尔斯回来一起吃。”

说着，爸爸抓起了莫顿的脖子，朝厨房走去。

“尼尔斯，尼尔斯，救命！救命！”被爸爸提在手中，莫顿的眼睛里充满了恐惧，他不顾一切地向尼尔斯呼救！

眼见着爸爸提着莫顿走进厨房，尼尔斯什么也顾不上，他大声地喊：“爸爸！不要吃了那只鹅！”一边喊着，一边跑向厨房。

爸爸和妈妈都愣住了，像被施了魔法一样。突然，他们异口同声地喊道：“我们的尼尔斯回来了！谢天谢地，我们的儿子回来了！”

他们转过身来，望着快步而来的尼尔斯，脸上已经挂满了泪水。

尼尔斯很奇怪：看到自己的样子，爸爸妈妈不会害怕吗？

没等尼尔斯想明白，妈妈就跑了过来，一把抱住了尼尔斯。尼尔斯这才发现，自己长大了，比原来的自己还要高出几

厘米。

“爸爸，妈妈，我又变成大人了！我又变回原来的样子了！”

第二天早上，尼尔斯早早地起床，来到教堂附近的空地上，他是来跟大雁们告别的——大拇指重新变成了尼尔斯，他没法跟大雁们一起旅行了。他要留在家里，一边认真读书，一边帮爸爸妈妈干农活。

尽管快到冬天了，家乡的气温还是要比北方暖和很多，地上的草还是绿色的。尽管这片绿色中，已经夹杂了一片片黄色的树叶。

接近雁群时，尼尔斯干脆跑了起来，当他跑到大雁身边时，他们突然扑闪着翅膀，飞了起来。尼尔斯这才想到，他已经变回了一个大孩子，不再是以前的大拇指了，大雁们肯定没有认出他来。

尼尔斯有些伤感，他对着大雁喊道：“我在这儿！我是大拇指呀！”

可是，大雁没有听懂他的话，依然远远地飞着，在教堂的上空盘旋。尼尔斯想他也失去了跟动物们交谈的能力，现在的他，完完全全变回了以前的自己。

尼尔斯垂头丧气地坐在地上，为失去了这么多好朋友而伤心。

就在这时，一只大雁飞到了他的附近，慢慢走近他——那是大雁阿卡！

“你终于认出我来了！我是大拇指呀！”尼尔斯喊道。

大雁没有回答，把身体靠近尼尔斯，慢慢地伸出了翅膀。尼尔斯一把抱住了阿卡，他们紧紧拥抱在一起。其他鸟儿也落到他们身边，“啾啾啾”地叫着，好像在为他们演唱美妙的歌曲。

过了一会儿，阿卡从尼尔斯的怀里挣脱出来，仰头长鸣：“嘎——”

所有鸟儿都飞上了天空。他们排成了“一”字形，慢慢地飞向了远方。那是半年前，大雁从远方飞来时的样子。

天空依旧高远，尼尔斯仰着头，看着大雁越飞越远，变成了一颗颗黑点。

“半年之后，我们又能相见了。”尼尔斯说。

THE JUNGLE BOOK

鲁德亚德·吉卜林

1907 年诺贝尔文学奖得主。他是一个出生在印度的英国人，喜欢让丛林中的各种动物担任故事主角，许多作品因此被改编成了动画片和电影。

丛林之书

自由会让你们在丛林中生存下去

一、莫格里的兄弟们

狼族的新成员

狼爸爸在晚上七点钟醒来。他从洞里走到洞穴口，打着哈欠伸了伸懒腰，舒展着爪子。

“嗷！”狼爸爸对着天空嚎了一声，对狼妈妈说，“该去狩猎了。”

这是西奥尼山的一个温暖夜晚，狼妈妈躺在洞穴中，她的身旁躺着四个幼小的狼崽儿。月光照进洞穴，像给他们披上白纱。

“你要小心些。塔巴克说，谢尔可汗最近就要来这里狩猎。”狼妈妈面带忧色地说。

塔巴克是一只专吃剩饭的豺，谢尔可汗则是只瘸腿的老虎，平日栖息在二十英里外的一条大河边。丛林中没有一个动物喜欢他们。

“自由民才不怕这只懦弱的老虎！”狼爸爸轻描淡写地说。

“谢尔可汗并不可怕，但他从不将法则放在眼里，一直在猎杀耕牛。如果他来这里猎牛，人类一定会带着火枪来丛林里复仇，到时候我们会有大麻烦。”

狼爸爸望着丛林和远处的山峦，眼中充满深深的担忧。

过了一些日子，丛林中果然有些异动。自由民密切关注着林间的一切。

有天晚上，森林里传来了一阵老虎的吼声。这是谢尔可汗在附近狩猎。

“蠢货！在夜里大吼大叫，他以为这里的公鹿像耕牛那么好欺负吗？”狼爸爸轻蔑地说。

“他今天狩猎的不是公鹿，也不是耕牛，而是人类。”狼妈妈小声提醒，她一直在仔细地倾听周遭的动静。

狼爸爸有些吃惊，不远处果然传来了伐木工人的惨叫声。丛林法则明确规定：除非是为了向孩子们演示如何狩猎，否则绝不能袭击人类。因为只要有人被猎杀，就意味着早晚有一天，人类会带着猎枪来到森林里，向整个森林里的动物复仇。

老虎谢尔可汗的行为违背了丛林法则，他让整个森林都陷入了危险之中。

“这只可恶的老虎！”狼爸爸愤怒地说。

这时，不远处的草丛间传来一阵轻微的响动。

“有东西上山了，做好准备！”狼妈妈警觉地说。

当那个黑影钻出草丛时，狼爸爸猛地扑了上去。不过，当他看清那个小小的身影，立刻停止了攻击，惊呼道：“人类！人类的小孩！”

没错，这是一个人类的小孩，身上光溜溜的。他刚会走路，扶着身旁的树枝，蹒跚地走到狼面前。

“多么勇敢的小孩！”狼妈妈说，“他一点都不害怕我们。”

靠近洞口的孩子，看到里面的几只小狼，便踉跄着走过去，和他们紧紧挤在一起，片刻就安静地睡着了。

狼爸爸和狼妈妈目光柔和。孩子们挤在一起，像五个亲密的兄弟。

洞穴口的月光突然被挡住，接着，谢尔可汗的大脑袋挤进洞口，身体则被卡在洞外。在他的身后，塔巴克大声喊着：“我的主人，他就是从这里进去的！”

老虎低声吼道：“我的猎物跑进了你们的洞里，把他还给我！”

“狼是自由民。”狼爸爸走到谢尔可汗面前，“我们只接受狼群首领的命令。这个小孩是我们的，谁也别想带走。”

狼爸爸的强硬态度让谢尔可汗意外，他大吼了一声，表达着自己的愤怒。

“没错，这个小孩是我们的，他叫莫格里，他会活下来的，成为狼群的一员。而且，将来莫格里会为你送终。”狼妈妈走到老虎面前，恶狠狠地说道，“现在滚回你的老家去吧，只会杀死耕牛的笨蛋！”

狼爸爸诧异地看向妻子，他没有忘记，自己是在决斗中战胜了五匹公狼，才赢得了狼妈妈。

谢尔可汗有些胆怯了，他不甘地退出了洞穴，说道：“你们看着吧，狼群是不会同意你们收养他的，这个人类的孩子，最后肯定会成为我的食物。”

按照丛林法则，每一匹狼，在婚后都可以自由退出狼群，但他们的幼崽必须要去参加狼群大会，让其他的狼认识他们。等幼崽们长大，在他们杀死自己的第一头公鹿之前，他们不能伤害其他的同胞。

狼夫妇已经决定要收留莫格里，他现在要面对的第一个挑战，就是让狼群承认他。

等到狼崽儿们都长大一点，狼爸爸就带着他们和莫格里去参加狼群大会。

狼群大会的地点在一个小山顶上，他们叫它“会议岩”。那是山顶的一块大岩石，可以容得下一百多匹狼。

阿克狼是狼群的首领。开会时，他伸展开四肢，卧在他的那块大石头上。在阿克狼的宝座下，蹲坐着四十多只大大小小、毛色各异的狼。

会议开始，狼爸爸把莫格里推到狼群中间。莫格里坐在岩石上，玩着地上的鹅卵石，毫不在意周围。

“那个人类的小孩是我的！狼要人类的孩子干吗？”随着一声沉闷的虎吼，谢尔可汗从岩石后缓缓地走出。

阿克狼扫了一眼不请自来的老虎，又看了一眼莫格里，对狼群说：“你们好好看一看这个崽儿，我们是自由民，没人可以对我们下令。”

“可是，我们狼群要一个人类的小孩干什么？”一只小狼站了出来，他重复着老虎的话。会场上一片安静。

根据丛林法则，如果狼群对接纳一只幼崽有异议，那么除了幼崽的父母外，至少还要有两名狼群成员为幼崽说话。

“有谁为这个幼崽儿发声吗？”阿克狼问。

会场上依然鸦雀无声。这时，获准参加狼群大会的棕熊巴洛站了起来，他强壮的体形吸引了所有的目光。巴洛是狼崽们的老师，他教给狼崽丛林法则、捕猎技巧，获得了狼群的尊重。

“我为人类的孩子说话。”巴洛说，“你们看看他，这孩子完全无害，让他和其他的狼崽儿一起加入狼群，我亲自来教他。”

“还需要一位。”阿克狼说。

一条敏捷的黑影跃上岩石。这是森林中威名赫赫的黑豹巴赫拉，他通体漆黑，长相威严，既有阿克狼的机智，也有水牛的勇敢，动物们都很畏惧他。

“阿克狼，虽然我并非狼群的一员，但丛林法则规定，幼崽儿的生命可以用代价交换。”巴赫拉走到狼群中间，缓缓说道：“如果你们能按照丛林法则接纳这个人类的孩子，我愿意把一头肥硕的公牛送给你们，他就在离这里不远的地方，还新鲜着呢。你们觉得怎么样？”

狼群中响起七嘴八舌的声音：“我觉得可以，一个小孩对我们有什么危害呢？让他和狼群一起奔跑吧！巴赫拉，我们要公牛了！”

就这样，莫格里被狼群接受了。

等到狼群下山寻找死去的公牛

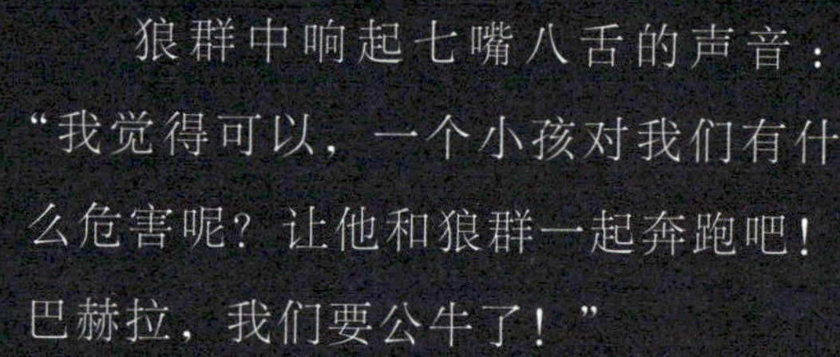

时，会议岩上只剩下阿克狼、巴赫拉、巴洛、莫格里和他的狼族父母。离去的谢尔可汗仍在黑夜中咆哮，因为没有得到莫格里而愤怒异常。

“使劲叫吧，老虎。总有一天，这个人类的孩子会让你胆寒。如果我说错了，就是我对人类一无所知。”巴赫拉说道。

“干得好。”阿克狼说，“人类和他们的孩子都很聪明，也许有一天，这孩子会成为我们最好的帮手。”

狼群大会后不久，莫格里就跟着大熊巴洛开始学习丛林法则。

严肃的巴洛很高兴有这么一个聪明的学生。

那些小狼只会学对自己有用的丛林法则，背背狩猎诗：“轻轻动作不声张，双眼有神看四方……”可是，作为人类的莫格里，要学习的东西还有很多很多。

有时，黑豹巴赫拉在丛林里闲逛时，会顺带看看莫格里。看到莫格里流利地背诵一天的功课，巴赫拉会把头靠在树上，发出呜呜的声音表示满意。

莫格里擅长奔跑，也擅长游泳，对于爬树也有自己的心得体会。同时，巴洛不断地教他学习丛林中的法则，比如：所有的丛林居民都不喜欢被打扰，每一只动物都会随时准备回击入侵者。还有“外来者的狩猎招呼”——无论何时，丛林居民到自己领地之外的地方狩猎，都必须大声地打招呼，得到回应后才可以开始狩猎。

对于这些规矩，莫格里并没有太大的兴趣，同样一句话，他要重复很多遍，这让他感觉厌倦。

有一天，因为莫格里没有完成功课，巴洛打了他一巴掌，莫格里生气地跑开了。

巴赫拉正好在那儿，他有点心疼地对巴洛说：“他还只是个孩子，不要对他太严苛。”

“可是对这些孩子来说，丛林每天都危机四伏。”巴洛回答，“这些天，我正在教他丛林中的主人话语，学会了主人话语，他可以自由应付所有丛林居民。这很重要，他本来应该好

好学习的，可是你也看到了，他发脾气跑掉了。”

“什么是主人话语？”巴赫拉好奇地问。

“莫格里，你来给黑豹讲讲什么是主人话语。”巴洛知道莫格里并没有跑远，他大声地喊道，“你说说狩猎居民的主人话语吧。”

“你和我，我们血脉相通。”虽然还在生巴洛的气，但莫格里还是忍不住从树后探出脑袋，炫耀地说起所有狩猎居民通用的话。

“蛇类呢？”巴洛问。

莫格里发出几声“咝咝”，那是蛇的语言。

巴洛满意地点点头，说道：“好了，还不错，总有一天你会感谢我的。”

“哼，我要有一个属于自己的族群，带着他们在树枝间自在地跳跃。”莫格里仰着头，骄傲地说道。

“你这个想法是从哪里来的？”巴赫拉脸上的笑容消失了。

巴洛伸出肥掌打在莫格里身上，气呼呼地说：“莫格里，你和那群猴子说话了？”

莫格里觉得委屈，他看看巴洛，又看看巴赫拉，不敢说话。

巴赫拉说道：“那些猴子是不遵守法则的居民，你应该耻于和他们为伍。”

莫格里道：“巴洛每次打了我之后，没有别的动物关心我，只有这些猴子同情我。他们给我好东西吃，把我抱到树上，跟我说我们是同血脉的兄弟，只是我没有尾巴而已。他们还说，我总有一天会成为他们的首领。”

巴赫拉摇摇头，说道：“他们最喜欢说谎。”

巴洛也开口说："莫格里，我教你的所有丛林法则，都不适用于树上的猴子，他们是一群邪恶的动物，不知羞耻，也不遵守丛林法则，所以才被动物们排挤。你要离他们远一点，否则一定会后悔。"

莫格里低下了头，巴洛和巴赫拉都觉得，他应该记住了这些忠告。

巴洛和巴赫拉在晚饭后，想找莫格里来再谈谈关于猴子的事，但整个营地里都找不到莫格里。

正当他们焦急万分时，一只叫兰恩的老鹰从天而降，把莫格里的踪迹告诉了他们。原来，猴子们潜入了营地，趁着莫格里睡觉时带走了他。兰恩看到莫格里被几只猴子架着，飞快地在丛林中掠过。当兰恩飞近猴群时，莫格里用鸟语告诉他自己被绑架了，并拜托他将消息传递给巴洛和巴赫拉。

"那些猴子不遵守丛林法则，整天就知道捣乱，跑起来又像飞鸟一样快，我们该怎么办呢？"老鹰自言自语地说。

"猴子们太多了，光靠我们救不出莫格里。对了，有让他们害怕的动物。"巴洛想到了什么，拍了下自己的大脑袋，急忙说道，"我们可以找大蟒蛇卡阿蛇帮忙，他们最害怕蟒蛇了。只要一提卡阿蛇的大名，那些猴子就会吓得尾巴发凉。走，我们去找卡阿蛇！"

当巴洛他们来到卡阿蛇的领地时，这条大蟒蛇正卧在温暖的岩石上，一边伸展开身体晒着太阳，一边欣赏自己美丽的外衣——最近，他刚刚蜕皮，一层新的花纹覆盖了他的全身。

卡阿蛇不是毒蛇。其实，他很鄙视毒蛇，认为毒蛇都是懦夫，只会用暗器来攻击别人。卡阿蛇的武器就是他的身体——无论是谁，一旦被他的身体缠住，就在劫难逃了。

“狩猎大吉！”一见到阳光下的卡阿蛇，巴洛就高声喊道。

“狩猎大吉。”卡阿蛇看着巴洛和巴赫拉走近，高兴地招呼，“我有好几天没吃饭呢，你们有猎物了？”

“没错，我们在狩猎，猎物就是那些不喜欢你的动物。”巴洛说。

“不喜欢我的动物？”卡阿蛇的兴致来了。

“没错，他们叫你无脚蠕虫、黄蚯蚓……”

还没等巴洛说完，卡阿蛇已经火冒三丈：“谁这么叫我？”

“就是那群猴子，上次他们还是这么说的，现在不知道又发明了什么新的外号。他们还说你牙齿都掉光后就不敢捕猎了，连一只山羊都抓不住，因为你害怕山羊的角。”巴赫拉说道，“我们来就是想问你，愿不愿意一起去猎杀这些讨厌的猴子？”

卡阿蛇喉咙两侧的肌肉开始膨胀，巴洛和巴赫拉知道，卡阿蛇开始愤怒了。但他又很快恢复了冷静，慢慢地说：“你们两个都是森林中有名的猎手，还需要我出击吗？”

“现在情况不一样，这群可恶的猴子抓走了莫格里，一个生活在狼群中的人类的孩子。我们很喜欢他，可是，猴子把他抓走了。”巴洛哭丧着脸说，“我们听说了，丛林里的猴子只害怕大蟒蛇卡阿蛇。”

“原来是这样！”卡阿蛇问，“他们究竟带着莫格里去哪里了？”

这时，一直在头顶上飞翔的老鹰兰恩开口了，他把莫格

里向他求救的事儿又说了一遍，最后说道："他们把莫格里带到了河对岸的冷窟，进了猴子们的老窝……"

"我们得赶紧去冷窟。"

巴洛、巴赫拉和卡阿蛇动身了。他们都知道冷窟在什么地方，那是一座被废弃多年的城市，早已湮没在森林中。遵守丛林法则的动物们很少去人类生活过的地方，只有猴子喜欢那里，把人类废弃的城市当作住处。

"到冷窟要很长时间，我们要全速前进，"巴赫拉一边快速地跑着，一边焦急地回头说，"巴洛，你跑得慢，我和卡阿蛇就不等你了。"

说着，巴赫拉和卡阿蛇丢下巴洛，朝冷窟极速前进。

冷窟里，一只猴子正在即兴演讲，他对同伴们说："抓到莫格里是猴群历史上一个新的里程碑，因为莫格里——这个人类的孩子会教我们把藤条编织成衣服。"

坐在大厅里的莫格里，捡起一些藤条，开始编织，他身边的猴子们跟着模仿。但是没过多久，他们就失去了兴趣，拽着同伴的尾巴，在冷窟里上蹿下跳，还不时地发出咳嗽声。

"我想吃东西了。"莫格里摸着肚子说，"你们给我找些吃的，要不就放我走。"

二三十只猴子蹦蹦跳跳地跑出去，不一会儿就拿回来坚果和木瓜，但他们吵吵嚷嚷地把食物扔到了地上，然后打起了架，将食物踩得稀烂。

莫格里的肚子依然饿着，因为路上的颠簸，身体疼得要命。他在冷窟里溜达，然后向猴子们发出请求在这里狩猎的招呼。然而，对于这样的丛林法则，猴子们并没有回应他。

莫格里心想："巴洛说得没错，猴子们都是一群不遵守丛林法则的坏蛋。即使他们不杀死我，我也会饿死在这里。如果巴洛和巴赫拉来救我回去，他们肯定会责骂我，但无论如何，总比在这里被猴子们欺负要好。"

有段时间，他甚至走到冷窟的城门口，但被猴子们拽了回去。他们对莫格里说，他是身在福中不知福，他应该感谢他们。

莫格里沉默着，随着高声吵闹的猴子们来到一个废弃的广场。广场下边有个宽阔的蓄水池，池子里满是雨水。广场的中央是一座白色的凉亭，据说是为以前的国王和王妃修建的。

不知不觉间，天色黑了，月亮从亭子后边升了起来，照亮了广场，也把莫格里和猴子们的影子投在了地上。

"我们很伟大，我们是整个丛林里最厉害的居民。我们都是这么认为的，所以这一定是真的。"猴子们对着莫格里喊道，"你是我们的新听众，你可以把我们说的话告诉丛林居民，这样，他们都会佩服我们。你一定要知道我们有多优秀！"

莫格里觉得这些猴子蠢透了，但他没有表现出自己的蔑视，只是简单地点点头，眨一下眼睛，回答一声："是，没错。"

猴子们聚在一起的吵闹声太大了，吵得莫格里头昏脑涨。他暗暗地想："这群傻猴子一定都被豺狼塔巴克咬过，他们都发疯了。难道他们从来不休息，不睡觉吗？"

天上飘过一朵大大的云彩，慢慢地遮住了明亮的月亮。莫格里看着天上的云，心里筹划："等天空完全黑了，我就可以偷偷地逃跑了。"

离广场不远的地方，巴赫拉和卡阿蛇也在看着天空中的同一片云朵。他们很清楚，兴奋起来的猴群是很危险的，以现在的数量对比，他们很难正面取胜。

“我去广场西面。”卡阿蛇小声地说道，“西边地势低，对我有利。从那里快速地滑下去，他们不会一下子跳到我的背上。但是……”

“我知道。”巴赫拉说，“要是巴洛在这里就好了。可是夜长梦多，不管怎样，我们还是要尽力而为，把那个孩子救下来。等那一片云彩完全遮住月亮，我就去进攻广场。”

“狩猎大吉！”卡阿蛇小声地说道，然后他轻轻地朝广场西面滑去。

云彩遮住了月亮，天空完全黑下来。莫格里正在谋划着逃走的方法和路线，突然听到了广场上响起了熟悉又迅捷的脚步声。

一头通体漆黑的豹子冲进了广场，巴赫拉挥起锋利的爪子，在猴子群里大开杀戒。

广场上一片哀嚎，巴赫拉所到之处，猴子们望风披靡，鲜血四溅。

但没过多久，猴子们反应过来了。“只来了一个！杀死他！”有只猴子喊道。

几百只猴子凄厉地尖叫着，把巴赫拉团团围住，一拥而上，撕抓着巴赫拉的黑色皮毛，同时用锋利的牙齿撕咬。只是短短一会儿工夫，黑豹的身上遍布伤口。

莫格里此时被关进了一个笼子里，只能眼睁睁地看着巴赫拉苦战。正当莫格里为巴赫拉的安危担忧时，笼子旁边响起

一阵细微的“沙沙”声，然后是断断续续的“咝咝”声。

“你和我，我们血脉相通。”莫格里说道。然后，他也发出了“咝咝”的声音，这是蛇类交流的方式。

可是，并没有回应。

广场上，巴赫拉还在和猴子们激战，但他已经处于明显的下风。

莫格里大声地喊道：“去蓄水池！巴赫拉，跑到蓄水池那里，跳到水里面。”

听到莫格里的呼喊，巴赫拉精神大振，他挥爪击退面前的几只猴子，拼命地朝蓄水池跑去。就在他靠近蓄水池的时候，一个庞然大物从丛林里跳了出来，伴随着一声雷鸣般的嘶吼：“巴赫拉，我来了！”

大熊巴洛一头扎进了猴子群里，伸出巨大的熊掌，在猴子群里快速挥舞。“砰砰砰”的撞击声响成一片，几只猴子高高飞起，又重重地摔到地上。

另一边，巴赫拉已经跳进了水里。追击的猴子们不会游泳，止步于池边。看着巴赫拉在水池中游远，猴子们站在水池旁跳上跳下，生气地捶胸顿足。

冷窟的战争引来了整个丛林的关注：蝙蝠芒安在天空中飞来飞去，用他的超声波把战斗的过程传遍森林的每个角落；鸟群也飞临冷窟上空，一边观战，一边为巴赫拉和巴洛加油；而分散在森林各处的猴子，正纷纷急掠过树顶，赶往冷窟参战。

战斗越来越激烈，却一直见不到卡阿蛇的身影。

焦急的巴赫拉从水里露出头，用蛇语喊道：“你和我，我们血脉相通。咝咝咝。”

随着巴赫拉的呼叫，卡阿蛇从广场西面快速滑了过来，这条足足有十米长的大蟒蛇，如同一颗出膛的炮弹，射向巴洛身旁的猴子。最近的猴子们还来不及惊呼，就被卡阿蛇锋利的牙齿撕成碎片。

“卡阿蛇！是卡阿蛇！赶紧跑！”幸存的猴子们哭喊着四散而逃。

巴洛长长地松了口气，虽然他的皮毛比巴赫拉厚，但也在刚才的战斗中吃了不少苦头。

巴赫拉从池塘中爬了出来，抖落了身上的水。“把莫格里救出来吧，我们带上他，赶紧离开这里，猴子们可能会再次攻击我们。”巴赫拉气喘吁吁地说。

卡阿蛇“咝咝”叫了两声，骄傲地说道：“只要我不发话，他们是不敢乱动的。”

巴洛活动了一下身体，转过头对卡阿蛇说：“卡阿蛇，我和巴赫拉都欠你一条命。”

卡阿蛇摇摇头，回答说：“不用客气。但莫格里在哪里呢？”

“在这里！我在笼子里！”莫格里在不远处喊道。

“把他带走吧！”卡阿蛇说道。他用冷冷的眼神盯着屋顶上的猴子们，猴子不敢轻举妄动，只能眼睁睁地看着巴赫拉把笼子打开，带走了莫格里。

“有没有受伤？”巴洛问。

莫格里摇摇头说：“我身子很疼，很饿。兄弟们，猴子把你们整惨了，看看你们的身体，还在流血呢！”

“那群猴子更惨。”巴赫拉一边舔着嘴唇，一边看着地上七零八落的猴子尸体。

巴洛也说道："这都不算什么，只要你平安就好！"

"莫格里，是卡阿蛇救了你一命，你应该好好谢谢他。"巴赫拉对莫格里说道。

卡阿蛇仔细看了看莫格里，说道："你就是莫格里，你的皮肤柔软，跟猴子们有点像。"

"你和我，我们血脉相通。"莫格里再次用刚学到的蛇语说，"今天，你救了我的命，卡阿蛇，以后只要你饿了，我猎杀的动物都是你的。"

卡阿蛇说道："你是个知道感恩的孩子，有一颗勇敢的心，也有一个聪明的脑袋。和你的两个朋友离开这里吧，月亮马上要下山，接下来发生的不是什么好事，不该让你们看到。"

天空中，月亮正缓缓地落入山后。屋顶上，猴子们的身体颤抖不止，他们瞪大了眼睛，恐惧地等待着。

巴洛走到蓄水池边喝水，巴赫拉在整理自己的皮毛，而卡阿蛇滑行到广场中间，发出了尖厉的声音，所有猴子的目光都集中到了他的身上。

卡阿蛇甩动起了脑袋，身体跟着脑袋转动。他转了一个大圈，然后把身体盘成一个圆环，慢慢地，卡阿蛇直立在了半空，只有尾巴拖在地上，像一个支架，支起了站立的身体。

伴着"咝咝咝"的声音，卡阿蛇在月光下跳起了饥饿之舞。巴洛和巴赫拉像石头一样，一动不动地站立在不远处，他们低吼着，毛发一根一根地竖立起来。

卡阿蛇盯着猴子们，命令道："你们都向我靠近一步。"

猴子们从屋顶上跳了下来，乖乖地走到卡阿蛇面前，而巴洛和巴赫拉也随着他们向前迈了一步。

“再近一些！”卡阿蛇说道。

猴子们又向前靠近了一些。

正当巴洛和巴赫拉也要向前靠近时，莫格里把手放到了他们的肩膀上，他们一下子惊醒了，仿佛刚从梦中醒来一样。

“我们赶紧走吧。”莫格里紧紧拉着巴洛和巴赫拉，一起离开了冷窟，回到了森林中。

巴洛在一棵树下坐定，心有余悸地说：“我再也不和卡阿蛇一起活动了。”

“他知道的比我们多。”巴赫拉的身体也在颤抖，严肃地说道，“如果我们待着不走，不需要多长时间，我们就都走到卡阿蛇的喉咙里去了。”

“这算不上什么，反正我们已经救下莫格里了。”说着，巴洛爱惜地把莫格里抱在怀里。

“虽然如此，我们也付出了沉重的代价。我们浪费了很多时间，身上有了太多的伤口。最重要的，我们的名誉受到了损害——我们被迫请求卡阿蛇的保护，而且被他的饥饿之舞给……莫格里，所有这一切都是因为你轻信了猴子们。”巴赫拉看着莫格里，严肃地说道。

“是的，确实怪我，我的心里也很难受。”莫格里脸上露出了悔恨的表情，说道，“按照丛林法则，我闯了祸，就要受到惩罚，你们可以揍我。”

巴赫拉举起手掌，轻轻地打了他几下。

接受完惩罚，巴赫拉让莫格里爬到自己的背上，背着他朝狼窝跑去。莫格里把头靠在巴赫拉的身体上，慢慢地睡着了。

他睡得那么沉，直到他被放在狼爸爸和狼妈妈面前时，莫格里都没有醒。

走出丛林

时光如梭，转眼间整整过去了十年。除了被猴子绑架那次，莫格里还经历过很多事，但总算是安然度过了。莫格里和狼崽们一起长大，只是狼的生命比人要短，还没等莫格里长成一个大孩子，狼崽们就已经成年了。

大熊巴洛和狼爸爸教会了莫格里在丛林生活的各种本领：每一片草叶的沙沙声、夜空中传来的呼吸声、猫头鹰的每一次啼叫……莫格里都了如指掌。

他还跟豹子巴赫拉学会了爬树，在树间灵活地跳跃，来去如风。

“只要你足够强壮，整座森林都是你的。”巴赫拉严肃地对莫格里说，“你可以猎杀任何动物，但你永远都不能杀牛，因为是那头死去的公牛让你被狼群接纳。这是丛林法则，你明白吗？”

莫格里点点头，崇拜地望着巴赫拉。

就在这样的训练中，莫格里一天天地长大了。

有一天，狼妈妈对莫格里说：“老虎谢尔可汗是你的仇敌，将来有一天，你必须要杀死他。”

对于这样的劝告，一匹年轻的狼会时时刻刻放在心上，可是莫格里却没过多久就忘得一干二净了。他的心里总是充满快乐，还容不下别的东西。

莫格里经常在森林里看到谢尔可汗。这只长相凶恶的老虎，身边经常跟着几只年轻的狼。狼群首领阿克狼已经老了，年轻的狼不再对他唯命是从，他们喜欢跟在老虎后边，捡拾老虎捕猎后剩下的碎肉。

在阿克狼年轻的时候，这样的情况是决不允许发生的，他告诉大家，狼是有尊严的动物，要靠自己的四肢捕杀猎物。可是现在，谢尔可汗成为小狼们的好朋友，老虎经常对他们说："你们都是优秀的猎手，怎么甘心受老阿克狼和人类孩子的领导。"

每当谢尔可汗这么说，年轻的狼都会竖起鬃毛，激动地嗷嗷叫。

对于这些事，巴赫拉当然也听说了。他一次又一次地告诉莫格里，一定要杀死谢尔可汗，否则这只可恶的老虎会害了狼群。

但是，莫格里仍然毫不在意。

"谢尔可汗虽然不敢在森林里杀掉你，但你要记住，阿克狼已经老了，等到他无力捕杀公鹿时，他就不再是狼群的首领了。一旦那一天到来，那些跟在谢尔可汗身后的小狼，一定会把你赶出狼群。"

"为什么？我在森林里出生，也一直遵守丛林法则，我把狼们都看成我的兄弟，我给每只狼都拔过爪子上的刺，他们是不会让我离开狼群的。"

巴赫拉伸直了身子，对莫格里说："你来摸摸我的下巴。"

莫格里伸出他健壮的手掌，摸着巴赫拉光滑的下巴，摸到了一小块光秃秃的肉。

“丛林里的动物都不知道，我的下巴有这样一块肉，这是项圈在我身上留下的记号。”巴赫拉顿了顿，说道，“我出生在人类中间，我的母亲死在人类的笼子里。我是从人类的笼子里逃出来的。正是因为这一点，我才变得比老虎更可怕。同样，也因为这样，我才想办法让狼群把你留下。我们来自同样的地方。”

莫格里没想到巴赫拉还有这样的经历，他睁大了眼睛，听着巴赫拉继续说道：“你要永远记得，丛林里不都是你的兄弟和朋友，谢尔可汗和那些年轻的狼都不喜欢你。”

“那我该怎么办？”莫格里问。

“你尽快下山去，到人类的屋子当中，取一些红花过来。这样，你就会有一个强大的朋友，比我、比巴洛、比狼群更强大的朋友。”

巴赫拉说的红花，就是我们常用的火，只是丛林中的动物都喜欢叫它“红花”。

莫格里想了一下，问道：“红花？就是黑夜中茅屋外开放的那种花吗？我去取一些来。”

“没错，这才是人类的孩子该做的事。记住，它是长在盆子里的，动作要快，把盆子端过来收好了，到时候肯定用得着。”

“好，我肯定会和谢尔可汗算账的！”说完，莫格里下山去了。

莫格里在森林里奔跑，还没到山下，他就隐约听到森林里响起了小狼们的叫声："阿克狼！阿克狼！你是狼群的首领，怎么这么不中用！"

莫格里冲过去，远远就看到年迈的阿克狼正在捕杀一只公鹿。他尝试了几次都没有成功，反而被公鹿踢了一脚。

"巴赫拉果然没有说错。"莫格里没有继续上前，而是快步冲下了山。在一间茅屋旁，莫格里看到了炉子中烧着一盆火，一个小孩从屋子里出来，往火堆里放了一块块黑色的东西，对着盆子使劲吹了吹气，然后回到了屋里。

"就这么简单？一个小孩都能办得到，我怕什么呢？"莫格里心里想着，蹑手蹑脚地走到火炉旁，他看到那一块块黑色的东西正在慢慢变红，莫格里也学着男孩吹了吹气，果然，火更旺盛了。

莫格里向盆中添了些干树叶，然后抱着火盆跑向森林中。

半路上，他遇到了等候已久的巴赫拉。

"阿克狼失踪了。"巴赫拉说，"他们昨天要杀死他，同时把你一块杀死，现在他们正在山上找你呢。"

"我去找红花了，看！"说着，莫格里举起了火盆。

"你不害怕吗？"巴赫拉问。

"不，我不害怕。"莫格里说，"我记起来了，在我加入狼群之前，我曾躺在红花旁边，感觉很舒服，很温暖。"

那一天，莫格里一直守在山洞里，照顾着他的火盆。到了晚上，塔巴克来到山洞外，通知莫格里去会议岩上开会。

塔巴克走后，莫格里偷偷地抱着火盆来到了会议岩上。

阿克狼窝在他的大石头旁边，那代表着首领位置的“王座”已经空出来了；谢尔可汗和随从他的那群狼，在狼群中间大摇大摆地走来走去；巴赫拉走到莫格里身边，卧在了地上。

看到莫格里来到狼群中间，谢尔可汗走上一步，准备说些什么。

莫格里站起来，对着狼群喊道：“兄弟们，难道现在谢尔可汗在领导狼群吗？他是一只老虎，为什么让他在狼群会议上发言？”

狼群里响起一阵喧闹。

“安静，你这个人类的孩子！”

“让他说吧，他从来都是守规矩的。”

最后，一些年长的狼发话道：“让那只‘死狼’说话。”

狼群首领一旦在捕猎时失手，就会被称作“死狼”。

阿克狼慢慢地抬起头，说道：“兄弟们，我领导了你们十二年了，带着你们捕杀猎物，这段时间里，没有一匹狼受伤。现在我失手了，你们都知道，这是一场阴谋。现在，你们可以在这里杀死我，这是你们的权利，但必须按丛林法则，一个一个来挑战。现在，谁第一个上来？”

接下来，是长久的沉默，没有一匹狼敢上去和阿克狼决斗。

谢尔可汗大声说道：“呸！为什么要和这只快要死的狼决斗。这个人类的孩子，他一开始就应该是我的食物，现在，你们要把他还给我。”

狼群中传来了叫嚷声：“一个人类的孩子！跟我们有什么关系？拿去吧，拿去吧！”

阿克狼抬起了头，吼道："莫格里一直跟我们同吃同睡，为我们驱赶猎物，他从来没有违反丛林法则。"

"而且，当初你们接纳他，我给了你们一头公牛。"巴赫拉站了出来。

"丛林居民不能和人类生活在一起！"谢尔可汗大声喊道，"把他给我！"

"不，他是我们的兄弟，你们竟然要杀死他？"阿克狼打断了谢尔可汗的话，说道，"我的命不值钱，但我不能让你们损害了狼群的名誉。我现在向你们许诺，如果你们让莫格里安全地回到人类中间，我愿意放弃自己决斗的权利，孤独地死去。"

"他是人，是人！不是我们的兄弟！"狼群发出了咆哮，很多狼都走到了谢尔可汗的身边，老虎的尾巴开始甩动起来。

莫格里站了出来，他从身后取出了火盆，大声喊道："你们听好了，我是一个人。我本来愿意做一匹狼，和你们出生入死。但你们不把我看成兄弟，那我也就无所顾忌。接下来的事，你们说了不算，只有我说了算！"

莫格里把火盆扔到地上，一些火星从盆里蹦出来。所有的狼都向后退开，脸上布满了惊恐。

莫格里捡起一根粗大的树枝，把树枝的一头插进火里，发出了噼里啪啦的响声。他把燃着的树枝举过头顶，不断地挥舞着，周围的狼都吓得缩成一团，不敢动弹。

"你控制了局面。"巴赫拉小声说，"救阿克狼一命吧，他是你的朋友。"

阿克狼，这匹一向自尊倔强的老狼，此时正在用凄凉的目光看着莫格里。

莫格里冲阿克狼点点头，再次环视狼群，说道："我清楚了，你们都不是狼，是可怜的狗。我要离开你们，回到人类那里了。丛林驱逐了我，我必须忘掉跟你们的友谊。但我和你们不同，我不会出卖狼族，不会把你们出卖给人类。"

他踢了一脚火堆，火星飞溅。

"但在我走之前，我还有仇没报。"说着，莫格里走到谢尔可汗面前，抓起了他下巴上的毛。巴赫拉跟了上去，以免发生意外。

谢尔可汗早已被火光吓破了胆，闭着眼睛，一动都不敢动，莫格里举着燃烧的树枝在他的面前晃动。

"这个只敢杀死耕牛的家伙，曾经说要在狼群大会上杀了我，但他一直都不敢动手。现在，我以人类的名义跟你说，只要你敢动一下，我就把这朵红花塞进你的嘴里。"莫格里把着火的树枝伸到老虎的嘴巴前。

谢尔可汗缩着脖子，嘴里发出了哀求的呜咽。

"呸！胆小的猫，滚开吧！"莫格里顿了顿，对狼群说道："还有一件事，不许为难阿克狼，他想去哪里就去哪里。你们不可以杀死他，因为这是我的决定。滚吧！"

谢尔可汗和狼们如蒙大赦，四散而逃。

最后，会议岩上只剩下阿克狼和巴赫拉，还有站在莫格里后边的十几匹狼。

一种极度悲伤的感觉从莫格里的心头升起，他从来没有受过这样的伤害。莫格里的眼角湿润了，不一会儿就泪流满面。

"这是什么？这是什么？"莫格里抹一把眼泪，惊慌地问道，“我不想离开森林，可是我这是怎么了？我要死了吗，巴赫拉。”

“不，这只是眼泪，人类常常流眼泪。”巴赫拉说，“现在你已经是一个男人了，不是一个小孩了。从此以后，丛林之门真的对你关上了。让它流吧，莫格里，人类说眼泪流出来，心情就好了。”

莫格里坐下来，哭得撕心裂肺。

过了一会儿，莫格里说道：“我要去人类那边了，但我要先跟狼妈妈道别。”

莫格里回身抱住了狼妈妈，无声地哭泣，他的狼兄弟们也跟着哭起来。

“你们不会忘了我吧？”莫格里问。

“说什么呢莫格里，我们永远是兄弟。你做了人之后，晚上我们仍然可以一起玩耍。”莫格里的狼兄弟们说道。

“我们都老了，我和你妈妈都老了，要经常回来看看我们。”狼爸爸说。

狼妈妈悲伤地说：“早些回来，我们会很想你的。”

莫格里点点头，说：“我肯定会回来的，到时候，我会把谢尔可汗的皮铺在会议岩上！”

天刚刚亮，莫格里独自走下山去，他要去见那些被叫作人类的神秘动物了。

重返自由

莫格里离开了茂密的森林，不知不觉走了三十多里地，来到了一片山谷之中。这里有一片开阔的平地，山谷的一端是一座小村庄，另一端就是茂密的丛林。山谷中到处都有水牛在河边吃草，那些放牛的小男孩，一看到披头散发、光着身子的莫格里，就惊叫着跑开了。

当莫格里走到村口，一个男人走上前来。莫格里张大了嘴，用手指指口中，表示他需要食物。男人瞪大了眼，转身跑回村里，大声喊着祭司的名字。

不一会儿，从村里又走出一个粗壮的男人，他的胳膊上有着大块的肌肉，额头上画着一道红、黄两色的横纹。这就是村子里的祭司了。在他的身后，跟着走来了一百多个村民，他们互相交谈着，对着莫格里指指点点。

“这些人可真没礼貌。”莫格里心里想，“只有猴子才会像他们这样。不过，既然我决心回到人类之中，就要像人类那样生活。”这样想着，莫格里把头发整理到脑袋后边，用手擦了擦脸上的泥土。

祭司看了看莫格里，开口对村民说：“有什么好怕的？看他身上的伤疤，是狼咬的。他是丛林里跑出来的狼孩。”

祭司说得没错，当莫格里和狼崽儿们玩耍时，小狼们锋利的牙齿经常在他的身上留下痕迹。

“你们快看，他的眼睛像红色的火焰一样，会不会是梅索爱那个被老虎叼走的男孩。”几个女人的声音响起。

人们把目光放到了一个戴着铜镯子的女人身上。女人用

手遮住阳光，注视着莫格里，喃喃说道："确实很像，他很瘦，但长相却跟我的孩子一模一样。"

祭司抬头看了眼天空，严肃地说道："丛林拿走的，又给我们送回来了。把这个孩子带回你家吧。"

人群渐渐散去，梅索爱招呼莫格里去她的家。

这是一间宽敞的茅屋，屋子里摆着一张红漆木床、一个存贮粮食的陶罐，几只水壶挂在墙壁上，屋子的正中间摆放着一尊神像。

梅索爱给莫格里倒了一大杯牛奶，又给他吃了一大块面包，现在，莫格里终于能吃饱了。

梅索爱把手放在莫格里的头上，久久看着他的眼睛。

"那瑟！我的宝贝，那瑟！"梅索爱叫着儿子的名字，看着莫格里的表情，轻声地说道，"你记不记得，去丛林的那天，我给你穿了一双新鞋？"

梅索爱摸了摸莫格里的脚，他的脚像牛角一样硬。梅索爱伤心地说："这双脚从来没有穿过鞋子，但无论如何，你都和我的孩子那瑟一样，我觉得你就是我的儿子。"

在这个茅屋里，莫格里觉得很不自在，他还没习惯人类的生活方式，但他下定决心要学会人类的语言。所以，梅索爱每说出一个词，莫格里马上就模仿出来，不久之后，他就能听懂大家说的话了。

莫格里不习惯睡在柔软的床上，一到晚上，他就从茅屋里跑出来，找来一堆干燥的枯草，躺在上边睡觉。每当这种时候，梅索爱就怜惜地看着莫格里。她的丈夫劝她："随他的便吧，别忘了，到目前为止，他很可能从没在床上睡过觉。"

有一天，夜深人静时，莫格里躺在干草上准备好好睡一觉。他刚闭上眼睛，感觉一只软软的鼻子在脸上磨来磨去。

“莫格里！”这是狼妈妈最大的孩子，莫格里的狼兄弟。他把莫格里叫醒，说道：“小兄弟，我一直跟在你后边来到这里。现在你身上有了烟火味道，你越来越像个人了。”

看到自己的灰狼兄弟，莫格里一把抱住了他，迫不及待地问道：“丛林里一切都好吗？”

“都好，都好。”灰狼说，“除了那只受伤的老虎，现在，谢尔可汗已经跑到很远的地方去狩猎了。不过，他发誓要回丛林报仇，把你吞进肚子里。”

“哼，我也做出过承诺，只要他敢惹事，我就杀死这只老虎。”莫格里抱着灰狼说道，“不过，现在我太累了。以后你要经常来找我玩。”

“人类不会使你忘了我们吧？”灰狼不安地问。

“当然不会，我会永远爱你们。当然，我也不会忘记，我已经被逐出了狼群。”莫格里坚定地回答。

灰狼摇摇头说：“你也有可能被人类逐出家园，你要记住，人类永远是人类。我会来看你的，把谢尔可汗的消息告诉你。”

以后的三个月里，莫格里几乎没有走出村子。他变得越来越忙，既要学习人类的语言和生活习惯，又要学习干农活。村民们教他耕地，尽管他不知道耕地有什么用。

让他最不习惯的是，人们让他穿上了一种叫作“衣服”的东西。身前身后挂着一块布，莫格里觉得很不舒服。另外，他也学不会怎么使用金钱，对于钱的事，他一点都弄不明白。

不久之后，村子里的老人们给莫格里安排了一项固定的劳动——放水牛。对于这样的安排，莫格里高兴极了，他终于可以到山谷里玩上一整天，只要每天把水牛带回村子里就行。

与此同时，莫格里还被允许加入村子居民的小聚会。一到晚上，在村子中央的大树下，村里的居民们——村长、守夜人、屠夫、理发师，还有猎人等——聚在一起聊天。老人们也喜欢加入进来，一边听着各种奇事，一边在树下打盹。

在讲故事的人中，手拿猎枪的布尔迪奥是绝对的焦点，他喜欢讲一些跟动物有关的丛林故事，让村民们听得目瞪口呆。

有一次，布尔迪奥说，叼走梅索爱儿子的那只老虎，几年前被一个富翁的鬼魂附了身。因为那个去世的富翁是一个瘸子，所以老虎的脚也瘸了。

“你的那些故事，都是胡乱编造出来的吧？”莫格里实在忍不住了，打断布尔迪奥，“那只老虎确实是个瘸子，但他生来如此，丛林里的居民都知道这一点。”

布尔迪奥和村民们都惊讶得说不出话来。“哦哟！这话是丛林里来的孩子说出的话。”

布尔迪奥尴尬地说：“既然你知道这么多事，最好去把老虎的皮剥下来，政府正在悬赏一百卢比要他的命呢。还有，长辈说话的时候，晚辈最好不要插嘴。”

“一整晚我都在听你瞎说，你说的那些关于丛林的话，没有几句是真的。丛林就在不远处，你真该自己去瞧瞧。”莫格里站起身，向人群外面走去。

布尔迪奥喘起了粗气，脸一下子变红了。

在村庄里，放牛娃的任务就是在大清早时把牛赶到田野中吃草，到了晚上再把他们赶回来。

大人们不会担心孩子们的安危，因为只要跟水牛在一起，所有的动物都不敢来惹他们。即使是老虎，看到成群的水牛也会躲着走。

领头的大水牛叫作拉玛，他的身子粗壮、高大，而他在孩子们面前却非常温顺。

黎明时分，莫格里骑在拉玛身上，从横穿村子的大街上走过，一头头灰色的水牛跟在拉玛后面。

走到离丛林不远的湖水旁，水牛停了下来，在湖边的烂泥里打滚、晒太阳，一待就是几个小时。而莫格里则独自跑进丛林里，找他的灰狼兄弟玩耍。

“莫格里，我等你好多天了。”灰狼说道，“你在这里放牛，有什么意思呢？”

“没办法，人类就是要干很多很多活儿。”莫格里说，“你们有谢尔可汗的消息吗？”

“谢尔可汗已经等你很久了，他偶尔会回到这片丛林里，这只老虎下定决心要杀了你。”

“很好。”莫格里说，“只要他回到丛林中，你就来给我报信吧。你站在湖水旁边的那块石头上，这样我远远就能望见。”

一天又一天过去了，莫格里赶着水牛去湖边，他在等着灰狼的到来。到了傍晚，赶着水牛回村，莫格里听着路上连绵不断的鸟叫，想起了过去在丛林里的美好时光。

终于有一天，灰狼来到湖边，把老虎谢尔可汗的消息带给了莫格里。

“他已经在丛林里躲藏一个月了，想让你消除戒心。”灰狼紧张地说道，“昨天夜里，他和塔巴克一起跟踪了你。”

莫格里皱着眉头说：“我不害怕谢尔可汗，塔巴克才更难对付。”

“别害怕，莫格里。”灰狼舔了舔嘴唇，“黎明时我遇到了塔巴克，在我咬断他的骨头之前，他把一切都告诉我了。谢尔可汗计划今晚在村口偷袭你，现在，他大概正躲在河畔那条干涸的水沟里。”

“今天谢尔可汗吃过东西了吗？还是他根本没有捕猎？”莫格里问。

“凌晨时，他捕杀了一头猪，而且喝了很多水。他可不会让自己的肚子饿着。”

莫格里哈哈大笑：“啊！这个傻瓜！吃过东西，还喝水，他以为我会睡着大觉等他来偷袭吗？”

“没错，丛林里的动物都知道，捕猎前一定不能吃东西！这只老虎可太轻敌了。”

莫格里点点头，想了一会儿，说道：“我已经想好了，水牛会帮我杀死老虎。现在谢尔可汗躲在那条干涸的水沟里，我可以带着一些水牛下到水沟的一端，然后你帮我把剩下的水牛赶到水沟另一端，这样两面夹击，把老虎困在水牛群中。”

“好计划！”灰狼高兴地说，“可是我帮不了你，我给你带来了一个更合适的帮手。”说着，灰狼快速地跳进一个洞里，带出来一个熟悉的身影。

“阿克狼！阿克狼！”莫格里拍手喊道，“我就知道，你是不会忘记我的。”

莫格里和阿克狼抱在一起，亲热一番。阿克狼也赞同莫格里的计划。他走到水牛之中，在牛群里跑进跑出，水牛很快被分成了两群——一群是母牛和小牛，他们绝不会分开；另一群是随遇而安的公牛。这么快地把牛群分开，除了曾经的狼王，谁也办不到。

莫格里敏捷地爬到了公牛拉玛的背上，准备和阿克狼带领着公牛，从远处的田野上绕到水沟的另一边；而灰狼则留在这里，随时准备把母牛和小牛赶进水沟里。

阿克狼行动了，在他的驱赶下，公牛们像疯了一样跑向田野，尤其是拉玛，他撒开四蹄，像看见猎物的饿狼一样往前奔。

看到狂奔的牛群，不远处放牛的孩子们大叫着向村子里跑去：“水牛疯了！都跑走了！”

公牛群埋伏妥当，莫格里观察了一下地形，发现水沟的两侧异常陡峭，而且长满了藤蔓——老虎想要逃出水沟可真不是件容易的事儿。

“谢尔可汗，我来了！”莫格里把手合成喇叭状，对着水沟里大声喊道，声音在岩石间回荡……

过了很久，水沟里才传来了慵懒的声音，带着吃饱喝足、刚刚睡醒的满足感。

“是谁在叫我？”谢尔可汗说道。

“是我，莫格里。偷牛贼，是时候带着你的皮去会议岩了！”莫格里一边说着，一边回头对阿克狼喊道：“赶他们下

吧，拉玛！”

紧接着，就听见阿克狼伸出舌头，拼尽力气长嚎。牛群像离弦的箭一样，一头一头地冲下水沟。一时间，沙石齐飞，灰尘弥漫。牛群已经闻到了谢尔可汗的气味，全力冲向老虎。而水沟的另一边，母牛和小牛也在灰狼的带领下冲入水沟。

谢尔可汗听到奔腾如雷的牛蹄声，惊惶地站起身来，沿着水沟笨拙地奔跑。他想找一个可以逃出去的通道，可是在这条长长的水沟里，他看不到出口。这只老虎的肚子里都是食物和水，身体沉得要命。

当牛群从两边一起冲过来时，老虎只能拼命地沿着水沟乱窜。可是，一切都为时已晚，莫格里没有必要亲自动手，谢尔可汗已经死在了水牛的蹄子下边，他就这样被踩死了。

“兄弟们，他就像一条狗一样死去了。”莫格里一边说着，一边从腰带上解下了他的刀，然后跟阿克狼说道：“我们要把他的皮剥下来，铺在会议岩上。”

独自一人剥一头老虎的皮，这对于一个在人群中长大的孩子来说，是万万不可能的。莫格里不一样，他比其他人更了解老虎的皮肉，所以他剥得很利索。

正当莫格里大汗淋漓地忙活时，一只手搭在了莫格里肩上，他抬头一看，原来是手拿猎枪的老猎人布尔迪奥。

“你在干什么蠢事？居然以为自己能剥下老虎皮？”布尔迪奥生气地说，“水牛是怎么杀死他的？拿他的皮去政府可以领一百卢比回来，到时候我可以给你一个卢比。”说着，布尔迪奥从口袋里拿出火柴，准备烧掉谢尔可汗的胡须。当地猎人在打死老虎后，总会烧掉老虎的胡须，防止老虎的鬼魂纠缠自己。

“哼！”莫格里冷笑一声，一边撕下老虎的皮，一边说道，“这么说，你要拿这张虎皮去领赏？还会赏我一个卢比？可是呢，我有自己的想法，这张虎皮我有自己的用处，赶紧把你的火柴拿开！”

“你竟敢这么跟我说话！”布尔迪奥气呼呼地说，“你能杀死这只老虎靠的是运气，还有水牛们的帮助。莫格里，我一个卢比都不会给你，只会狠狠地揍你一顿！把老虎皮放下！”

布尔迪奥正要伸出拳头打莫格里，阿克狼从隐蔽的树丛里跳了出来，把布尔迪奥扑倒在地。

莫格里轻蔑地说：“你说得对，你连一个卢比都不会给我。可是我和这只老虎之间的恩怨，本来就与你无关。”

看到一只雄狼服从男孩的命令，而这个男孩又有着奇怪的身世，布尔迪奥害怕了。他觉得莫格里一定会巫术，或者是邪恶的魔法。他躺在地上不敢动，害怕莫格里用魔法把他变成一只老虎。

“伟大的神，救救我吧！”布尔迪奥惊恐地喊道，“莫格里，我是一个老人，请让你的狼饶了我吧。”

“你走吧，下次不要抢我的猎物了。”莫格里说，“放他走吧，阿克狼。”

布尔迪奥跌跌撞撞地跑回村子，把莫格里用“魔法”杀死老虎、控制一只狼的事情讲给了村民听。

直到晚上，莫格里才把老虎的皮完整地剥下来。他把虎皮藏在丛林里，然后独自走回村里。

刚刚接近村子，莫格里就听到了村里响起的鞭炮声。村民们拥到村口，神情激动。莫格里以为自己杀了谢尔可汗，所以村民们都来迎接他，就像迎接一位英雄一样。

“砰”的一声枪响，布尔迪奥手中的枪冒出白烟，莫格里身边的一头小水牛应声而倒。莫格里清楚，这颗子弹本来瞄准的是自己。

“巫师！恶魔！快离开这里！”村民们喊道，“又是巫术，他能让子弹拐弯！布尔迪奥，你打中的是你的牛！”

“这是怎么回事？”还没等莫格里反应过来，石头像雨点一样飞了过来。

“依我看，他们是想把你赶走。”阿克狼一边躲闪石头，一边含糊地说道。

“巫师！恶魔！狼人！”村民的叫骂声依然不断。

“又一次被驱逐？上一次因为我是一个人，这一次因为我是一匹狼？我们走，阿克狼。”

当莫格里和阿克狼准备离开时，一个满脸泪水的女人迎着莫格里跑了过来，那是梅索爱。她哭喊着说：“我的儿子，我的儿子！他们说你是巫师，能把人变成野兽。我不相信！你走吧，否则他们会杀了你，我会去看你的。”

“赶紧回来，梅索爱！”村民们大叫，“回来，否则我们要向你扔石头了。”

莫格里朝梅索爱摇了下手，说道：“回去吧，梅索爱。这是他们讲的最糟糕的一个故事。我为你的儿子报了仇，但我不是巫师。梅索爱，再见！”

接着，莫格里又对阿克狼说：“帮我把牛赶回村吧。”

在阿克狼的驱使下，牛群回到了村子。

“好好数一数。”莫格里轻蔑地喊道，“说不定我偷了你们一头牛呢！”

莫格里和阿克狼转身走向远方，村民们不敢追赶，只是喃喃咒骂。

走出一段路，莫格里望着天空说道：“终于不用睡在屋子里了，阿克狼，带上谢尔可汗的皮，我们离开这里。虽然梅索爱对我很好，但这里并不适合我。”

当他们进入林中时，听到村子里敲起了钟。

莫格里扛着虎皮，和阿克狼来到会议岩。听到消息的动物们纷纷赶来，莫格里看到了狼妈妈，她已经成了老狼。

“人类把我从村里赶了出来。”莫格里抱住狼妈妈，说道，“但我信守诺言，把谢尔可汗的皮带了回来。”

狼妈妈眼含热泪道：“莫格里，我们遇到你的那一天，老虎来到洞里，想吃了你。我对他说过，你总有一天会杀了他。干得好！”

黑豹巴赫拉从丛林里跑了出来，亲切地说道：“小兄弟，干得好！没有你，我们在丛林里很孤独。”

寒暄过后，当着大家的面，莫格里把虎皮铺在了阿克狼

以前坐过的石头上。

“好好看一看呀，我遵守了诺言！”莫格里喊道。

“是呀，我们都看到了。再来领导我们吧，阿克狼。”狼群吼道，“我们已经厌倦了没有法则的生活。”

“不。”巴赫拉呜呜地说，“你们为自由而战斗，自由会让你们在丛林中生存下去。”

“人群和狼群都驱逐了我。”莫格里说，“现在我真的自由了，要在丛林中单独狩猎了。”

“我们和你一起狩猎！”狼兄弟们说道。

于是，从那天起，莫格里和自己的狼兄弟们一起狩猎，一起生活。许多年后，他长大成人，还结了婚。

不过，那是给大人们讲的故事了。

二、寻找乐土的白海豹

在一个叫作诺瓦斯托什纳的地方，有一座名叫圣保罗岛的岛屿。

一到夏天，上百万只海豹从冰冷的大海中游到圣保罗岛的海滩，这里是他们最好的栖息地。其实春天刚到时，成年的海豹已经成群结队地上岛了。海豹数量太多，可圣保罗岛的海滩面积却不大，海豹会花上一个月的时间，在沙滩上打斗，争夺一块靠海的好地盘。

西卡其是一只十五岁的成年海豹，体形巨大，遍体伤痕，长着一嘴锋利的牙齿。他全身的皮毛都是灰色的，当他站立起来时，足足有一米多高。

西卡其喜欢打斗。他很享受那种胜利的感觉，每次打斗他都能轻而易举取得胜利。不过，西卡其从来不追击败走的海豹，因为那是违背海滩法则的。

春天，有足足五万只成年雄性海豹在海滩上打斗，圣保罗岛上满是海豹们惊心动魄的吼叫声。到了五月底，等雄性海豹决出了胜负，划定了各自的地盘，他们的妻子和孩子就会来到岛上，跟他们一起生活。

西卡其的妻子叫作玛特卡，是一只性格温顺、眼神柔和的雌性海豹。当西卡其已经在这个春天战胜了四十五只海豹时，玛特卡终于姗姗来迟。她看了看西卡其赢得的领地，低声地说："你真厉害，每年都能占到这么好的地方。"

当她看到西卡其的身上那些正在流血的伤口时，又心疼地说："但愿今年就到此为止了，别再有战斗了。"

"今年来的海豹太多了，各个地方的都有。为什么他们不能安分地待在自己的海滩呢？"

玛特卡点了点头，说道："我常常想，诺瓦斯托什纳真的太挤了，如果换个地方会好一点。"

现在，所有的海豹家庭都到了岛上，海滩上至少有一百万头海豹。诺瓦斯托什纳被雾气笼罩，偶尔，太阳会从白色大雾中露出头，岛上的一切就会像珍珠一样闪闪发光。

西卡其和玛特卡的孩子叫作科迪克，他就出生在混乱的海滩上。跟别的海豹不同，科迪克的皮毛是白色的。就像西卡其说的："天底下的海豹都是灰色的，还从来没有白色的海豹。"

"从现在开始就要有白色的海豹了。"玛特卡为自己的孩子感到骄傲。

不知不觉中，科迪克能和年轻的小海豹一起玩耍了。

夏天的晚上，在岛屿的深处，隐隐地闪烁着人类的火光。海浪涌到沙滩上，破碎成一片片波光粼粼的碎片。小海豹们聚在海滩上，跳起了快乐的舞蹈。

舞蹈结束后，他们仍想继续玩耍，便向岛屿的内陆走去——这些可怜的小海豹并不知道，他们走进了人类的地盘。

当海豹们还沉浸在无忧无虑的快乐中时，沙丘后走出来了两个长着胡子的黑发男人。这是科迪克第一次看到人类，他咳嗽了一声，低下头。那些小海豹们赶忙往后退，他们瞪着大

大的眼睛，恐惧地看着人类慢慢走近。

这两个黑发男人，一个叫克里克，另一个是他的儿子帕达拉蒙，他们生活在海滩附近的村子里，是专事捕杀海豹的猎人。眼看这些海豹自己送上门来，克里克和帕塔拉蒙很高兴，商量怎么把这些海豹赶到屠宰场里，然后把他们的皮剥下来。

“爸爸，你快看！”是帕达拉蒙的声音，他惊喜地说道，“你瞧！那里有一只白海豹。”

听到儿子的话，克里克那张粗糙的脸突然变得煞白。他轻声地对帕达拉蒙说：“不要碰他，帕达拉蒙！天底下从来没有白色的海豹。我想这是老扎哈罗夫的鬼魂。那个一头白发的扎哈罗夫，去年他在海里失踪了。”

“我不会靠近他。”帕达拉蒙打了个哆嗦，心惊胆战地说，“这太不吉利了。你真的认为老扎哈罗夫回来了？我还欠他几个海鸥蛋呢。”

“对！不要看他。”克里克对帕达拉蒙说，“你去赶其他的海豹，那些四岁大的最好。我们今天要剥两百张海豹皮。今年的工人们都是新手，我们要帮着他们剥皮。动作快一些！”

帕达拉蒙抓住一只海豹，拿着手里的木棍，在海豹的肩胛骨上“咚咚咚”地敲了起来。其他海豹都呆住了，他们张大了嘴巴，鼻孔里喘着粗气，一动也不敢动。父子俩驱赶着海豹们走向内陆，没有一只海豹试着掉头走回海中。

海滩上成千上万的海豹，眼睁睁地看着同伴被人类带走，没有一个出来阻拦，照样欢快地玩耍着。

科迪克疑惑不解，他问同伴：“为什么你们不救他们？”

同伴告诉他，这没有什么大惊小怪的，每年的夏天，人类都是这样驱赶海豹的。

“我要过去看看。”说着，科迪克圆睁着双眼，拖着自己肥大的身体，跟着人类的足迹走了过去。

“爸爸，白海豹在后面跟着呢。”帕达拉蒙发现了科迪克，小声说道，“还是第一次看到一只海豹自己往屠宰场爬。”

“嘘。”克里克说，“别往后看，那是老扎哈罗夫的鬼魂！”

去屠宰场的路并不远，可是却花了一个小时才走到。捕猎人在有意控制速度，如果海豹走得太快，他们的身体就会发热，那样在剥皮的时候，他们的皮毛就会容易损坏。

科迪克气喘吁吁地在后边跟着，当两个男人停下来时，科迪克也停了下来，躲在石头后边偷偷地看着。

为了让这群海豹的体温降下来，父子俩在一块石头旁停了下来。克里克从口袋里掏出一块沉甸甸的怀表，准备在这里休息半个小时。科迪克听到汗珠从克里克的身上滴落。炎热的夏天，即使到了晚上，天气仍然很热。

不一会儿，从村子里走来了十二个工人。他们各拿着一根长长的木棍，棍子的一头包着铁皮。克里克把皮毛受损的海豹指给工人看，工人们抬起脚，将这些海豹踢开。

“开始吧。”克里克说。

那些工人举起手中的棒子，以最快的速度朝剩下的小海豹们敲下去……

十分钟后，科迪克就再也认不出他的同伴了。海豹们的皮被剥了下来，丢在地上，堆成小山。科迪克再也看不下去了，他转过身，疯狂地向大海跑去。因为内心的恐惧，科迪克的每一根毛发都竖立着。

在海滩的一角，一只巨大的海狮坐在浪花的尽头，看着科迪克把尾巴举起，跳进清凉的海水，喘着粗气。

“怎么了？”海狮问科迪克。

“他们正在海滩上，要杀死所有的小海豹。”科迪克还沉浸在恐惧中。

海狮转过头，向内陆的屠宰场望去：“你一定是看到了克里克。没什么好奇怪的，他干这行已经三十多年了。”

“太吓人了。”科迪克说。他站在海边，尽力稳住身子。

“科迪克，你才一岁，能这样在水里游泳，真是很厉害！”海狮走到科迪克旁边，对他说道，“你还小，看到这样的事，肯定会觉得很可怕。可是你们海豹每年都来到这里，人类早就盯着你们了。除非找到一个没有人类的岛屿，否则你们永远都会被人类猎杀。”

听了海狮的话，科迪克好奇地问：“世界上有这样的岛屿吗？没有人类，也没有对海豹的猎杀。”

“我活了这么多年，还没有听说有这样的岛屿。但你可以去海象小岛，找到老海象海威齐，跟他聊一聊。”海狮说。

科迪克觉得这是个很好的建议。回到海豹的海滩，他按照海狮的建议睡了一个小时，然后摇晃着自己胖胖的身体，朝海象小岛游去。

海象小岛在东北方向，是一个面积不大、布满岩石的小岛。岛上全是石头和海鸥的鸟巢。这是海象的天地，除了飞来飞去的海鸥，海象们不允许任何其他动物生活在小岛上。

海威齐是一只身材巨大的海象，长相丑陋，身上满是各种各样的疙瘩。他是个没有礼貌的老家伙，喜欢睡觉，但他知识渊博，在这片海域很有名。

当科迪克见到海威齐时，这只海象正躺在岸边呼呼大睡。

“喂，醒醒，醒醒。”科迪克摇晃着海威齐。

“嗯，嗯，怎么回事？”正在做美梦的海威齐醒过来了，他晃了晃脑袋，不知道发生了什么事。

“海威齐，我在这儿呢。我来是想问问你，有没有一个岛屿是人类从来没有去过的？我想让海豹们去那里生活。”科迪克鼓起勇气，大声地问道。

“你自己去找！”海威齐闭上眼睛，生气地说，“走开，我正忙着睡觉呢！”

听到老海象的回答，科迪克像海豚一样跳到了空中，壮着胆子喊道：“只会吃蛤肉的家伙！只会吃蛤肉的家伙！”他知道，海威齐从来没有捕过鱼，只知道吃岸上的蛤蜊和海草。

当天空中的海鸥听到科迪克的喊叫，也跟着喊了起来：“海威齐，只会吃蛤肉的家伙！海威齐，只会吃蛤肉的家伙！”不一会儿，海岛上所有的鸟儿都跟着喊了起来。

海威齐气得直打滚，他竟然被一只只有一岁的海豹羞辱了。

“现在你愿意告诉我了吧？”科迪克笑道。

“去问海牛，去问海牛。”海威齐气呼呼地说，“如果他还活着，他会告诉你的！”

“可是我没见过海牛，不知道他长什么样。”科迪克无奈地说。

“他是大海里唯一一种长得比海威齐还要丑的动物。”一只海鸥从天空中发出声音，“而且比海威齐更没有礼貌！”

“滚！赶紧滚开！”海威齐生气地喊道。

科迪克顾不上他们的争吵，他丢下身后的海威齐和海鸥，游回了诺瓦斯托什纳。

他想为海豹们寻找一方乐土。当科迪克把他的想法告诉大家时，没有一只海豹赞同他的建议。

“科迪克，你应该快快长大。”西卡其听了儿子讲述的冒险经历，认真地对他说道，“长大后像爸爸一样成为一只健壮的海豹，在海滩上占领一块属于自己的领地，这才是你该做的事情。”

温柔的玛特卡也劝自己的儿子：“科迪克，就算你找到了那个地方，也没办法制止打斗和捕猎。去大海里玩吧，亲爱的。”

科迪克有些失望，但他是一只固执的小海豹，为了实现自己心中的那个念头，在这一年的秋天，他早早地离开了诺瓦斯托什纳的海滩，独自走上了找寻海牛的道路。

他从诺瓦斯托什纳往南游，每天都能游五十公里。这是一趟冒险之旅，科迪克在海中遇到了凶猛的鲨鱼，差点成了鲨鱼的食物；他还遇到了很多身材笨重的大鱼，他们长着五彩斑斓的鱼鳞，无情地嘲笑他……但是，他没有遇到海牛，也没有找到一个让他满意的岛屿。

他遇到过一些舒适的海滩，但看到了地平线上冒出的一缕缕青烟，他明白，那里有人类生活。

有一天，科迪克遇见了一个年老的短尾巴信天翁。信天翁告诉他，附近就有一个不错的岛屿，可以游过去看看。

科迪克按照信天翁的指示，游到了那个岛屿。当天晚上，岛上雷电交加，一场冰冷的大雨袭来，科迪克差点在悬崖间摔个粉身碎骨。他还找到不少类似的岛屿，但除了鸟儿，那些岛屿并不适合其他动物生存。

第一年的寻找，并没有什么收获，然而，科迪克的努力没有因此而停止。

此后的每年春天，科迪克都会游到诺瓦斯托什纳，和其他的海豹一起，在海滩上休息四个月。到了夏末秋初，他最先游出圣保罗岛，去寻找理想中的岛屿。

每当他回到诺瓦斯托什纳，总会有海豹嘲笑他。他们说科迪克是一个傻子，就算游遍全世界，也不可能找到一个没有人类的岛屿。

承受着同伴们的嘲笑，科迪克到达了很多其他动物闻所未闻的岛屿——乔治亚岛、奥克尼群岛、埃默拉尔德岛、小南丁格尔岛、戈夫岛、布韦岛、克罗泽群岛，他甚至到过好望角南边的一些巴掌大的小岛。五年的时间里，他游了几千公里。

科迪克长大了，因为长时间游泳，身体也变得异常粗壮。

然而，科迪克并没有找到海牛，也没有找到任何适合海豹生存的岛屿。他每到一处，大海里的居民都会告诉他：海豹曾经去过的岛屿，人类也都去过。

科迪克渐渐绝望，他想放弃了。他从遥远的南部海洋，踏上了游回诺瓦斯托什纳的旅途。

归途中，在一座长着茂盛树木的岛上，他发现了一只很老很老、几乎不能动弹的海豹。科迪克为这只海豹抓了很多鱼，喂给他吃，并向他诉说自己五年来的经历。

“现在，我要回到诺瓦斯托什纳了，就算海豹们都被抓到屠宰场去，我也不在乎了。”科迪克对老海豹说。

“再试试吧。”老海豹说，“我是已经灭绝的马沙弗勒海豹群中的最后一只海豹。人类捕杀我的同胞，他们全都死了。当时海滩上流传着一个传说：有一天，会有一只白色的海豹从北方游来，引领海豹家族去一个远离人类的地方。我等不到这一天了，可别的海豹不该失去希望。所以，请你再试一下吧。”

“我是诺瓦斯托什纳海滩上唯一的白海豹。”科迪克说，“也是唯一一只想要寻找新岛屿的海豹。”

在那段日子里，科迪克心里一直想着老海豹的话，重新燃起了寻找乐土的希望。

又一次出发，科迪克追随着一大群比目鱼，向西游去。因为长时间的游动，科迪克每天至少要吃几十斤鱼，才能保持自己的体力，而跟着鱼群游动，可以让他省去寻找食物的麻烦。

到了晚上，科迪克躺在科珀岛的岸边休息。当他正在沉睡的时候，感觉身体似乎撞上了什么东西，他翻了个身，慢慢地睁开眼睛。突然，他猛地跳了起来，发现一只从没见过的动物，正在离岸不远的地方吃着海草。

“这是什么动物？”科迪克心里纳闷。这只动物足足有七八米长，没有后鳍肢，却长了一个像铲子一样的尾巴。

“吃得怎么样？这位先生。”科迪克问候道。

那只动物点点头，没有说话，又开始吃草。

“真是没礼貌的家伙。”科迪克心里想，他仔细地看着这个大家伙，长得真是丑陋——他的嘴唇是裂开的，有一双绿色

的眼睛，眼神呆滞。

“你是我见过的唯一一个比海象海威齐更丑、更没有礼貌的动物！”转过这个念头，科迪克突然想起五年前，当他在海象小岛时，海鸥们对他说的话——

“比海威齐更丑、更没礼貌！”

没错，是海牛！

科迪克激动万分，但他很快就失落起来。从海牛的嘴里，他没有得到什么信息，他甚至没有办法让海牛开口说话——不管科迪克怎样提问，海牛都保持着沉默。即使科迪克用了对付海威齐的激将法，海牛也毫不动容，依旧自顾自地吃着海草。

海牛吃饱肚子，便开始向南方游动，科迪克收拾起沮丧的心情，跟在他的后边。就这样，他们一起顺着海洋中的暖流，朝远方游动。

一天夜里，他们游到了一处闪着光亮的海域，就在科迪克对光亮的来源感到好奇时，海牛像石头一样，沉入了海水中。科迪克来不及多想，也跟着海牛沉了下去。

他们游向海岸边的一座悬崖峭壁，峭壁的下面有一个黑漆漆的洞穴，大概在海平面下四十米深的地方。他们一直向下沉，直到进入洞口。

洞穴里是一个长长的黑暗隧道，跟随在海牛的身后，他们从隧道的另一端钻了出来，一片辽阔的海域和一座美丽的小岛出现在科迪克面前。

科迪克游上岛屿，这里有一大片光滑的岩石，很适合成为海豹的家。科迪克继续观察着，发现离岩石不远的地方，有柔软的沙子，正在太阳的照耀下，发出金色的光芒。科迪克想，那里可以变成海豹游戏的地方。至于食物，海水中有着来往不断的鱼群。最棒的是，这个岛屿没有人类来过的痕迹，海豹生活在这里，没有任何危险。

“又一个诺瓦斯托什纳，但要比它好十倍！”科迪克自言自语，“多亏海牛引路，我才发现了这片宝地。这个岛屿太隐蔽了，所以它肯定是安全的。”

科迪克开始想念诺瓦斯托什纳的同伴。他把新发现的岛屿逛了个遍，然后又一次踏上了返回诺瓦斯托什纳的旅程。

虽然他游得很快，但还是花了六天的时间才游回诺瓦斯托什纳。

可是，当科迪克向自己的同伴们讲述他的发现时，所有的海豹都在嘲笑他。一只和他年龄相仿的海豹说道：“你说的一切都很让人着迷，科迪克。但是，不能因为你从一个没人知道的地方游过来，我们就跟着你出发。我们一直在为这里的地盘而打斗，你却从来没有做过。”

其他海豹也跟着起哄，嘲笑科迪克的懦弱。

“我没有为占领地盘而打斗。”科迪克说，“我只是希望为大家找到一个可以安全生活的地方。打斗有什么用呢？”

年轻的海豹笑得更欢了，觉得科迪克的借口很拙劣。

“如果我赢了，你跟我一起去吗？”科迪克说。他的眼里充满怒火，对同伴的无知感到非常生气。

“很好。如果你赢了，我就跟你去。”年轻海豹说道。

话音刚落，科迪克已经冲了上去，牙齿狠狠地咬住年轻海豹的脖子。他的头一歪，牙齿一抖，那只嘲笑他的海豹就被掀翻在地上。

科迪克赢了——在海里长时间的游动，锻炼了科迪克的反应能力，也让他的身体比其他的海豹更加粗壮。看到科迪克强大的攻击力，那些嘲笑科迪克的海豹都低下了头。

科迪克大声地对海豹们说："过去五年，我为海豹家族出尽了力气。我找到了那个可以安全生活的岛屿，但你们都太愚蠢了，不相信我说的话。现在，我就用自己的战斗来让你们心服口服，你们小心了。"

科迪克瞄准一只个头最大的年轻海豹，猛扑过去，咬住了他的喉咙，这只海豹奋力反抗，却被科迪克死死地按住，动弹不得……战斗持续了很久，直到科迪克战胜了所有的挑战者。尽管他的身上也有了不少伤口，但他仍然是海滩上的胜利者。

科迪克站在岩石上，对海豹们说："你们听好了，有谁愿意跟我去新的岛屿，就一起走。"

海滩上响起了窃窃私语的声音，就像潮水涌上岩石后散碎的响声。

"我们跟你去。"几千个疲惫的声音说道，"我们愿意跟随白海豹科迪克。"

一个星期之后，一万多只海豹跟随科迪克出发了。他们游过漫长的海域，穿过那条长长的海底隧道，在那座美丽的岛屿上了岸。

没过多久，来到这里的海豹越来越多，他们不再前往诺瓦斯托什纳，而是在科迪克发现的新岛屿上生儿育女。海豹家族终于又壮大起来，在那片人类还没有发现的乐土上。

三、里奇与眼镜蛇

里奇·提奇是一只獴，他的皮毛和尾巴都像小猫，脑袋和生活习惯却像一只鼬鼠。他可以用任何一条腿为自己挠痒痒，是一只四肢发达的动物。

有一年的夏季，洪水淹没了他和父母一起居住的洞穴，把他从山上冲了下来。当他醒过来时，已经狼狈不堪地躺在一座小花园里了。阳光耀眼，里奇又闭上了眼睛。

“妈妈，这里有一只死獴，我们来为他举行葬礼吧。”一个男孩的声音响起。

“不，他没有死。”男孩的母亲说道。

他们把里奇搬进屋子里，一个大个子男人走了过来，把这只獴拎了起来，说道：“他只是被洪水呛到了。”他们用棉被把里奇裹了起来，放在小火炉的上面，把他身上的水烤干。

“好了。”大个子男人说，“别吓到他，我们看看他会干什么。”

里奇恢复了一些后，先看到了棉被，确定那不是什么好吃的东西。他梳理了一下自己的皮毛，挠挠身上的痒，一下子跳到男孩的肩膀上。

“别害怕，特迪。”男孩的父亲说，“他是想跟你成为好朋友。”

里奇从男孩特迪的肩膀上跳到地上，蹲在地板上挠起了鼻子。

“这只獴好乖巧呀，是因为我们救了他吗？”特迪的母亲问道。

“所有的獴都是这样的。”男人说道，“只要特迪不去拉他的尾巴，不把他惹急了，他会一直在房间里跑进跑出。我们给他点东西吃吧。”

他们给了里奇一块生肉，他觉得好吃极了。

吃完之后，里奇又跑到外面的走廊上，躺在地上，在阳光下伸展开四肢，舒服地闭上眼睛休息。

第二天一大早，獴就骑在特迪的肩膀上，与男孩一起到花园里玩耍。

特迪家有一个大花园，里边种了各种种类的花草树木，既有美丽的玫瑰，也有橘子树和苹果树，还有一小片竹子和又高又密的草丛。

里奇心想：“这是个不错的狩猎场。在这里应该可以抓到小蛇当食物。”

他在花园里走来走去，一边闻着浓郁的花香，一边用手打掉花朵上的蝴蝶。突然间，花丛中传来伤心的哭声，里奇好奇地停住了脚步。

那是长尾缝叶莺达西在哭。达西和他的妻子在树上做了一个漂亮的鸟巢，里边铺满了软软的青草，此时他们正站在鸟巢的下面哭泣，树枝上的鸟巢里空荡荡的。

“怎么了？你们哭什么？”里奇好奇地问。

达西看到里奇，伤心地说道：“我们太不幸了，昨天，我们的宝宝从巢里掉了下来，被纳格吃掉了。”

“这真让人难过。”里奇说，“请问，谁是纳格？”

还没等达西和他的妻子回答，草丛中传来了“咝咝咝”的声音，达西和妻子赶紧飞上树枝，躲进了鸟巢里。

“咝咝咝”的声音越来越近，让人感到心惊胆战。里奇也吓了一跳，他往后退了两步，看见草丛中慢慢伸出一个眼镜蛇的头。

“谁是纳格？”眼镜蛇说，“我就是纳格呀！好好看看我，你是不是害怕了。”

看见这条粗壮的眼镜蛇，里奇心里掠过一丝惊恐。他从没有见过活的眼镜蛇，只吃过一条死去的。里奇知道，一只成年的獴，一辈子要做的事就是跟蛇战斗，并且把蛇吃进肚子里。

纳格仔细地盯着里奇，关注着他的一举一动。他知道，獴是蛇的天敌，花园里有了一只獴，早晚有一天，他和他的小蛇们都会大难临头。

为了让里奇放松警惕，纳格垂下头，懒洋洋地说道：“我们来聊一下吧，你能吃蛇，为什么我们蛇类就不能吃……”

没等纳格说完，达西大喊道：“背后！小心背后！”

里奇发觉危险的来临，他没有回头看，就使出最大的力气，高高地跳到了空中。就在这一瞬间，另一条眼镜蛇“噌”的一下掠过里奇的脚底。这是纳格的妻子纳格厄娜，趁着里奇和纳格说话的时候偷袭他。

里奇从空中掉下来时，正好落在纳格厄娜的背上。如果他是一只经验丰富的成年獴，就会抓住这个绝好的时机，一口咬断眼镜蛇的身子。可是里奇还没有跟蛇战斗的经验，当他本能地用锋利的牙齿咬住纳格厄娜时，只是在她的身上留下了一个小小的伤口，就被她逃走了。

“达西，是你坏了我的好事！”留下一句冰冷的话，纳格也消失在花园中。

里奇的眼睛已经变红了，对于獴这种动物来说，眼睛变红就是发怒的标志。他坐在草地上，两只后腿支撑着地面，生气地“吱吱”直叫。

等里奇冷静下来，他开始思考：怎样才能杀死这两条可恶的眼镜蛇。

这时，地上的青草晃动了一下，一个细微的声音传来：“眼镜蛇可真没用，还是得看我的！”随着这声音，一条小蛇从草丛中探出头来。

这是克莱德，一条喜欢躺在泥土中的小蛇。虽然个头小，但他的毒性很烈，被克莱德咬上一口，过不了多久就会死去。

“你这种小蛇也敢来挑事？”里奇的眼睛又红了，他想起爸爸妈妈教给他的捕蛇技巧，跳起来，一边晃动着身体，一边寻找可以咬住小蛇的位置。克莱德也很自信，他的身体不大，但相当灵活，当里奇跳起来时，他也猛然出击，撞向了里奇的身体。

“爸爸妈妈，快来看呀！我们的獴正在跟一条蛇打斗！”那是特迪的声音。

不一会儿，特迪的父母亲跑进了花园，男人手里拿着一条木棍，准备帮助里奇降服这条小蛇。

还不等男人出手，里奇就一口咬住了克莱德的脖子，锋利的牙齿刺穿了克莱德的身体。克莱德在草地上挣扎了一会儿，慢慢地不动了。特迪的父亲担心小蛇还活着，拿着木棍不停地击打。

“现在打他还有什么用呢？”里奇心里想，“我已经把他摆平了。”

特迪的母亲跑到里奇面前，把他抱在自己的怀里，流着眼泪说道：“感谢你，是你救了特迪的命。”

“看来，他来我们家是天意。”身旁的父亲说道。他的怀里，正抱着已经吓得瞪大眼睛的特迪。

吃晚饭的时候，特迪的母亲为里奇切了很多肉片，想让他美美地吃上一顿。可是，每当想起纳格和纳格厄娜，里奇就不再进食，他不能吃得太饱，要随时保持清醒的头脑，跟那两条可恶的眼镜蛇大战一场。

到了睡觉的时间，特迪抱着里奇躺到了床上。怀里抱着一只柔软的獴，不一会儿，特迪就进入了梦乡。

可是里奇却怎么都睡不着，他溜下床，在屋子里闲逛。

屋子里一片寂静，但仔细聆听，就能听到墙壁中传来的轻微的摩擦声。

“是纳格和纳格厄娜。”凭着在丛林中学到的知识，里奇知道，眼镜蛇正在水管中爬行。

里奇悄悄地朝特迪的浴室跑去，但浴室里什么动静都没有，他又向特迪母亲的浴室跑去。

在浴室外的墙根下，水管中传来了纳格和纳格厄娜轻轻的对话。

“如果房子里没有人了，那只獴也会离开这里，到时候，花园又是我们的天下了。”纳格厄娜对纳格说，“一会儿，你先咬死那个大个子男人，然后我们一起去杀那只獴。”

“你确定杀死屋里的人对我们有好处吗？”纳格问。

“当然，好处多的是！”纳格厄娜坚定地说，“你好好想想，如果屋子里没有人了，獴还会待在这儿吗？这里以后就是我们的。”

“我没想那么远。”纳格说，“我这就去杀了那个男人，再找机会杀掉他的妻子和孩子。但完事后，我们没有必要和里奇拼命。等里奇发现房子里的人都死了，他自己会离开这里的。”

听到这儿，里奇气得浑身颤抖。但现在还不是行动的时候，里奇根本没有把握同时对付两条蛇。

纳格出现了，他缠在水管上，等候特迪的父亲来洗澡，那是他最没有戒备的时候。

水管中传来轻微的沙沙声，渐行渐远。纳格厄娜已经离开了。里奇一动不动藏在角落里，盯着水管上缠绕的纳格，等待着他的行动。

可是没过一会儿，纳格的肌肉开始放松，身体慢慢地往下滑动——纳格竟然睡着了！

这可是进攻的好机会！来不及多想，里奇纵身一跃，跳到了纳格的背上，一口咬住了眼镜蛇的头。

纳格被突如其来的疼痛惊醒，晃动着他粗壮的身子，想把背上的里奇甩开。他的身体在浴室里狂乱地摆动，牙膏牙刷、肥皂盒子、木头梳子……所有的东西都掉到了地上，可唯一没

有摔下来的就是里奇，他的牙齿紧紧地咬住了眼镜蛇的头。

正当里奇被纳格晃得头晕眼花时，“砰”的一声，眼镜蛇瘫在了地上——大个子男人的猎枪射中了纳格。

“又是这只獴，亲爱的，他又一次救了我们的命！”男人对妻子说。而特迪的母亲已经吓得脸都白了。

第二天一大早，里奇就匆匆地跑进了花园里。

长尾缝叶莺达西正在花园里唱歌：“英勇的里奇咬住眼镜蛇的头，大个子男人举起手中的枪……”

“喂，不要唱了。”里奇打断了达西，问道，“纳格厄娜在哪里？”

“纳格厄娜在农场旁边的垃圾堆上，正守着纳格的尸体哭泣呢！我还听见她说要杀了屋子里的人报仇。”说完，达西又唱起了他的歌曲，“白牙齿的里奇，你是我们的英雄……”

“不要唱了！”里奇有点生气了，“你知不知道她把蛇蛋藏在哪里？”

“当然，我当然知道。”达西回答，“在围墙边的果园里，她把蛋藏在果园里。里奇，你是要去吃她的蛋吗？”

“没错，我们要把她的蛋打碎！达西，请你现在就飞到农场去，假装折断了翅膀，把纳格厄娜引开。”里奇顿了顿，说道，“我随后会去果园，如果我现在就去，会被她发现的。”

然而，达西对杀害蛇的孩子感到不忍，他对里奇的提议无动于衷。达西的妻子从鸟巢里走了出来。她告诉里奇，自己会帮忙引开纳格厄娜。说完，她立即飞向了农场旁的垃圾堆。

在离母蛇不远的地方，达西的妻子扑扇着翅膀，假装痛苦地喊道："我的翅膀断了！男孩向我扔了块石头，把我的翅膀打折了！"

纳格厄娜抬起头，凶恶地说道："在我要杀死里奇的时候，是你们提醒了他。"说着，她冲向了达西的妻子，想要一口咬断她的脖子。长尾缝叶莺轻盈地飞起，躲过了眼镜蛇的攻击。眼镜蛇并不死心，她紧追着达西的妻子，从农场旁追到了花园里。

这时，里奇已经偷偷穿过了农场，溜到了果园里。在果园的一角，他找到了二十五枚蛇蛋，大小跟鸡蛋差不多，在蛇蛋的壳上已经能看到小蛇的痕迹。这说明，这些小蛇快要破壳而出了。

"多亏我及时赶到了，否则后果不堪设想。"里奇自言自语，"每一条小蛇都可能杀死一只獴或者一个人。"

里奇把蛇蛋的一头咬破，把还在蛋中的小眼镜蛇一一咬死。

最后，只剩下一个蛇蛋了，里奇把他叼在嘴里，急忙跑了回来。

里奇赶到时，纳格厄娜正在特迪家的屋子里，细长的身子盘在特迪旁边，扁平的脑袋高高昂起，随时准备给特迪致命一击。

"安静地待着别动。"纳格厄娜发出了"咝咝咝"的声音，对里奇说，"只要你动一下，我就杀死这个孩子，然后杀死他的父亲和母亲。"

"过来吧，纳格厄娜，我们来一场公平的战斗吧！"里奇站在门外喊道。

“等我杀了他们，就去找你算账！里奇，你再走近一步，我就杀了他们。”纳格厄娜威胁道。

“还是去瞧瞧你的蛇蛋吧。”里奇大声喊，“在靠近围墙的果园里，去看看吧，纳格厄娜！”

眼镜蛇转过身子，发现了里奇旁边的蛇蛋。里奇继续说：“这是最后一只蛋了。果园里，蚂蚁们正在吃其他的蛋呢！”

“把蛋还给我！”纳格厄娜不顾一切地冲出屋子。大个子男人一把抱起了特迪，把他带到小屋里，并拿起了一把猎枪。

“纳格厄娜，来和我决斗吧，是我咬死了你的丈夫纳格，来找我报仇吧。”里奇边笑边引开眼镜蛇。

纳格厄娜省悟过来，她失去了杀死特迪的机会，而她的蛇蛋还在里奇的手中。“把蛋还给我，里奇，如果这是最后一只蛋，你把他还给我，我就离开这里，再也不回来了。”纳格厄娜哀求道。

“没错，你会离开这里，因为你要去和纳格做伴了。来吧，开战吧。”里奇的眼睛已经变红了，他绕着纳格厄娜跳来跳去，准备着给她致命一击。

纳格厄娜猛地向他扑了过去。里奇往后一跳，躲开了攻击。狡猾的纳格厄娜趁机靠近蛇蛋，把它叼在嘴里，朝花园外蹿去。

里奇紧追不舍，他知道，必须要杀死这条眼镜蛇，消除所有的隐患。

在快要逃出花园的时候，眼镜蛇突然向一个老鼠洞钻去，这是她和纳格经常光顾的地方。就在纳格厄娜的身体即将完全钻进老鼠洞时，里奇咬住了她的尾巴。

纳格厄娜的身体剧烈地挣扎着，她被卡在了洞口，无法回头攻击，只能在里奇锋利的牙齿下，一点点地流尽身体里的鲜血。最后，眼镜蛇纳格厄娜死了。

“一切都结束了。”筋疲力尽的里奇坐在地上，向花园里的动物们宣布他胜利的消息。

“现在，我要回房子里睡觉了。”里奇说：“达西，你去把纳格和纳格厄娜死去的消息告诉大家吧。”

里奇回到房子前，特迪和他的父母亲都跑了出来，他们抱住里奇，大哭起来。

那天晚上，里奇把特迪母亲给他的所有的肉都吃光了。晚上，他趴在特迪的肩膀上睡着了。

“这只獴救了特迪的命，也救了我们全家的命。”晚上，特迪母亲的话把里奇吵醒了。

里奇为自己感到骄傲。从那以后，他看管着花园，再也没有一条眼镜蛇敢来到这里。

四、女王的奴仆们

印度是南亚大陆上一个很大的国家，曾是英国人的殖民地。下面要讲的这个故事，就发生在印度的军营里。

热带雨林中的大雨下了整整一个月，雨中的军营里，生活着三万名士兵和几千头骆驼、大象、军马、被阉割的公牛和骡子。阿富汗的国王阿米尔来到印度访问，军营中的动物们在等待着印度总督和阿富汗国王的检阅。

阿米尔到印度时，带来了三百匹马。到了夜里，这些不守规矩的马匹会挣脱拴在蹄子上的绳子，在军营里乱跑；英国士兵的骆驼也会挣脱绳子，在营地里乱窜。

阅兵的前一天晚上，趁军营中的士兵正在呼呼大睡，几头动物——军马、骆驼、骡子和被阉割的公牛一起来到一个帐篷里，他们想避开军营中的吵闹，就躲藏到这儿来了。

“我该怎么办？”一头骆驼最先向大家诉苦，“我该去哪里？白天的时候，一个士兵拿起手中的棍子，狠狠地打在了我的身上。我应该逃跑吗？”

“原来是你。”老骡子是营地里见过大世面的，他为这头没用的骆驼感到可笑。

“就是因为你，白天的营地才这么热闹。明天早晨，你会再次挨揍的。现在，我先给你几下子。”说完，老骡子后退几步，跳起来，对着骆驼的肋骨狠狠地踢了两脚，发出了像打鼓一样的声音，“这样下回你就会变聪明些了。”

突然被骡子攻击，骆驼委屈地趴在地上，“呜呜”地哭了起来。

这时，一阵有节奏感的蹄声在黑夜中传来，一匹高大的军马走进帐篷，步伐像是在接受检阅一样优美。

“真丢人。”他轻蔑地看着伏地哭泣的骆驼，“晚上吵得军马不能安眠，白天他怎么会有精神接受检阅呢？都是谁在这里？”

“我是第一炮兵连二号炮炮手的坐骑。”老骡子说，“还有一位，也是被骆驼吵醒了。您是谁？”

“我是九营步兵克利夫的坐骑。”军马说。

“天太黑，我看不清楚您的长相。”老骡子说，“这些骆驼太让人讨厌了。我从营地里跑出来，本来是想在这里安静一会儿。”

“我的老爷们。”骆驼抱歉地说，“我也不想哭。但昨天晚上我做了噩梦，现在害怕得要命。我是一头刚服役的骆驼，没有你们勇敢。”

“那你要好好地待着，不要在军营里乱跑。”老骡子教训他说。

又有脚步声传来，靠近了帐篷。

“你们听，那是什么声音？我们要不要逃跑。”骆驼问。

“坐下吧。”老骡子竖起耳朵听了一会儿，说道，“那是阉牛，拉炮的阉牛，他也来这里了。”

正说着，两头大块头的阉牛走进帐篷里。他们一前一后走进来，躺在地上，安静地吃起了草。接着，一头年轻的骡子也跟着走了进来，他焦急地对老骡子喊道："比利，太可怕了，我做了个噩梦，有一头骆驼闯进来，他要杀了我们。"

"这头年轻的骡子是新来的。"老骡子比利一边介绍，一边责怪年轻骡子："我想狠狠地踢你一脚，一头受过训练的健壮骡子，竟然害怕一头胆小的骆驼，真是丢人。"

"别生气。"军马在一旁打圆场，"别忘了，我们刚来军队的时候，也是这样。我第一次见到人类时，吓得掉头就跑，那时我才刚刚三岁。"

"这话倒没错。"老骡子比利对年轻的骡子说道："别再发抖了，小伙子。他们第一次把我赶到军营里时，我也挨了不少打。"

听到"挨打"两字，刚刚安静下来的骆驼又颤抖起来。

比利鄙夷地看了一眼骆驼，转过头，对趴在地上吃草的阉牛说："阉牛，你们是哪里来的？"

"大炮连一号炮兵的驮炮牛。"两头阉牛齐声回答，"我们也听到了你这位小兄弟的惊叫，他果然是新来的呀。"

"那是因为他害怕。"比利转身对年轻骆驼说："驮炮的阉牛在嘲笑你呢。"

"别生气。无论是谁，刚来到这里都会感到害怕，慢慢地就好了。"军马说道，"我干活时，步兵克利夫骑在我的背上，膝盖夹紧我的身体。他教会了我原地转身，跟着缰绳转动。"

"他们没教过我们这一招。"老骡子比利说道，"只教会了我们服从牵着我们的士兵，他叫我们齐步走，我们就要齐步走，他叫我们插进队伍，我们就要插进队伍。对了，您干的是什么活？”

“一般来说，我们要跑到一大堆拿着刀的士兵中间，他们的刀又长又亮，比兽医的手术刀还要锋利。”军马回答。

“会被刀子伤到吗？”

“当然，有一次，我的胸口被插了一刀。但那不是克利夫的错……”

“如果我受伤了，我会很在意那是谁的错！”年轻骡子说道。

大家沉默了。

不一会儿，一直沉默的骆驼紧张地开了口：“我……我……我也打过仗。但不是像你们那样在敌群中奔跑的方式。”

“没错，我看出来了，你天生就不像会拼命奔跑的样子。那你是用什么方式打仗呢，笨蛋？”比利问。

“用比较恰当的方式。我们全部坐下，总共有一百头骆驼，围成一个大大的正方形，人类隔着我们向对面开火……”骆驼解释说。

“训练我们的时候，人类也会让我们躺下，士兵们隔着我们开火。这样做的时候，我只信任克利夫一个人。”军马说。

“隔着我们的身体开火，这又有什么关系呢？”骆驼说，“旁边还有很多头骆驼。那个时候我不会害怕，我会安静地待在那里，等着战斗结束。”

又是一阵沉默。

还是老骡子比利的声音打破了黑夜中的安静：“你们知道血是什么吗？”

“当然，我们知道，血是一种红色的东西，会流到土地里，而且还有腥臭的味道。”阉牛说道。

军马抬起两只前蹄，喷了个响鼻，恐惧地说："别说出来！我已经闻到血的味道了，你们心里清楚就行了！"

“可是这里没有血。”一头阉牛说，“你干吗吓唬自己。”

“血是肮脏的东西。”比利说，“我不想逃跑，但我也不想说它，我在军营里见过血……”

“我们为什么要这样。”年轻骡子开口了，他已经沉默了很长时间，“我想说的是，我们为什么要帮人类打仗？”

“因为是他们吩咐我们去打仗的。”军马不屑地说。

“对，那是命令！”老骡子比利说。

“没错，可是这命令是谁发出来的呢？”年轻骡子问。

“走在我们前面的人。”

“坐在我们背上的人。”

“牵着缰绳的人。”

“拉我们尾巴的人。”

比利、军马、骆驼和两头阉牛轮流回答说。

年轻骡子依然没有停嘴："但是，是谁给这些人下命令呢？"

“你的问题太多了，小伙子。”比利说，“你只要服从身旁的人就行了，什么也不要问。”

“他说得对。”阉牛说，“我们服从身旁下命令的人，否则你要挨一顿揍。”

两头阉牛起身，慢慢地走出帐篷，其中一头转身说道："天快亮了，我们要回去了，一会儿就要阅兵了。"

动物们陆续起身，回到了各自的营地。

阅兵仪式在第二天下午准时开始，三万名士兵在营地中集合。阿富汗国王阿米尔和印度总督站在检阅台上。阿米尔戴着一顶高高的黑色帽子，帽子中间镶嵌着一颗亮晶晶的大钻石。

检阅的第一部分，在火辣辣的太阳下进行。步兵团走过检阅场，士兵们的双腿在地上交替迈出整齐的步伐，手中的枪排成一条直线，看得人眼花缭乱。然后骑兵们过来了，他们指挥着胯下的军马，军马的四条腿迈出了整齐漂亮的步伐。

然后是另一组骑兵队，昨天在帐篷里聊天的军马就在其中。他的尾巴像是柔软的丝绸，自然地垂下来，脑袋却高高地昂起，就像一个骄傲的士兵，自豪地走向前方。

接着，那两头驮炮的阉牛也走了过来。他们的动作显得有点疲惫，可能是昨晚没有睡觉的原因，他们的头并没有高高仰起。

最后走来的是老骡子比利所在的方队，瞧瞧比利那副派头，仿佛是指挥着军队的军官，皮毛梳得整整齐齐，眼睛直直地盯着前方，军营里的动物都为他喝彩。

除非你亲临现场，否则你绝对不会想到这支军队有多么整齐，观众们感受到了一种让人震惊的气势。阿富汗国王的眼睛瞪得大大的，仔细地看着军人们的一举一动。有那么一会儿，他仿佛要拔出剑来，从这支气势磅礴的军队中杀出一条路来。

不久之后，阅兵式结束。士兵们回到了自己的营地，一支乐队奏起了动听的曲子。

这时，一位年纪很大、头发花白的阿富汗酋长说话了，他是跟随阿米尔来到印度的原始部落首领，他问身边的一个英国军官：“为什么动物们也听你们的指挥，走得那么整齐？”

“很简单。”军官回答，“发一道命令就行了，他们会遵守命令的。”

“动物也跟人一样聪明吗？”酋长问。

军官看着酋长，认真地回答：“不，他们不聪明，但他们会像人一样服从命令，骡子、军马、大象、阉牛、骆驼，他们全都服从训练他们的士兵，士兵服从中士，中士服从中尉，中尉服从上尉，上尉服从少校，少校服从上校，上校服从指挥三个军团的准将，准将服从将军，将军服从总督，而总督是女王的奴仆。这样，问题就解决了。”

“如果阿富汗人这样服从就好了。”酋长摇摇头说，“在我们那里，人们只服从自己的意愿。”

“就因为如此，你们的国王阿米尔才会来到这里拜访我们总督。”军官说道。

这时，军营里的动物们唱起了一首歌谣：

我们都是军人的奴仆，
安分守己，拼死效力。
我们属于人类和鞭子、
货物和武器。
看吧，队伍在平原上前进，
像一根绳子，
向前伸展，向前蠕动，
奔向战场的最前方！
走在我们旁边的人，
他们一语不发，尘土满身，
他们也说不清，我们和他们，
为什么接受这日晒雨淋。
我们只知道，
我们都是军人的奴仆，
各自安分守己，拼死效力。
我们属于人类和鞭子、
货物和武器。

罗曼·罗兰

1915 年诺贝尔文学奖得主。他来自法国，是一位喜爱音乐的文学大师，许多作品都以音乐家为主角。人们都说他在“用音乐写小说”。

名人传

我要扼住命运的咽喉

一、贝多芬传

我知道，那些善良与高尚的人，一定能与我们患难与共。

——贝多芬

孤独的天才

1

1770年12月16日，路德维希·凡·贝多芬出生在科隆附近的波恩市。

贝多芬的童年过得并不幸福，父亲是一个喜欢酗酒的男高音歌手，母亲是一个女仆，全家住在一座破旧房屋的阁楼上。贝多芬很小就展现出过人的音乐天分，从四岁开始，为了发掘他在音乐方面的才能，父亲一边向外人炫耀他的才华，一边将他关在家里，让他无休无止地练琴。小贝多芬几乎没有享受过家庭的温情，枯燥乏味的练琴和父亲的责骂，似乎是他生活的全部。所幸他稚嫩的肩膀承受了这一切，并没有因此对音乐产生反感。

由于贫穷，贝多芬从少年时代起，就开始操心家里的经济。怎样赚到每天的面包钱，是压迫在这位少年肩上的重任。十一岁，贝多芬加入了戏院乐队；十三岁，他又成了一名大风琴手；十七岁的时候，贝多芬的母亲因肺病去世，他痛失了一位最关心他的亲人。

母亲的去世加速了贝多芬的成长，他很快接过了母亲的责任，成为一家之主，负责照顾父亲和两个兄弟的生活。他要求父亲退休，因为喜欢酗酒的父亲经常在工作中出错。父亲的同事担心父亲纵酒无度，干脆把父亲的养老金交给贝多芬管理。不作为的父亲和去世的母亲，都将他们未尽的责任压在了贝多芬身上，也在他年轻的心灵上刻下了深深的伤痕。

后来，贝多芬认识了布罗伊宁一家人，这家人有一个小女儿，名叫埃莱奥诺雷·特·布罗伊宁，比贝多芬小两岁，两个年轻人经常来往。贝多芬教埃莱奥诺雷音乐，埃莱奥诺雷陪贝多芬阅读诗歌。这个温柔可爱的姑娘，缓解了贝多芬内心的压力，成了贝多芬的知己。

几年之后，埃莱奥诺雷嫁给了韦格勒医生，这对夫妻成了贝多芬的朋友。他们三个人的友谊一直保持到了老年。

虽然贝多芬的童年谈不上幸福，但他对波恩的情感深厚。他后来定居在维也纳，却从未忘记过莱茵河畔的故乡。

贝多芬在波恩生活了二十年，他曾经说过："我的家乡，我出生的美丽的地方，在我眼前始终是那样的美，那样的明亮，和我离开它时毫无两样。"直到他生命的终点，他都想再一次见到自己的故乡。

2

1789年5月14日，贝多芬进入波恩大学学习。时值法国大革命爆发，战事逐渐蔓延到波恩。1792年11月，贝多芬离开了故乡，搬到了德意志的音乐首都维也纳。在爱国情绪的鼓舞下，他给弗里贝格的两首战争诗谱上了乐曲，一首是《行军曲》，另一首是《我们是伟大的德意志族》。

1795年3月30日，贝多芬在维也纳举行了他的首次钢琴演奏会，在维也纳音乐界崭露头角。1796年，他在笔记簿上写道："勇敢啊！虽然身体不行，我的天才终究会获胜……二十五岁！不是已经快到了吗？……就在这一年，我的才华应当显示出来了。"

当时，施泰因豪森替贝多芬画了一幅肖像。画中的贝多芬看起来非常年轻，瘦削的身体笔直地挺立着。他的目光有些紧张，但同时又透露出睥睨一切的神情。此时的贝多芬完全了解自己在音乐上的才华，他知道自己想要什么，充满自信。

一些认识贝多芬的人，比如特·伯恩哈德夫人和葛林克，对贝多芬的评价并不是很高。他们觉得贝多芬高傲、粗野、抑郁，说话时带着明显的内地口音。但是，他们看不到隐藏在这骄傲的笨拙之下的贝多芬，是一个充满慈悲心肠的人。他的这一优点，只有少数几个亲密朋友知道。

有一次，贝多芬写信给韦格勒，在信中倾诉了自己的心事："假如我看见一个朋友陷入窘境，又没什么钱来帮他的时候，我只要坐在书桌前写一支曲子，片刻之间就能解决他的困难，你瞧这是多么美妙的事情……我的艺术才华，就应当用来帮助那些可怜的人。”

然而，病魔已经开始逼近这个意气风发的年轻人。或许是受到传染，也或许是受到遗传的影响，1796年，贝多芬不幸患上了耳咽管炎。到了1799年，这种病逐渐变成了严重的中耳炎，后来更发展成为慢性中耳炎。对于这位音乐天才来说，这种病带来的后果是非常可怕的——他的听力严重受损！

随着病情的发展，贝多芬耳聋的程度逐渐增加。虽然他并没有完全变成一个聋子，但与普通人相比，听力差了许多。起初，贝多芬一直没有将听力衰退的事情告诉朋友们，而是默默地忍受着这种痛苦。为了不让病情被人发现，他总是避免与人见面，独自守着这可怕的秘密。

到了1801年，贝多芬终于将这个可怕的事实绝望地告诉了两个朋友：韦格勒医生和阿曼达牧师。

他在给阿曼达牧师的信上说：“你不知道，我现在悲惨极了。我开始耳聋，听觉在持续地衰退……我故意瞒着你，不忍心告诉你。但是，我的耳聋越来越严重了，不知道还会不会痊愈……

“我问过医生了，像这一类的病几乎是无药可治的。从此以后，我得过着凄凉的生活……尤其是在这个自私的世界上，我不得不在独自隐忍中寻找安身之所……”

他写信给韦格勒医生时说：“两年以来，我刻意地躲避着一切交际，因为我没有办法与他人正常交流了，我的耳朵聋了。如果我干着其他行业的工作，也许耳聋还算不得什么。但在我从事的行业里，这是多么可怕的遭遇啊……

“在戏院里，我只有坐在贴近乐队的地方，才能听到演员

的说话声。如果我的座位稍远一些的话，我几乎听不见乐器和歌唱的高音……只要有可能战胜我的命运，我愿意付出一切！但是现在看来，我竟然是上帝造出来的最可怜的人！”

从这些书信可以看出，贝多芬的心里非常压抑和痛苦，他已经将自己的人生看成了一场悲剧。这种悲观的情绪，也显现在贝多芬的作品中，比如作品第十三号《悲怆奏鸣曲》，就带有浓浓的忧郁情绪。

但奇怪的是，贝多芬当时创作的许多乐曲，比如欢悦的《七重奏》、明澈如水的《C 大调第一交响曲》等，却带着青年的天真无邪。或许，此时的贝多芬还没完全被痛苦俘虏，而这颗心灵在痛苦中煎熬的时候，也在想方设法地创造着快乐，奋力地抗争命运的不公。

当心灵感受到当下的痛苦时，往往会通过回忆来缓解。

贝多芬独自在维也纳承受身体的病痛时，时常沉浸在对故乡的怀念中，并将这种怀念倾注在谱写的乐曲里。《七重奏》中的变奏曲主题，便是一支莱茵的歌谣。《C 大调第一交响曲》也是一件赞颂莱茵的作品。这些音乐都是快乐的、充满希望的，是青年人对着梦境微笑的诗歌。但在某些段落内，在引子里，在低音乐器的对照里，却似乎预示着未来的悲剧……

3

贝多芬有一种坚毅的性格，无论何种磨难都无法让他屈服。他在给友人的信中曾写道：“我的体力和智力突飞猛进……我感到我的青春不过才刚刚开始。我每天都在向着我的目标前进，如果我摆脱了这可怕的疾病，我将拥抱整个世界……我要扼住命运的咽喉，它决不能使我完全屈服！”

这些坚强的意志力，这些内心的骄傲，以及对悲惨命运的感慨，都反映在贝多芬1802年创作的一系列作品里：附有葬礼进行曲的奏鸣曲，俗称为《月光曲》的《幻想奏鸣曲》，作品第三十一号之二的奏鸣曲，献给亚历山大皇帝的小提琴奏鸣曲《克勒策奏鸣曲》……

这些著名的乐曲中，仿佛有一种无可抵抗的力量，清除掉了贝多芬内心的忧郁和痛苦，生命的沸腾终于掀起了乐曲的高潮。听着这些激昂的旋律，我们能感受到贝多芬强烈的情绪：他渴望幸福，渴望痊愈；他渴望爱情，他充满着对未来生活的希望。

这些作品里有好几部节奏特别强烈，特别是献给亚历山大皇帝的奏鸣曲的第一章，充满了英武壮烈的气概。这首乐曲创作的年代，正是法国大革命爆发的时代。当时年轻的贝多芬非常同情革命党人，崇拜拿破仑·波拿巴，主张充分的自由与民族的独立。

1804年，贝多芬以波拿巴为题材写下《英雄交响曲：波拿巴》。但在这期间，贝多芬听闻拿破仑称帝，他因此大发雷霆，嚷嚷说：“看来，他也只不过是一个凡夫俗子！”贝多芬一气之下，改掉这首乐曲的名字，换上了另一个意味深长的题目——《英雄交响曲：纪念一个伟大的遗迹》。

在贝多芬的许多作品中，都隐藏着对一些历史事件的反映，或许连贝多芬自己都不曾察觉。在《科里奥兰序曲》中，有狂风暴雨在呼啸；在《热情奏鸣曲》中，蕴含着对命运的斗争；第二十六号奏鸣曲中的“英雄葬曲”，讴歌了战死在莱茵河畔的奥什将军；《英雄交响曲》与《第五交响曲》的题赠，属于巴士底狱的胜利者于兰将军……这些赫赫有名的曲目，都是他成长的历史的见证者。

4

1806年5月，贝多芬迎来了人生中的幸福时光，他和特雷泽·特·布伦瑞克订了婚。贝多芬刚刚搬到维也纳的时候，格雷泽就跟着贝多芬学过钢琴。或许从那时开始，她就对贝多芬产生了感情。但是，直到1806年，他们才开始相爱。

特雷泽永远记得那些幸福的日子。她说：“一个星期日的晚上，吃过晚饭以后，贝多芬坐在钢琴前面，身体沐浴在月光中。他先用手指在键盘上来回抚弄，我们都知道，这是他开场演奏的习惯。随后他在低音部分奏了几个和弦，接着，他用一种庄严的神情，演奏着赛巴斯蒂安·巴赫的曲子《乔瓦尼尼之歌》。母亲和教士都已去睡了，哥哥严肃地望着钢琴前的贝多芬，而我的心却被他的歌和目光渗透了，感到幸福的气息。

“第二天早上，我和贝多芬在园中相遇。他对我说：‘我正在写一本歌剧。主要的人物就在我心中、在我面前，不论我到什么地方，停留在什么地方，他都将和我同在。我从没感受过如此崇高的境界，一切都是光明和纯洁。在此以前，我像童话里的孩子，只知道捡取路上的石子玩耍，却不看见路边美艳的鲜花……’1806年5月，我最亲爱的哥哥同意了我们的爱情，我和贝多芬订了婚。”

在这一年，贝多芬创作了《第四交响曲》。这首乐曲仿佛是一朵淡雅的花朵，蕴藏了他一生中难得的平静气息。爱情改变了贝多芬的性格，那段时期的他，变得非常活跃、有耐心，待人接物彬彬有礼，甚至也开始讲究穿着。但是，在贝多芬的心灵深处，依然隐藏着雄狮般的力量，我们甚至可以透过他的眼神感受到那种可怕的力量。

这段爱情持续到1810年。这段时间里，贝多芬的音乐天赋得到了充分的发挥，创作了大量的杰作，比如古典的悲剧《第五交响曲》，夏日神明的梦《田园交响曲》，最有力的奏鸣曲《热情奏鸣曲》……

不幸的是，这段爱情最终没有开花结果。或许是因为贝多芬没有财产、没有地位，又或许是他那愤世嫉俗的性格伤害了对方，贝多芬与特雷泽的婚约被取消了。然而，直到特雷泽生命的最后一刻，她还在怀念这段难忘的爱情。

1816年，贝多芬告诉朋友说："当我想到特雷泽时，我的心仍如初见时一样跳得剧烈。"就在这一年，他创作了一首歌——《献给遥远的爱人》。

特雷泽曾经把她的一幅肖像赠与贝多芬，上面写着："送给稀有的天才，伟大的艺术家，善良的人。"在贝多芬的晚年，有一次，朋友无意中撞见他抱着这幅画像，放声痛哭，嘴里还自言自语着："你是这样的美、这样的伟大，简直就和天使一样！"朋友退了出去，过了一会儿再进去，看见贝多芬在弹琴，便对他说："我的朋友，你的脸上今天没有那可怕的气色了。"贝多芬答道："那是因为我的天使来看望我了。"

这次感情的创伤深深地铭刻在贝多芬的心上，他在笔记上写道："可怜的贝多芬，此世没有你的幸福。只有在理想的境界里才能找到你的朋友……噢，上帝！给我勇气让我征服我自己！"

失去了爱情的贝多芬又变成了孤身一人，这时的他已经功成名就，具备了一定的话语权，对其他人的看法不再小心翼翼。他的性情更加狂放，穿着不修边幅，举止愈加不拘小节。他曾经告诉朋友们："除了仁慈以外，我不承认还有什么优越的标记。"

与命运的决斗

1

1814年是贝多芬人生的巅峰时刻。在维也纳会议上，大家把他当作欧罗巴的光荣。他在庆祝会中非常活跃。亲王们向他致敬，他听任他们追逐。在独立战争的鼓动下，贝多芬创作了许多爱国乐曲和歌曲，比如《威灵顿的胜利》《德意志的再生》《光荣的时节》《大功告成》，等等。这些与时代紧密相连的作品，比其他的音乐更能增加他的声名。

但是，这段声名显赫的时期过后，迎接贝多芬的是一段最悲惨的岁月。尽管贝多芬在维也纳居住了大半生，但是，这座城市从来没有真正接纳过他。维也纳当时充满了一种虚伪、轻浮的气息，孤傲的音乐天才在这里遭受了许多批评与责难。

1809年，贝多芬曾经想要离开这座城市，但维也纳的音乐资源是那么丰富，总有一些高贵的鉴赏家懂得贝多芬的伟大，不肯放走这位天才级人物。贝多芬的学生鲁道夫太子、洛布科维兹亲王和金斯基亲王，维也纳三个富有的贵族，一起来找贝多芬，以每年四千年薪的条件，恳求他留在维也纳。

然而，他们的承诺并没有做到。随着他们的去世和离开，这笔钱的供给很快就中断了。从1814年的维也纳会议起，维也纳社会的关注点从艺术转移到政治方面，贝多芬的音乐成了老古董的代表，取而代之的是罗西尼的意大利歌剧。曾经有人在维也纳沙龙里评价说：“莫扎特和贝多芬是老学究，只有荒谬的上一代赞成他们；直到罗西尼的出现，大家才知道什么是音乐旋律。”

1814年，贝多芬在维也纳举行了最后一次钢琴演奏会。这时，他的朋友和保护人有的离开了，有的去世了，他的处境越发艰难。他在1816年的笔记上写道：“我没有朋友，孤零零地在世界上。”

2

贝多芬的身体状况一天不如一天，耳朵彻底聋了。

从1815年秋天起，他只和人们用书信交流。

1817年夏天，他患上了肺病。

1820年至1821年，他得了严重的关节炎。

1821年患黄热病。

1823年又患上了结膜炎。

1822年，贝多芬要求亲自指挥《菲岱里奥》最后一次的预奏会，可惜效果不尽如人意。他当时的好友申德勒曾经记录过这件事："从第一幕的二部开始，贝多芬就没听见台上的歌唱，他的指挥比演唱慢了许多。当乐队跟着他的指挥棒进行时，台上的歌手已经唱到前面去了，整个场面变得混乱。乐队指挥乌姆劳夫只好提议休息一会儿，和歌唱者交换了几句意见之后，大家重新开始。但同样的事情又发生了，大家不得不再休息一次。显然，贝多芬的指挥难以为继。但是，没有人忍心对他说：'走开，你这个可怜的家伙，你不能指挥了。'贝多芬感觉到台上的情绪，他不安地东张西望，想从不同面孔的表情中猜出发生了什么事。可是，大家都默不作声。

"突然，他用命令的口吻呼唤我。我走近时，他把谈话手册递给我，示意我写。我便写道：'恳求您别再继续指挥了，等回去再告诉您理由。'他一跃下台，对我嚷道：'快走！'他一口气跑回家里，一动不动地倒在床上，用双手捂着脸。吃晚饭的时候，他一言不发，表情痛苦。晚饭以后，我想告别，他留着我，表示不愿独自在家。等到我们分手的时候，他要我陪他去看耳科医生……在我和贝多芬的全部交往中，没有一天可与这十一月里致命的一天相比。他内心受了伤，至死不曾忘记这可怕的一幕。"

两年以后，1824年5月7日，贝多芬又一次参与了音乐指挥。这一次，他指挥的是《合唱交响曲》。贝多芬的指挥非常成功，全场爆发出一阵喝彩声，只可惜他根本听不见，也丝毫不曾觉察到听众们激动的情绪。直到一个女歌唱演员牵着贝多芬的手，让他转过身来面对观众的时候，他才看见全场观众纷纷起立，挥舞着帽子向他致意，这一幕真是令人感动。

大部分时候，耳聋使得贝多芬将自己与周围的人群隔离开来。他开始向大自然寻求安慰。自然界似乎成了贝多芬的庇护所，同时也是他唯一的知己。

贝多芬经常独自一人在乡间散步，无论是阳光炙烤的夏日，还是风雨飘摇的秋日，他都执着地从黎明走到黑夜。他在日记中写道：“世界上没有一个人像我这样地爱田野……我爱一棵树多过爱一个人……全能的上帝！”

3

贝多芬的一生中，经常会为金钱发愁。他的靴子底烂了一个洞，没有钱买新靴子穿，只好待在家里。他的作品卖不出钱，还欠了出版商一大笔债。《D大调弥撒曲》发售预约的时候，只来了七个预约者，其中没有一个是音乐家。贝多芬那些美妙的奏鸣曲——每首曲子的创作，都得花费他三个月的时间——只给他挣了三十至四十杜卡。加利钦亲王要他制作的四重奏，几乎是用血泪写成的，却没有给他带来一分钱。

1818年，贝多芬写道：“我差不多到了向路人乞讨的地步，但我还得装出一副毫不窘迫的神气……作品第一〇六号奏鸣曲，是我在紧急情况中创作的，要知道，用工作来换取面包实在是一件辛苦的事情。”

1815年，贝多芬的兄弟卡尔因肺病去世，留下了一个儿子。贝多芬对兄弟的死伤心欲绝，他写信给安东尼·布伦塔诺说：“他如此地执着生命，我却如此地愿意舍弃生命。”为了争取侄儿的监护权，贝多芬与弟媳妇不断地打官司，只是为了更好地照顾这个失去父亲的孩子。

贝多芬对侄子就像对亲生儿子一样，将他内心中洋溢着的温情全部灌注在这个孩子身上。他曾经在信上写道：“请接受我的祈求吧，让我至少在将来，能和我的小卡尔一起过活！”

在给侄子的信中，贝多芬这样写道：“我亲爱的孩子！你一句话也不必再说，赶快到我的怀抱里来吧，你不会听到一句严厉的言语……我将用一如既往的爱接待你。

“别对我说谎，请你永远做我最亲爱的孩子！如果你用虚伪来报答我，像人家使我相信的那样，那真是何等的丑恶啊！……我虽然不是你的亲生父亲，但的的确确抚养过你，而且竭尽所能地培养过你。现在，我以超越父爱的感情，恳求你走上善良与正直之路。你忠诚的父亲。”

然而，贝多芬深深疼爱的这个侄子，却因为伯父的过度关爱，产生了强烈的叛逆心理，甚至说：“因为伯父要我上进，所以我变得更下流。”

贝多芬想供他去上学，通过接受高等教育改变命运，可是他执意要去经商。贝多芬给了他一笔钱，但不久他就拿着钱去了赌场，并欠下了很多赌债。这个侄子的存在，仿佛是命运之神故意为贝多芬增加的苦难，只是为了让他更多地体会世间疾苦。

1826年，贝多芬的侄子往自己头上开了一枪，侥幸未死。贝多芬因此事而精神崩溃，数月后一病不起，直至离世。在死前几年，贝多芬在写给侄子的信中说：“上帝从没遗弃我。将来终会有人来替我掩上眼睛。”可是，他心爱的侄子并非替他掩上眼睛的人，在贝多芬临终的时候，他这个侄子甚至根本没有出现。

4

贝多芬的人生充满了悲苦，不幸一直陪伴着他。在他忧患丛生的一生中，音乐是他唯一能紧紧抱在怀里的快乐。

贝多芬曾经产生过离开维也纳，搬到伦敦去居住的念头。有一些朋友知道了他的想法，便来劝说他不要离开祖国。他们给贝多芬写了一封慷慨激昂的信：“您近几年来的沉默，使所有关注您的人伤心不已。大家都悲哀地想到，正当外国音乐移植到我们的土地上，让我们逐渐遗忘德国艺术作品的时候，我们的天才，地位崇高的音乐天才，竟沉默不语……但愿您能实现我们的愿望，但愿靠了您的天才，能让我们祖国的艺术复兴和繁荣！”

贝多芬被这封信打动了，他决定继续留在维也纳。1824年5月7日，贝多芬在维也纳举行了《D大调弥撒曲》和《第九交响曲》的第一次演奏会，获得了空前的成功。当他出场时，群众连续五次鼓掌，热烈地欢迎他。当时的场面实在是太轰动了，警察不得不出面干预。要知道，即使是皇室成员的出场，一般也只使用三次鼓掌礼。

在交响曲的演奏过程中，许多听众感动得哭了起来。演出结束以后，贝多芬被人们的热情感动，竟然晕倒在舞台上。可是，尽管贝多芬的音乐赢得了人们的欢迎，却并没有给他带来任何收入。他在兴奋之余依然要面对生活的窘迫。

这场音乐会的成功，特别是《第九交响曲》的胜利，似乎在贝多芬心中留下了它光荣的标记，帮助贝多芬战胜了他内心的痛苦。他终于达到了终生向往的目标，他抓住了音乐中的欢乐。正像贝多芬所说的那样：“牺牲，将一切人生的愚昧为你的艺术做出牺牲！艺术，这是高于一切的上帝！”

贝多芬的精神从此振作了许多。1824年9月17日，他在给肖特兄弟的信中这样写道：“艺术之神还不愿死神马上把我带走，因为我还亏欠了许多东西！在我出发去天国之前，必须给我启示，要我完成一些东西留给后人……”

这段时间，贝多芬的思想与言论都变得放松了，他对于政府、警察、贵族等，发表了许多反对意见，甚至在公众面前也是如此。他时常提起，他的责任是把他的艺术奉献给“可怜的人类”“将来的人类”，为他们造福利，给他们勇气，唤醒他们的迷梦，斥责他们的懦怯。他写信给侄子说：“我们的时代，需要有力的心灵鞭策这些可怜的人。”

在贝多芬人生的最后几年中，他所创作的音乐增加了几分嘲弄与讥诮，他终于在精神层面战胜了人生。然而，此时的贝多芬依然是贫病交迫，孤独无依。1825年6月9日，他写信给侄儿说：“我衰弱到了极点，长眠不起的日子快要到来了。”在他逝世前的四个月里，1826年11月完成了作品第一三〇号的四重奏，这一作品中蕴含着一种轻快的快乐，那是一种战胜了痛苦以后的力量。

1826年11月末，死神逐渐向他逼近。那段时间，贝多芬为侄子的前程四处奔走，在途中不幸患上了重感冒，结果在维也纳病倒了。肺部、消化器官和循环系统的种种疾病，终于压倒了他。贝多芬的皮肤发黄，剧烈地呕吐，差点就送了命。后来，他又出现了水肿病的症状。此外，他还时不时地打着寒战，身体因内脏的痛楚而颤抖、痉挛。

那时候，贝多芬的朋友们都没在身边。他让侄子去请医生来，可这个家伙竟然忘记了这么重要的事情，直到两天之后才随意找来一个医生。医生来得太晚了，再加上医术不佳，贝多芬的病就这样加重了。

在接下来的三个月里，贝多芬竭尽全力地和病魔抗争着。1827年1月3日，他把侄儿立为正式的继承人。他想到莱茵河畔亲爱的友人，写信给韦格勒说："我多想和你谈谈！但我身

体太弱了，除了在心里拥抱你和你的夫人以外，我什么都无能为力了。”

在生命的最后时刻，贝多芬穷困潦倒，几乎看不起病，幸好几个英国朋友及时伸出了援手。他的脾气变得非常好，与以往判若两人。1827年2月17日，贝多芬经过了三次手术以后，等待着第四次手术。弥留之际，他躺在床上，忍受着臭虫的骚扰，安详地说：“我耐着性子，我想一切灾难都带来几分善意。”

房间外面风雨交加，在一声震撼人心的响雷中，贝多芬咽下了最后一口气。一只陌生的手——青年音乐家安塞姆·胡滕博瑞奈——代替他那没有到场的侄子帮助贝多芬掩上了眼睛。这位才华横溢的天才音乐家就这样告别了人世，他一生的悲剧终于正式谢幕了。他的朋友布罗伊宁写道：“感谢上帝！感谢他结束了这场漫长悲惨的苦难。”

贝多芬是一个不幸的人，一个贫穷、残废、孤独的人。世界几乎不曾给他欢乐，他却创造了欢乐来回报世界！贝多芬用他一生的苦难铸成了欢乐的乐谱，他经常对朋友们说的那句豪言壮语，完全可以总结他的一生：“用痛苦换来的欢乐。”

二、米开朗琪罗传

我的欢乐是悲哀。

——米开朗琪罗

骄傲与妥协

1

1475年3月6日，米开朗琪罗出生在意大利的卡普雷塞。家里有兄弟五人，他排行第二。父亲是卡普雷塞的一位法官，崇信上帝又脾气暴烈。米开朗琪罗六岁的时候，母亲因病离世，父亲再娶了一位妻子。

小时候，家人把米开朗琪罗寄养在一个石匠家里，这段幼年的经历激发了他对雕塑最初的兴趣。长大以后，家人把他送到学校读书，可是米开朗琪罗对学习不感兴趣，只愿意练习素描。他的喜好遭到家人的强烈反对，特别是他的父亲与叔伯们，非常痛恨艺术家这一职业，认为这只会给家族带来耻辱。为了阻止米开朗琪罗研究艺术，他们甚至不惜毒打他。

米开朗琪罗十分固执，比他的父亲犹有过之。十三岁时，他如愿以偿地进入大画家多梅尼科·吉兰达约开创的画院学习——那是当时佛罗伦萨城中规模最大的一所画院。在绘画方面，米开朗琪罗的学习成绩非常优秀，据说连他的老师，有时也忍不住会嫉妒他的才华。一年之后，米开朗琪罗离开了吉兰达约。虽然离开画院的原因不明，但吉兰达约作为米开朗琪罗的第一位老师，得到了自己学生一生的尊重。

此时的米开朗琪罗早已厌倦了绘画，对雕塑的兴趣日益浓厚。他转入了一所雕塑学校，也进入了意大利文艺复兴运动的中心。米开朗琪罗立志成为一个希腊雕塑家，在意大利诗人安布罗吉尼的指导下，米开朗琪罗创作了《半人半马怪与拉庇泰人之战》。这是一件充满了力与美的浮雕作品，展现了他那粗犷、坚强的艺术手法。

1492年，米开朗琪罗的哥哥利奥那多加入教会做了教士，那时米开朗琪罗只有十六岁，名义上成为家中长子。

有一天，米开朗琪罗的一个朋友卡尔迪耶雷告诉他，自己看见了死者的亡灵，那是佛罗伦萨已故亲王美第奇，他衣衫褴褛，命令卡尔迪耶雷转告已经继承亲王爵位的儿子彼得，说彼得将要被逐出他的国土，永远不能回来。在米开朗琪罗的劝告下，卡尔迪耶雷起初不敢去见亲王，但在后来的梦境中，他再次看到亡灵。卡尔迪耶雷终于鼓起勇气，求见亲王并转告其父的预警，可亲王只是一笑了之。

米开朗琪罗对亡灵的预警深信不疑，两天之后，他就独自逃离了佛罗伦萨。这是米开朗琪罗第一次因为迷信而做出冲动的决定。在他的一生中，类似的事情多次上演，虽然他自己也觉得这种行为非常荒谬，但却始终不能控制自己。

逃出佛罗伦萨以后，米开朗琪罗的心情便慢慢平静下来。他来到了博洛尼亚，在那里度过了寒冬。很快，他就忘记了那些可怕的预言和亡灵，重新鼓起了生活的勇气。正是在那段时期，他开始阅读意大利诗人彼特拉克、薄伽丘和但丁的作品。

2

1495年春天，米开朗琪罗途经佛罗伦萨。当时，佛罗伦萨正在举行狂欢节的宗教礼仪。此时的米开朗琪罗已经变得成熟冷静，他雕刻了世界闻名的《睡着的爱神》，在当时被认为具有浓厚的古典风格。

米开朗琪罗在佛罗伦萨只住了几个月，然后就去了罗马。他在罗马雕刻了《醉的酒神》《垂死的阿多尼斯》和巨大的《爱神》三件作品。那一年，他的哥哥因为信仰预言，被人告发了。米开朗琪罗并没有赶回佛罗伦萨，他对此事保持了沉默。在他的信中，找不出一丝关于这次事件的痕迹。

其后，米开朗琪罗雕成了《哀悼基督》。在这件伟大的作品中，死去的基督躺在圣母的膝上，似乎睡熟了。作品的线条具有严肃的希腊风格，又混杂着一种难以名状的哀愁。他雕刻的圣母是那样的年轻，与其他雕塑作品中的圣母截然不同，是以一种骑士式的神秘主义为背景的。

米开朗琪罗从此变得忧郁起来。他不仅为国家的动荡不安感到忧虑，还肩负着养家糊口的重担。家庭的全部负担都压在他一个人肩上，他没有足够的金钱，却因为骄傲与自尊而难以开口拒绝，只能努力地满足家人的索求。

常年窘迫的生活，使米开朗琪罗的身体受到了极大的影响。他居住的小屋潮湿又寒冷，经常忍饥挨饿，长期营养不良，再加上工作过度，他的健康状况越来越糟，不得不忍受着头痛和腹部发炎的折磨。

父亲责备他的生活方式，米开朗琪罗为此满腹委屈。他在写给父亲的信中说道："我所受的一切痛苦，都是为了你们；我感受的一切忧虑，都是因为爱护你们而有的。"

1501年春，米开朗琪罗又回到了佛罗伦萨。这一次，是因为佛罗伦萨的当权者委托他完成一个先知者的雕像。这是四十年前的雕刻家阿戈斯蒂诺中断的作品，这块巨大的白石多年以来无人敢于染指，最终在米开朗琪罗的手中，变成了举世闻名的雕塑作品《大卫》。

据说，当时佛罗伦萨的行政长官皮耶尔·索德里尼去看这座雕像时，故意挑剔说："鼻子太高了。"米开朗琪罗拿着刻刀和一些石粉爬上台架，轻轻地挥动了几下刻刀，指间撒下一些石粉。

他转身向着长官问道："您现在觉得怎么样了？"

"很好，你把它改得有生气了，我喜欢它。"索德里尼说。

米开朗琪罗走下台架，在心里暗暗地发笑：他并没有做任何改动。

在这件作品中，我们似乎可以看到作者幽默的蔑视。在美术馆阴沉的墙下，作品需要大自然中的空气。正如米开朗琪罗所说的："它应当直接受到阳光的照耀。"

1504年1月25日，艺术委员会的成员们共同讨论在何处安置这座巨像。最后，人们同意了米开朗琪罗的请求，决定把

它立在“诸侯官邸”的前面。搬运的工程交给大寺的建筑家们去办理。5月14日傍晚，人们把《大卫》从临时廊棚下移出来。然而，这座裸体的雕像遭到了佛罗伦萨人的反对。晚上，市民向巨像投石，想要打破它，当局不得不加以严密的保护。

人们将这尊塑像从大教堂广场搬到老宫前面，一共费了四天时间。5月18日正午，它终于到达了指定的场所。这时，人们对于塑像的夜间防护工作仍未敢懈怠。在一天晚上，《大卫》被群众的石子击中，幸未造成大的损伤。

1504年，作为文艺复兴三杰的达·芬奇和米开朗琪罗，都生活在佛罗伦萨。当时，达·芬奇五十二岁，比米开朗琪罗大二十三岁。尽管年龄相差甚远，但他们都是孤独的人。相近的性情并未使这两个天才互相靠近，相反他们之间始终保持着距离。

达·芬奇是一个细腻冷静的人，无论是对故乡还是宗教，甚至对整个世界的态度都非常淡漠。而这一点，恰好激怒了阴沉狂热的米开朗琪罗。年轻的米开朗琪罗将自己的身心都交给了信仰，他痛恨毫无信仰的人。因此，达·芬奇的成就越突出，米开朗琪罗就越对他充满敌意。

有一次，达·芬奇和朋友在街上散步，几个中产者辩论着但丁的一段诗，他们请达·芬奇给他们讲解其中的意义。这时，米开朗琪罗从一旁走过。达·芬奇说：“米开朗琪罗会解释你们所说的那段诗。”米开朗琪罗以为达·芬奇是在有意嘲弄他，冷冰冰地回答说：“你自己解释吧，你这个连弗朗切斯科·斯福尔扎大公的雕像都没有完成的人！那些愚蠢的米兰人竟然相信你能完成那样的工作！”说完，他转身走了，留下达·芬奇红着脸站在那里。

后来，行政长官索德里尼偏偏让他们共同完成会议厅的装饰画。1504年5月，达·芬奇开始创作《安吉亚里之战》的图稿。同年8月，米开朗琪罗受命制作《卡希纳之战》。整个佛罗伦萨为了他们分成两派。但是时间抹去了一切隔阂，两件作品都没有留下来。米开朗琪罗的图稿在八年后的暴乱中被毁掉了，而达·芬奇则亲手毁灭了自己的作品。

3

1505年3月，米开朗琪罗被教皇尤利乌斯二世召到罗马，替他建造一个和古罗马城相称的陵墓。米开朗琪罗为这个宏伟的计划激动不已，他在山上住了八个多月，亲自为教皇挑选石材。

当他回到罗马的时候，他所选择的大块白石也已经运到了，安放在圣彼得广场上。石块堆得如同小山，群众为之惊愕，教皇为之狂喜。米开朗琪罗开始工作后，教皇经常来看他，与他亲热得如同父子。教皇还令人在梵蒂冈宫的走廊与米开朗琪罗的寓所中间造了一座浮桥，使他可以随意去探访。

米开朗琪罗和教皇的亲密关系，引起了教皇御用建筑家布拉曼特的不满。出于强烈的嫉妒，他暗中设法打压米开朗琪罗。布拉曼特极爱享乐，挥霍无度。即便他在教皇那里得到的报酬非常高，仍然入不敷出，他设法在工程方面舞弊，经常用劣等的材料筑墙，此举曾遭到米开朗琪罗公开的指控，这使他的嫉恨更加强烈。

布拉曼特利用教皇的迷信，在他面前说生前建造陵墓是不吉利的。于是，教皇放弃了米开朗琪罗的计划，决定重建圣彼得大教堂。荒谬的是，米开朗琪罗需要自己支付石块和石匠的钱，因此承担了高额的债务。他去梵蒂冈宫求见教皇，却被赶了出来。

米开朗琪罗非常伤心，他听说布拉曼特要暗杀他，于是给教皇留下了一封信，离开了罗马。教皇接到了信，派了五个骑兵去追他，交给他一道命令："接到此令，立刻返回罗马，否则将有严厉处分。"米开朗琪罗回答说："如果教皇愿意履行他的诺言，我可以回来。否则，教皇将永远不会再见到我。"

米开朗琪罗逃到佛罗伦萨，但是当地政府害怕教皇，劝说他返回罗马。米开朗琪罗不得不做出让步。1506年11月，他来到博洛尼亚。那时尤利乌斯二世刚好以征服者的姿态攻进了博洛尼亚城。一天早上，米开朗琪罗到桑佩特罗尼奥寺去参加弥撒礼，教皇的马夫看见他，把他带到尤利乌斯二世面前。教皇怒道："你应当到罗马去拜见我的，而你竟等我们到博洛尼亚来拜访你！"

米开朗琪罗跪下，高声请求原谅，教皇的脸上仍布满了怒气。一个从佛

罗伦萨来的主教为米开朗琪罗说情道："请您不要把他的过错放在心上，所有的画家都只会对艺术保持忠贞。"教皇暴怒道："你竟敢说如此大逆的话！愚蠢的人！"教皇的侍从打了主教一顿，教皇的怒气这才消减，原谅了米开朗琪罗。

尤利乌斯二世不再提及陵墓问题，却要在博洛尼亚塑一个自己的铜像。米开朗琪罗虽然竭力声明他不懂得铸铜，但形势所迫，他必须边学习边完成这项艰苦的工作。他与两个助手一起，住在一间破旧的屋子里，三个人只有一张床。后来，两个助手偷他的东西，米开朗琪罗把他们赶走了。两个助手非常生气，他们在佛罗伦萨四处散布谣言，攻击米开朗琪罗，甚至说米开朗琪罗偷了他们的钱，到他父亲那里索要。

米开朗琪罗还找了一个铸铜匠，但进展很不顺利，米开朗琪罗对他非常失望。1507年6月，铸铜的工作失败了，只铸到腰带部分。一切得重新开始。到1508年2月为止，米开朗琪罗一直在为这件作品工作。他的身心都因此受到了巨大的损害。

他写信给他的兄弟说："我几乎没有用餐的时间……我在极不舒服、极度痛苦的环境中生活，除了夜以继日地工作之外，我什么也不想。我曾经遭受过那样不堪的痛苦，现在又承受着这样悲惨的磨难。如果再要我创作一个塑像，我的身体肯定撑不住了。我相信那不是普通人能够完成的工作，我的生命根本无法实现它。"

米开朗琪罗的辛苦劳作只获得了可悲的结果。1508年2月，他在桑佩特罗尼奥寺前建立的尤利乌斯二世像，仅仅四年的寿命。1511年12月，它被尤利乌斯二世的敌人毁灭了，残余的铜也被人买去铸成了大炮。

米开朗琪罗回到罗马以后，尤利乌斯二世命令他做另一件同样艰难的工程——为西斯廷教堂创作天顶画。这其实是布拉曼特故意在刁难米开朗琪罗，要使他颜面扫地。

1508年，天才画家拉斐尔在梵蒂冈宫完成了一组壁画，声名鹊起，米开朗琪罗面临着极大的挑战。完全不懂得壁画技术的米开朗琪罗，用尽方法推辞这份可怕的差使，他甚至提议请拉斐尔代替他。但教皇非常固执，他不得不再次让步。

布拉曼特为米开朗琪罗在西斯廷教堂内造好了一个台架，并且从佛罗伦萨找来好几个有壁画经验的画家帮忙。米开朗琪罗觉得布拉曼特的台架不能用，另外造了一个。至于从佛罗伦萨招来的画家，他什么理由也不说，就把他们送出门外。

1508年5月10日，这项巨大的工程开始了。这是米开朗琪罗整个生涯中最暗淡，也是最崇高的岁月，应当永远镂刻在人类的记忆之中！

工作才刚刚开始，米开朗琪罗很快就感到了这项工作的痛苦——

“我的精神处在极度的苦恼之中。一年以来，我从教皇那里没有拿到一分钱。我什么也不能向他要求，因为我的工作进度似乎还不配获得酬劳。但是，我的工作之所以拖延了这么久，是因为技术上出现了困难，我并非内行，时间都白白浪费掉了。请神保佑我吧！”

米开朗琪罗才画完《洪水》一部，作品已开始发霉，人物的面目都模糊不清。他想拒绝继续画下去，但教皇并不想放过他，他只好重新开始工作。

与此同时，全家都靠他生活，滥用他的钱，拼命地压榨他。

他的父亲总是为钱的事情烦闷、呻吟，米开朗琪罗竭力压制着自己的苦闷，想方设法去安慰和鼓励父亲："你不要为了钱烦恼，这并不是人生中最糟糕的事情……只要我还活着，就绝不会让你的生活缺少一些什么……

"我宁愿有你在我的身边而忍受贫穷，也不愿意拥有全世界的金银财富而失去你……我会努力地养活你，只要我能够做到更好。"

米开朗琪罗的三个弟弟也全都依赖他生活，毫无顾忌地挥霍他在佛罗伦萨积攒的一点儿资产，甚至还跑到罗马来缠着他要钱。即使如此，他们从未对米开朗琪罗表示感激，似乎是这个兄弟欠了他们的债。

米开朗琪罗知道兄弟们在压榨他，但他太骄傲了，不愿拒绝他们而显出自己的无能。直到几个兄弟趁米开朗琪罗不在家的时候，虐待他们的父亲，米开朗琪罗才表示了愤怒，威胁兄弟们说，如果再继续如此，就与他们断绝关系。

在这种薄情与充满嫉妒的环境中，在剥削他的家庭和中伤他的敌人中间，米开朗琪罗苦苦挣扎着。他就在这个时期内，完成了西斯廷教堂的伟大作品，也为此付出了可悲的代价。

教皇因为他工作迟缓，坚持不给自己看作品而发作起来。有一天，尤利乌斯二世问米开朗琪罗什么时候可以画完，米开朗琪罗回答道："当我能够画完的时候就画完了。"教皇愤怒地用权杖打他，米开朗琪罗跑回家里，收拾行装准备离开罗马。尤利乌斯二世马上派了一个人去他家里，送给他五百金币，竭力抚慰他。米开朗琪罗最终接受了道歉。

可是第二天，两人又继续着前一天的冲突……

终于有一天，教皇愤怒地说：“你难道要我把你从台架上推下来吗？”米开朗琪罗只得退步。他撤掉了台架，露出了作品。那是1512年的诸圣节日，这件伟大的作品终于面世了。它挟着疾风骤雨般的气势横扫天空，带来了旺盛的生命力。

完成这件惊世之作使米开朗琪罗筋疲力尽。由于长年累月地仰着头，在西斯廷教堂的天顶上作画，他的视力变坏了。从那以后，米开朗琪罗读一封信或看一件东西时，都要把它们放在头顶上才能看清楚。

西斯廷的项目结束三个月以后，尤利乌斯二世去世，米开朗琪罗回到佛罗伦萨，重新开始修建尤利乌斯二世的陵墓。他签订了一份在十七年中完工的契约，在这个时期，米开朗琪罗只雕刻了一件与陵墓无关的作品——《米涅瓦基督》。

在这个相对平静的时期，米开朗琪罗终于能够潜心工作，完成了他一生中最完美的作品：《摩西》与《奴隶》。它们是陵墓雕塑中的精品，也是人类雕塑史上的杰作。可是，这种荣光转瞬即逝，他很快重新堕入了黑夜。

4

新任教皇利奥十世只欣赏拉斐尔一个人。他不了解米开朗琪罗，甚至有些惧怕这个忧郁的天才，和米开朗琪罗在一起时也很局促。在利奥十世的宫廷中，米开朗琪罗经常被当作一个笑话。但是，米开朗琪罗终究是完成西斯廷壁画的大人物，利奥十世还需要用到他。

利奥十世建议米开朗琪罗在佛罗伦萨建造一座圣洛伦佐

教堂，也就是美第奇家族的家庙。为了和拉斐尔争一口气，米开朗琪罗接受了这项工作。他努力令自己相信，他可以同时进行尤利乌斯二世的陵墓与圣洛伦佐教堂两项工作。本来，他打算把大部分工作交给一个助手去做，自己只雕塑几个主要的雕像。但是他实在太骄傲了，不肯和别人分享荣誉，最后决定一切都由自己完成。

1518年1月19日，教皇与他签了约，期限八年。他的工作一开始就举步维艰，他主张用卡拉雷的白石，不愿意使用美第奇族人要求的石材，结果被教皇认为收取了贿赂。最后，他服从了教皇的意志，却又得罪了卡拉雷人。他们和航海工人勾结，拒绝帮助米开朗琪罗运送石材，导致他不得不在荒原上修了一条路进行陆运。

米开朗琪罗在给朋友的信中写道："我要开掘山道，把艺术带到此地的时候，简直就像让死者复活一样艰难。山坡十分陡峭，工人们都很愚蠢，我必须忍耐着……我将冒着一切困难完成它，做一番全意大利从未做过的事业，如果神肯帮助我的话。"

然而，繁重的工作和焦虑压垮了这位天才。1518年9月，米开朗琪罗在塞拉韦扎病倒了。不幸的事接踵而来，在运送石块的途中，阿尔诺河干涸了，满载石块的船只无法驶进港口，他不得不延迟动工的日期。最倒霉的是，石块终于运来了，可是他受到了工人们的欺骗，一些巨石在路上断裂了，根本无法使用。

最后，教皇与美第奇大主教失去了耐心。1520年3月10日，教皇下令取消了米开朗琪罗建造圣洛伦佐教堂的契约。米开朗琪罗白白浪费了三年的时光与心血，深受打击。从1515年至1520年，在米开朗琪罗创作力的鼎盛时期，除了那件黯淡无色的《米涅瓦基督》之外，他完全没有自由创作。面对一无所有的结局，米开朗琪罗无法释怀。

热爱自由的米开朗琪罗，终生都在被人指使，天性使他不懂得拒绝别人的请求。1520年至1534年，大主教尤利乌斯·特·美第奇成为教皇克雷芒七世，又找到了米开朗琪罗。从来没有一个教皇这样爱护米开朗琪罗，对他的工作保有持久的热情。克雷芒七世经常鼓励他振作，阻止他浪费精力。即使在米开朗琪罗与美第奇家族反目后，克雷芒七世对他的态度也没有改变。

文艺复兴运动快要结束了，米开朗琪罗也变老了，他感到悲剧即将来临，心中充满了痛苦。为了把米开朗琪罗从艰难中拯救出来，克雷芒七世委托他继续负责美第奇家庙的建造。克雷芒七世按月送给米开朗琪罗一笔费用，比他所要求的多出三倍，还赠给他一所邻近圣洛伦佐的房子。

一切似乎都很顺利，教堂的工程也进展良好。然而，尤利乌斯二世的继承人，不肯原谅米开朗琪罗放弃建造陵墓的事情，恐吓要控告他。米开朗琪罗被吓到了，他的良心承认这是自己的错，在尚未偿还尤利乌斯二世的预付款项之前，他决不能接受克雷芒七世的金钱。

米开朗琪罗恳求教皇替他疏通关系，帮助他偿还尤利乌斯后人的钱，表示他将倾尽一切来偿还他们。他还恳求教皇允许他去完成尤利乌斯二世的纪念建筑，想从这种愧疚中解脱出来。克雷芒七世并不把这位艺术家的绝望当真，不允许他中止美第奇家庙的工作。他的朋友们也劝他不要拒绝教皇给的钱，不要再如此任性。

起初，米开朗琪罗非常固执，教皇宫的人戏弄他，取消了给他的钱。一年多后，米开朗琪罗失去生活来源，不得不重新请求教皇，希望重新拿到那笔钱。为生活所迫，他多次写信给教皇："我经过仔细考虑，认识到教皇是如此重视圣洛伦佐的作品。既然是冕下许诺的月俸，目的是要我加紧工作，那么我不收受它，就等于是故意拖延工作了……我一年多没有收到月俸，在穷困的生活中苦苦挣扎着。"

在米开朗琪罗提出多次申请之后，克雷芒七世终于被他的痛苦感动了。他托人向米开朗琪罗致意，表示他深切的同情。克雷芒七世保证只要他活着，就会永远照顾米开朗琪罗。

但是，尤利乌斯的族人们不停地纠缠着米开朗琪罗，让他不堪其扰。此外，父亲的脾气随着年纪愈加增长。有一天，他从佛罗伦萨的家中出走，说是他的儿子把他赶走的。后来，他竟然还说儿子偷走了他的钱。

听到这些消息，米开朗琪罗气得浑身发抖，他写信给父亲："我不知道你到底要我怎样。如果我活着使你讨厌，你已找到了摆脱我的好方法……在佛罗伦萨，大家都知道你是一个富人，我永远在偷你的钱，我应当被罚……随便你怎么说吧，但不要再写信给我，因为你使我不能再工作下去。你逼得我向你索还二十五年来我所给你的一切。我不愿如此说，但我终于无法再忍耐了！"

当1527年全意大利发生政变的时候，受到各种事情的拖累，美第奇家庙中的塑像一个也没有造好。对于米开朗琪罗来说，这十年以来，他没有完成一件作品，没有实现一桩令人满意的计划。

1534年9月25日，克雷芒七世驾崩。那时候，米开朗琪罗并不在佛罗伦萨。失去了自己的保护人之后，他从此再也没有回去，他和佛罗伦萨诀别了。

磨难与超脱

1

1534年，米开朗琪罗离开佛罗伦萨，重新回到罗马的时候，他以为终于能安安静静完成尤利乌斯二世的陵墓，了结这一生最大的心病，然后安静地度过余生。然而，他才到罗马，教皇保罗三世又召唤了他，命他为自己服务。

米开朗琪罗起初拒绝了保罗三世，说因为契约的关系，他受着乌尔比诺大公的约束，除非他把尤利乌斯二世的陵墓完成之后，才能为教皇服务。教皇听了勃然大怒，严令他不许从事其他工作。

米开朗琪罗本来又想逃跑，但是最终又一次妥协了，重新被人牵制着，继续担负繁重的工作，直到生命的终点。

1535年9月1日，保罗三世任命米开朗琪罗为圣彼得大教堂的建筑绘画雕塑总监。自4月起，米开朗琪罗已经接受了在西斯廷绘制《最后的审判》的工作。1539年，年老的米开朗

琪罗从台架上摔了下来，腿部受了重伤。他不愿意看医生，幸好他的一位朋友是个医生，坚持为他诊治，直到腿伤治好之后才离开他。

保罗三世经常来看米开朗琪罗作画，提出自己的意见。他的司礼长切塞纳宣称在这样庄严的一个场所，表现那么多的裸体是大不敬的事情，这些画只配装饰浴室或旅店。米开朗琪罗听了非常生气，等切塞纳走了以后，他凭记忆把司礼长画成判官米诺斯的形象，把他放在地狱中，在恶魔群中被毒蛇缠住了腿。

切塞纳知道以后，气鼓鼓地跑去向教皇告状。保罗三世和他开玩笑地说："如果米开朗琪罗把你放在监狱中，我还可以设法救你出来，但他把你画在地狱里，那我就无能为力了。"

当西斯廷的壁画完成时，米开朗琪罗依然无法完成尤利乌斯二世的陵墓。不知足的教皇，又逼着七十岁的老人为保利内教堂画壁画。年老体弱的米开朗琪罗直到1550年，才勉强完成这些工作。瓦萨里说："这是他一生所作的最后的绘画，而且费了极大的精力。因为绘画，尤其是壁画，是很不适合让老人来绘制的。"

此时，米开朗琪罗和尤利乌斯二世的继承人，又签订了最后一张契约。根据这张契约，他要交付《行动生活》与《冥想生活》两座雕像，并且出资雇用两个雕塑家完成陵墓的建造。这样，他就能完成他的心结，从这件事上解脱了出来。

然而，米开朗琪罗生命中的苦难并没有结束。尤利乌斯二世的后人，不断地要求他偿还以前收受的金钱。教皇告诉他不要去想这些事情，专心完成保利内教堂的壁画。他回答说：

“我们是用脑子，而不是用手作画的啊！只要我心病未去，我便做不出好东西……我一生都被这陵墓束缚着，为了要在利奥十世与克雷芒七世之前完结此事，我搭上了自己的青春。我的命运注定是这样的！不少人每年进账两三千金币，而我极尽艰苦却仍一贫如洗！”

米开朗琪罗亲手完成了《行动生活》与《冥想生活》两座塑像，虽然契约上并不要求他这么做。1545年1月，尤利乌斯二世的陵墓终于在圣彼得教堂落成了。原定只是一座陪衬雕像的《摩西》，在此却成为中心的雕像。至少，这一切都结束了，米开朗琪罗终于从他一生的噩梦中解脱了。

2

1547年1月1日，米开朗琪罗接到保罗三世的敕令，被任为圣彼得教堂的建筑师兼总监。他决心在七十余岁的高龄，去负担他一生从未负担过的重任。他认为这是神的使命，是他应尽的义务。

对于这项神圣的事业，米开朗琪罗没有收一分钱。但是，他又遇到了新的敌人。首先是圣彼得教堂的总建筑师安东尼奥·达·桑迦罗，两人经常意见不合。此外还有一些办事员、供奉人、工程承造人，被他揭发出许多营私舞弊的劣迹之后，联合起来反对他。

这些人四处散布谎言，造谣说米开朗琪罗根本不懂得建筑，只是一味地浪费金钱，肆意地毁坏前人的作品。一时间，谣言四起，圣彼得大教堂的行政委员会也加入攻击他的行列，并于1551年组织了一个庄严的查办委员会，让监察人员与工人都来控告米开朗琪罗。

米开朗琪罗不愿意和他们辩论，孤傲清高的性格此时更为明显。他对切尔维尼主教说："我没有把计划通知你或其他任何人的义务。你的事情是监察经费的支出，其他的事情与你无关。"他对那些抱怨的工人说："你们做你们的事，执行我的命令。至于我想些什么，你们永不会知道，因为这是有损我的尊严的。"

在一次调查会议中，米开朗琪罗向着委员会主席尤利乌斯三世说："圣父，你看，我究竟得到了什么！如果我所受的烦恼配不上我的灵魂，我便白费了我的时间与痛苦。"欣赏他的教皇，将手放在他的肩上，说道："灵魂与肉体你都获得了，不要害怕！"

当尤利乌斯三世逝世，切尔维尼主教继任教皇后，米开朗琪罗不得不离开罗马。但新任教皇不久即去世了，保罗四世承继了职位，重新确定了对米开朗琪罗的保护。

米开朗琪罗认为，如果他放弃了作品，他的名誉会破产，他的灵魂也会随之堕落。他说："我是不由自主做这件事情的。八年以来，在烦恼与疲劳中间，我徒然挣扎。此刻，建筑工程已有相当的进展，如果我离开罗马，必将会使作品功亏一篑。这将是我的大耻辱，也将是我灵魂的大罪孽。"

但米开朗琪罗的敌人们丝毫不退让。1563年，在圣彼得工程中，米开朗琪罗最忠诚的一个助手加埃塔被抓进了监狱，敌人诬告他偷盗。随后，他的工程总管切萨雷，也被人刺死了。米开朗琪罗立刻去见教皇，威胁说如果不替他主张公道，他将

离开罗马。这是1563年9月，距米开朗琪罗逝世只剩四个月。

除了圣彼得教堂的杰作之外，还有别的建筑工程占据了他的暮年，比如卡比托利欧教堂、圣玛里亚·德利·安吉利教堂、佛罗伦萨的圣洛伦佐教堂等。佛罗伦萨人曾请求他在罗马建造一座本邦的教堂，他们接受了米开朗琪罗绘制的图样，丝毫不加改动。米开朗琪罗的友人蒂贝廖·卡尔卡尼在他的指导之下，做了一个教堂的木制模型。这简直是一件无与伦比的艺术品，人们从未见过同样富丽堂皇的教堂。遗憾的是，佛罗伦萨人后来没有足够的钱，工程便停止了。教堂没有造成，就连那模型也遗失了，这让米开朗琪罗万分痛惜。

这是米开朗琪罗在艺术方面最后的失望。他最后一件雕塑作品——佛罗伦萨大教堂的《基督下十字架》，表现出他对于艺术已完全灰心。他之所以继续雕塑，不是为了艺术的信心，而是为了对基督的信心。他痛苦地雕刻这件作品，似乎那个扶持基督、满脸痛苦的老人，就是他自己的肖像。但当他完成了这件作品时，他又把它毁坏了。如果不是他的仆人安东尼奥请求，他将会彻底毁灭这件作品。

3

死亡终于临近了！

米开朗琪罗在晚年时期有一座房子和一所小花园。他越老，就变得越孤独，身边只有一个男仆、一个女仆，还有些家畜。他的卧室幽暗如一座坟墓。

虽然那时米开朗琪罗已经很富有，他却像穷人一般地生活着，生活非常简朴。

年轻时，他只吃一些面包和酒，只为把全部时间都放在工作上。到了老年，他习惯在晚上喝一些酒，但仅限一天的工作完成后。他很少请朋友和他一起吃饭，也不愿收受别人的礼物，因为他认为受了他人的恩德还要报答。这僧侣般的生活，虽然支持了他坚实的身体，可没有阻止病魔的侵蚀。自1544年与1546年的两场恶性发热后，他的健康从未恢复。膀胱结石、痛风症以及其他种种疾苦，都在进一步地折磨这个老人。

1560年春天，瓦萨里去看望米开朗琪罗，发现他的身体非常虚弱。他白天几乎不出门，晚上也不怎么睡觉，这一切都令人感到他将不久于世。他的脾气变得非常温柔，但很容易哭泣。当他看见瓦萨里时，好像一个父亲找到丢失的儿子一样欢喜。

1561年8月，米开朗琪罗患着感冒，还光着脚工作了三个小时。他突然倒在地上，全身痉挛着。他的仆人安东尼奥发现他晕倒了。卡瓦列里、班迪尼、卡尔卡尼立刻跑来照顾他，那时，米开朗琪罗已经苏醒了。几天之后，他又开始乘马出外，继续作皮亚门的图稿。这个性格古怪的老人，无论如何也不肯让朋友们照顾他。朋友们只能将他交给那粗心大意的仆人。

他的继承人利奥那多，从前受过他一顿严厉的训责，此刻也不敢贸然奔来了。利奥那多托人问米开朗琪罗，愿不愿让自己去看望他。为了避免米开朗琪罗的猜疑，利奥那多故意说自己很富有，什么也不需要。狡黠的米开朗琪罗回信说，既然如此，他很高兴，他将把遗产分赠给周围的穷人。

利奥那多对米开朗琪罗的回答感到不满，又托人告诉他，说自己很担心老人的健康。这一次，八十八岁的米开朗琪罗回了一封怒气冲冲的信："从你的来信中，我看出你听信了那些坏蛋的谎言……我的仆人都很忠实地服侍我、尊敬我。至于你信中暗示的偷盗问题，我告诉你，在我家里的人，我可完全信任他们。你只需要关心你自己。我在必要时是懂得自卫的，我不是一个孩子！"

关心米开朗琪罗遗产的人不止利奥那多一个，整个意大利都是米开朗琪罗的遗产继承人。1563年6月，教皇派人盯着圣洛伦佐与圣彼得的建筑图稿及素描，暗中监视米开朗琪罗的起居与一切在他家里出入的人。一旦米开朗琪罗突然逝世，准备立刻把他所有的财产登记入册，素描、版稿、文件、金钱等都要严加看管，不许任何人趁机偷盗。

这些事，米开朗琪罗完全都不知道。1564年2月12日，他雕刻了《哀悼基督》一整天。14日，他发烧了。外面下着雨，他还到近郊散了步。他回来时，卡尔卡尼来看望他。米开朗琪罗的眼神和脸色，使卡尔卡尼大为不安。他马上写信给利奥那多说："终局虽然不在眼前，但是不远了。"

这一天，米开朗琪罗请达涅尔留在他身边。达涅尔请了医生来。2月15日，达涅尔依着米开朗琪罗的吩咐，写信给利奥那多，说他可以来了。那时的米开朗琪罗神志清明，甚至还想出去骑马，但是天气的寒冷与身体的虚弱阻止了他。他只能坐在炉架旁边的安乐椅中休息。

直到米开朗琪罗逝世的大前天，他才答应卧在床上。他在朋友与仆人的环绕之中，读出了他的遗嘱，神志非常清楚。

他在遗嘱中说："我将我的灵魂赠与上帝，我的肉体送给尘土。在我死了以后，请把我送回亲爱的佛罗伦萨。"

1564年2月18日，下午五时，日落时分，米开朗琪罗终于休息了。这位伟大的雕塑家实现了他的愿望：从时间中超脱了。

"幸福的灵魂，对于他，时间不复流逝了！"

三、托尔斯泰传

人生不是一种享乐，而是一桩十分沉重的工作。

——托尔斯泰

1

1828年8月28日，列夫·尼古拉耶维奇·托尔斯泰出生在俄国一个贵族世家。这个古老和庞大的家族中，曾有人侍奉过亚历山大大帝，也曾出过七年战争中的将军；有拿破仑诸役中的英雄，也有被关进监狱里的犯人。

托尔斯泰的母亲玛丽亚公主是一位公爵的女儿，相貌平庸，却有一双美丽的眼睛。她性格温婉，脸上总是挂着微笑，给身边的人带来欢乐……托尔斯泰还不到两岁的时候，母亲就去世了，他对母亲的记忆总是包含着那些微笑。

托尔斯泰的父亲是一个和蔼、幽默的人，眼睛忧郁，放荡不羁，没有什么野心。在托尔斯泰九岁那年，父亲也逝世了。失去双亲的托尔斯泰，从小就体会到了生活的痛苦，幼小的心灵中充满了绝望。

托尔斯泰在他出生的房子里生活了八十二年。他有三个兄弟和一个妹妹。哥哥尼古拉最受宠爱，他爱幻想、胆怯、细腻。后来在高加索当军官，养成了喝酒的习惯，还把他所有的财产都分赠给了穷人；谢尔盖是一个自私、可爱的人；德米特里热情深沉，年轻时四处寻访穷人、救济残疾人，后来突然变得放荡不羁，二十九岁时患肺痨死了；妹妹玛丽亚年纪最小，后来做了女修士。

托尔斯泰的父母去世以后，塔佳娜姑母和亚历山德拉姑母负责照顾他们。这两位妇人心地仁慈，心中充满了爱。

托尔斯泰是一个早熟的孩子，总是在思考一般人想不到的问题，懂得在别人的脸上探寻苦恼与哀愁。在托尔斯泰五岁的时候，他就第一次认识到："人生不是一种享乐，而是一桩十分沉重的工作。"

托尔斯泰是一个孤独的人，学习成绩平庸，头脑中却永远刮着狂热的风暴。他喜欢说一些抽象又晦涩的话，不停地对自己做各种反省和推理。十六岁的时候，托尔斯泰失去了所有的信念。他内心总是在怀疑自己："我究竟相信什么东西呢？"

有时，他沉迷于慈悲的幻梦中，相信人类的使命在于自强不息、追求完美，曾想将财产的一部分分给穷人和仆人。在一次生病期间，他写了一部《人生的规则》，天真地指出人生的责任："人必须研究一切，对一切都要加以深刻的探讨：法律、医学、语言、农学、历史、地理、数学，在音乐与绘画中达到最高的顶点。"

在少年的热情与自尊心的驱使下，这种追求完美的信念，变得充满了功利性。托尔斯泰要求自己的意志、肉体与精神达到完美，目的是征服世界，获得全人类的爱戴。

他想要取悦所有的人，但他的长相太丑陋了，粗犷的脸长而笨重，短发覆在前额上，小眼睛，鼻子宽大，嘴唇突出。

早在童年时期，托尔斯泰已经因为容貌感到绝望："像我这样一个鼻子那么宽、口唇那么大、眼睛那么小的人，世界上是没有他的快乐的……"他将人类分作三类：体面的人、不体面的人、贱民。并发誓要成为"体面人"，他为此去赌博、借债，彻底地放纵自己，这在贵族中被认为是体面的行为。

无论如何，托尔斯泰是一个坦诚的人，即使在他最放荡的时候，也能以犀利、洞察的目光审视周围的人与事，包括自己。很快，他厌倦了做一个"体面人"，重新回来住在他的田园中。他和民众重新有了接触，声称要帮助他们，成为他们的慈善家和教育家。

2

年轻人的心性多变，托尔斯泰不久就对当时的生活产生了厌倦感。在职位和债权人的压力下，1851年，他逃往高加索，投奔已经当了军官的哥哥尼古拉。他一到群山环绕的高加索，就重新找回了自己的信仰。"昨夜，我差不多没有睡觉……我无法描写自己的快乐。"

1852年，托尔斯泰的天才展露锋芒。他接连创作了《童年》《一个地主的早晨》《侵略》《少年》等不朽的作品。他从自然界和崭新的生活里，在战争惊心动魄的危险中，发现了他从未认识的世界。

当托尔斯泰创作《童年》的时候，他正病着，长期休养的闲暇，使他重温"无邪的、诗意的、快乐的"的幼年生活，追寻"温良的、善感的、富于情爱的童心"。这部书稿最初没

有写作者的名字，寄给俄罗斯有名的杂志《现代人》，立刻被发表了，并且获得了极大的成功。

在随后的作品中，比如《一个地主的早晨》，托尔斯泰的真诚、对于爱的信心，都明确地形成了。这篇小说中，他所描绘的若干农人的肖像已是“民间故事”中最美的描写：“在桦树下的矮小的老人，张开着手仰望苍穹，光秃的头在太阳中发光，成群的蜜蜂在他周围飞舞，在他头顶上组成一顶王冠……”

高加索唤起了托尔斯泰生命中所蕴藏的信仰情结，他把这件事告诉了亚历山德拉姑母。他在写给姑母的信中说：“儿时，我被热情与感伤左右着。十四岁时，我开始思考人生问题……那时在高加索，我是孤独的，苦恼的……在这两年的持久的工作中，我发现，想要获得永久的幸福，人就应当为了别人而生活。”

3

1853年11月，俄罗斯向土耳其宣战。托尔斯泰开始在罗马尼亚的军队中服务，以后又转入克里米亚的军队。他胸中燃烧着爱国主义热情，勇于尽责，常常处于危险之中。长年累月的紧张与战栗，让他的信仰又复活了。他重新开始写作，并在枪林弹雨之下写出了《青年》。

这部书是混乱和抽象的，显然这与当时的写作环境有关。但它所表现出的镇定、深刻的探索令人惊叹。遗憾的是，《青年》最终没有完成。在隆隆的炮声中，托尔斯泰努力观察着生与死，写出了另一部杰作《塞瓦斯托波尔纪事》。

1855年11月，托尔斯泰从战争的地狱中出来，周旋于圣彼得堡的文人中间。与他们保持距离的时候，这些人似乎是沐浴在艺术光环中，当与他们熟悉后，他不由得大失所望，甚至对他们抱着憎恶与轻蔑。

那个团体中有许多大作家：屠格涅夫、冈察洛夫、奥斯特洛夫斯基、格里戈罗维

奇、德鲁日宁，他们之间的交流轻松而随意。而托尔斯泰总是穿着军服，僵直地交叉着手臂，立在这些文学家后面，显得不合时宜。他仿佛在看守这些人物，随时准备着把他们押送到监狱中去。

托尔斯泰讨厌这些文学家，因为他们自信属于一种优秀阶级，自命为人类的首领。他永远不相信他们的真诚，本能地否定大家的一切判断，对于一般的潮流感到厌恶，他用深陷在眼眶里的灰色眼睛讥讽地直视着他的对手。

1861年，托尔斯泰与屠格涅夫第一次会见时，便发生了剧烈的冲突，导致两人终身不和。当时，屠格涅夫谈论着他女儿所从事的慈善事业，托尔斯泰不屑地说："一个穿戴考究的女郎，在膝上拿着些肮脏的破衣服，只是在扮演缺少真诚性的喜剧。"屠格涅夫大怒，威吓托尔斯泰。尽管后来屠格涅夫后悔他的鲁莽，写信向托尔斯泰道歉，但托尔斯泰绝不原谅他。不过十几年之后，在1878年，托尔斯泰还是忏悔了过去的一切，请求屠格涅夫宽恕他。

相处时间越久，越使托尔斯泰和这些文学团体隔阂加深。他不能宽恕这些艺术家，一方面过着堕落的生活，另一方面又宣扬什么道德。"我相信差不多所有的人，都是不道德的、恶的、没有品性的，比我在军队流浪生活中所遇到的人要低下得多。而他们竟志得意满和由衷快活，好似完全健全的人一样。他们使我憎厌。"托尔斯泰和文学团体隔离开来，同时为了完全献身给文学，1856年11月，他辞去了军队中的职务。

4

各种社会活动占据了托尔斯泰的整个身心。他热爱社交，有时也追求极端的刺激，不惜冒着生命危险去猎熊。这个时期的作品中，涅赫留多夫亲王可以看作他的化身，最后的结局是自杀。“他有一切，财富、声望、思想、高超的感应。他没有犯过什么罪，但他做了更糟的事情，他毒害了自己的心，他的青春；他迷失了，只是因为缺乏意志。”

死亡开始缠绕着托尔斯泰的灵魂。在《三个死者》及后来的《伊万·伊里奇之死》中，可以看到他对死亡深沉的思考。

1860年9月19日，托尔斯泰的哥哥尼古拉在耶尔患肺病死了。这噩耗使托尔斯泰大为震惊，过去的一切信念都为之动摇，甚至使他唾弃艺术。“真理是残酷的……但人们要努力地说出它。这是我的道德所要求的唯一的东西，也是我要践行的唯一的事，可不是用你的艺术。艺术，是谎言，是一种美丽的谎言。”

1862年9月，托尔斯泰与十七岁的少女索菲娅结婚了。他的夫人对于丈夫的作品非常关心，她和他一同工作，把他的口述笔录下来，誊清他的草稿。得益于这段婚姻，在其后的十年或十五年中，托尔斯泰居然体味到久违的和平与安全。在爱情的润泽中，他写出了他那举世闻名的巨著：《战争与和平》。

《战争与和平》是那个时代的史诗，是近代的《伊利亚特》。它复活了那个历史时代，描写了各具特色的民族英雄，具有一种神秘的伟大。

《安娜·卡列尼娜》也是托尔斯泰最优秀的作品之一。这是一部更完美的作品，思想更加纯熟，写作经验更加丰富。但是，它缺少《战争与和平》中的热情朝气以及伟大的气势。这本书完成之前，托尔斯泰已经感到了厌倦，希望能早早摆脱它，愈快愈好。

那段时间，托尔斯泰进入到一种特别的“烦闷期”，几乎不能继续工作。“那时我还没有五十岁，我有爱的人，也有爱我的人。我有孩子、土地、荣誉和健康，我有强大的力量……但这并不是生活。我没有愿望，甚至不愿意认识真理。

“我那时到了深渊前面，我显然看到，在我之前除了死以外什么也没有……我把绳子藏起来，防止我在家里的衣橱里自缢。我也不敢带着枪去打猎了，恐怕会使我产生自杀的念头。”

托尔斯泰将目光转向成千上万的普通民众，自问他们为什么能避免这生活的绝望，而不会走上自杀的道路。最终，他发觉他们的生活，不是靠了理智，而是依靠心中的信仰。

5

自从托尔斯泰脱离了《忏悔录》上所说的烦闷时期之后，他成了一个理智的神秘主义者。

托尔斯泰认为：“人所知道的一切，是通过理智知道的，只在理智有了表白的时候，生命方才开始。唯一真实的生命是理智的生命……爱是人类唯一的有理性的活动，爱是最合理、最光明的精神境界。”爱和理性成为托尔斯泰一生的精神支柱，爱自己的同类，信仰而不沉迷。

1882年，托尔斯泰参加了调查人口的工作，真切地看到

了大都市的惨状。他第一次见到了文明背后隐藏着的疮痍。“人们不能这样生活！不能！”他号啕大哭，又堕入了悲痛的绝望中。

他是一个博爱的人，不能忘记他所看到的惨状。他认为那些人的痛苦与堕落，似乎是应由他负责的。他们是社会文明的牺牲品，而他便是剥削阶级中的一分子，享有这个可恶阶级的特权。一想到他接受了这种以罪恶换来的福利，他就感到良心不安。

他用照相一般准确的手法，把莫斯科贫民窟与夜间栖留所的情形描写下来。他勇敢地寻求灾祸的由来，发现制造罪恶的首先是富人，其次是国家，接下来是教会，甚至还有科学与艺术也是共犯……

这一切罪恶的制造者，怎样能把他们打倒呢？托尔斯泰经过思考，认为首先要使自己不再成为他们的共犯。不参加剥削人类的工作，放弃金钱与田产，不为国家服务。他牺牲了自己最根深蒂固的嗜好：打猎。这是他最心爱的一种消遣，是他的父亲教给他的。他开始吃素，以此锻炼自己的意志。

《我们应当做什么？》这部作品是托尔斯泰卷入社会旋涡后，在艰难的路途上迈出的第一步。从此，他开始了二十年的艰苦斗争。他在一切党派之外，与文明的罪恶与谎言勇敢对抗。

可是，托尔斯泰的精神革命并没博得多少同情，反而使他的家庭非常难堪，就连他的夫人也觉得十分懊恼。他们是相爱的，但他们不能互相了解。他们相互做出让步，但这让彼此更加痛苦。最后，他们不得不分开一段时间。两个人相互爱怜，又相互折磨，这种僵局竟然持续了三十年之久。

就连最爱托尔斯泰的人，都认识不到他进行精神改革的伟大性，我们自然不能期待别人对他有怎样的了解与尊敬。

几年之后，屠格涅夫在临终之前写给托尔斯泰一封信，请求他“重新回到文学世界中去”。全欧洲的艺术家都与屠格涅夫表示了同样的关切，赞同他的请求，认为托尔斯泰放弃了作家的使命。

特·沃居埃在1886年所写的《托尔斯泰研究》一书中，曾婉转地劝说托尔斯泰：

“杰作的巨匠，你的工具不在这里！……我们的工具是笔，我们的园地是人类的灵魂，它应该受到我们的照顾与抚育。”

其实，这些人都误解了托尔斯泰。在《我的信仰的寄托》的末尾，托尔斯泰这样写道：“我相信我的生命、我的理智、我的光明，只是为照耀人类而存在的。我相信我对于真理的认识，是用以达到这目标的才能，这才能是一种火，但它只有在燃烧的时候才是火。”

托尔斯泰永远不会抛弃艺术。他可以不发表，但他不能不写作。托尔斯泰从未中断他的艺术创作，写作成为一种调剂。每当他完成了一些关于社会的论著，如《告统治者书》或《告被统治者书》时，他便会写一部他构思了很久的故事，比如他的那部军队的史诗《哈吉·穆拉特》，一部歌咏高加索战争与山民的抵抗的作品，便是在这种情形下产生的。

此外，他还大胆积极地发表各种社论，将主要的精力都消耗在社会问题的论战中。那时，俄罗斯经历着空前的恐慌，帝国的基础到了快要分崩离析的地步。这种大恐慌最终在1904年与1905年达到了顶点。

当时，托尔斯泰出版了一组引起广泛回响的作品《战争与革命》《大罪恶》《世纪末》。他不加入任何党派，不染任何国家色彩，只是通过文字说出真理，仍然继续抨击一切社会的谎言。

他对于自由党人的反感由来已久。当他在塞瓦斯托波尔一役中当军官，以及处在圣彼得堡的文人团体中的时候，他就已经表现出了这种反感的态度。这种情绪也是他和屠格涅夫不和的主要原因之一。作为一个骄傲的贵族，一个世家出身的人物，托尔斯泰无法忍受这些知识分子和他们的幻梦，他不认为他们的理想可以使国家获得真正的幸福。

在托尔斯泰逝世九年前，他曾说过："我的信心使我生活在和平与欢乐之中，使我能在和平与欢乐之中走向生命的终局。"可是，他所期待的和平与欢乐，最终并未到来。1905年，大革命的希望消散了，期待的光明没有来到，从前种种苛政暴行丝毫没有改变，人民生活在更加悲惨的水深火热之中。

托尔斯泰对民族所肩负的历史使命产生了怀疑，他想起了伟大而睿智的中国人，相信西方民族丧失的自由，将由东方民族去重新觅得。但是，当时的中国为了模仿欧洲，也否定了它过去的智慧。托尔斯泰对此感到悲哀，但是并不失望。他相信未来。

全世界各地都有人写信给托尔斯泰，美国的记者来访问他，法国人来征询他对于艺术或政教分离的意见。人们翻译他的《复活》，到处流传着他的思想。托尔斯泰依然非常冷静，他认为，人不应该互相迎合，必须保持孤独。

在他生命的最后几年中，社会中的许多事情都改变了。

自1900年起，革命的潮流开始扩大，知识分子带领着民众阶级站起来了。当有反叛者的军队从托尔斯泰住所的窗下列队而过时，这种情景使他惊惧。托尔斯泰和他们谈过话，发现他们把富人视为强盗和暴徒，他吓坏了。

托尔斯泰时常收到这些反叛者的书信，抗议他的无抵抗主义，说对于一切政府与富人向民众所施的暴行，只能报以复仇的声音。我们不知道托尔斯泰是怎样回答他们的。但当他在几天之后，看见在他的村庄中，一些无情的官吏从啼哭的穷人家中抢走牛羊的时候，他也情不自禁地对着那些冷酷的官吏，喊起复仇的口号来了。

这真是一件痛苦的事情：当一个人的整整一生，都在期待爱的世界来临，而面对现实世界中这些可怕的景象，又不得不闭着眼睛，满怀惶惑。对于托尔斯泰来说，当时的情景正是如此。

6

在托尔斯泰人生的最后三十年中，他始终不能与他的夫人和儿女分享自己的理念。他的妻子尽责地分担他的生活与艺术工作，但对于他放弃原有的信仰，感到深刻的痛苦。托尔斯泰的夫人始终无法接纳他的心愿。但她勇敢地站在丈夫身边，愿与他分担所有的危险。对于她不相信的事情，她从来不会假装相信。而托尔斯泰也是一个真诚的人，不愿逼迫妻子虚情假意地敷衍他，因为他更加痛恨虚伪的信仰与爱。

托尔斯泰与他的儿女们隔阂更深。在餐桌上，当父亲说话时，儿子们竟不大遮掩他们的不耐烦。三个女儿与父亲稍微亲近些，但是，他最疼爱的小女儿玛利亚却过早离世。托尔斯泰在家人中间，精神上是完全孤独的，只剩下他的医生能够理解他。

他时常为了思想上的距离而苦恼，为了世俗的交际而苦恼，甚至为了他在家庭生活中享受的“奢侈”而苦恼。其实他的生活已经非常简朴，他的小卧室内放着一张铁床，四壁空无一物，但仍然使他感到难堪。

他经常为了过去生命中的罪恶而痛哭流涕：“我感到地狱般的痛苦。我回想起一切我以往的卑怯，这些卑怯的回忆永远盘旋在我脑海里，它们毒害了我的生命……”

1903年，托尔斯泰写道：“我的活动，已经丧失了它大半的重要性，因为我的生活不能和我所宣传的主张完全一致。”这是他无法控制的事情，他无法强迫他的家人放弃现在的生活。这使得他的敌人们不断攻击他，说他是个伪善的人，说他言行不一致。

他最终下定了决心，给夫人写了一封信，表达了他内心的痛苦：“长久以来，亲爱的索菲娅，我为了我的生活与我的信仰的不一致而痛苦。我不能迫使你改变你的生活与习惯。迄今为止，我也不能离开你，而我使你们大家非常难过。我决心实行我想了好久的计划：像印度人一样到森林中去隐居……我不能责备你没有跟从我，我感谢你为我所做的一切。别了，我亲爱的索菲娅。我爱你。”

写完这封信似乎耗尽了托尔斯泰全部的决心，他感到已经没有能力离开家人，只好将信藏在一件家具里。信的封面上

写着："我死后，将这封信交给我的妻子，索菲娅·安德烈耶芙娜。"

1910年10月28日，内心中强烈的绝望迫使托尔斯泰离开了家。他的医生陪着他，他的女儿知道他出走的秘密。10月30日，托尔斯泰来到一个陌生的小村落里，想在那里租一间房子住一段时间。下午，他的女儿亚里山德拉赶到了他身边，告诉他家人已知他离家出走，正在四处寻找他。

托尔斯泰决定在夜里立刻动身，到南方去。途中，托尔斯泰在阿斯塔波沃车站病倒了，不得不在那里卧床休养。弥留之际，他躺在床上，为那些不幸的人痛哭流涕。他哭喊着说："大地上千百万的生灵正在受苦，你们大家为什么都聚在这里，照顾一个列夫·托尔斯泰？"

最终，他期望的解脱来到了。1910年11月20日，清晨六时，托尔斯泰的战斗告终了。他那以八十二年的生命作为战场的战斗，终于结束了。

图书在版编目（CIP）数据

诺奖大师作品一本读 /（美）欧内斯特 · 海明威等著；波点童趣编译 . — 南京：江苏凤凰文艺出版社，2024.6
ISBN 978-7-5594-8147-4

Ⅰ . ①诺… Ⅱ . ①欧… ②波… Ⅲ . ①世界文学 – 作品综合集 Ⅳ . ① I11

中国国家版本馆 CIP 数据核字 (2024) 第 013443 号

诺奖大师作品一本读

【美】欧内斯特 · 海明威 等 著　波点童趣 编译

责任编辑　周颖若
特约编辑　冷　静
装帧设计　廖若凇　杨　龙
出版发行　江苏凤凰文艺出版社
　　　　　南京市中央路 165 号，邮编：210009
网　　址　http://www.jswenyi.com
印　　刷　北京世纪恒宇印刷有限公司
开　　本　710 毫米 ×1000 毫米　1/16
印　　张　24.5
字　　数　261 千字
版　　次　2024 年 6 月第 1 版
印　　次　2024 年 6 月第 1 次印刷
书　　号　ISBN 978-7-5594-8147-4
定　　价　69.00 元

江苏凤凰文艺版图书凡印刷、装订错误，可向出版社调换，联系电话 025-83280257